구름 속의 죽음

애거서 크리스티 추리 문학 26

구름 속의 죽음

김석환 옮김

AGATHA CHRISTIE MYSTERY AGATHA CHRISTIE MYSTERY AGATHA CHRISTIE MYSTERY AGATHA CHRISTIE MYSTERY AGATHA CHRISTIE MYSTERY AGATHA CHRISTIE MYSTERY AGATHA CHRISTIE MYSTERY

■ 옮긴이 **김석환**

전 한국항공대학 학장.
《죽음의 키스》, 《테이블 위의 카드》외 다수 번역.

구름 속의 죽음

초판 발행일	1986년 12월 05일
중판 발행일	2010년 06월 30일
지은이	애거서 크리스티
옮긴이	김 석 환
펴낸이	이 경 선
펴낸곳	해문출판사
주 소	서울시 서초구 서초동 1328-11 도씨에빛 2차 1420호
TEL/FAX	325-4721 / 325-4725
출판등록	1978년 1월 28일 (제3-82호)
가격	6,000원
ISBN	978-89-382-0226-0 04840
	978-89-382-0200-0(세트)

※ 잘못된 책은 바꾸어 드립니다.

어몬드 비들에게

차 례

차 례

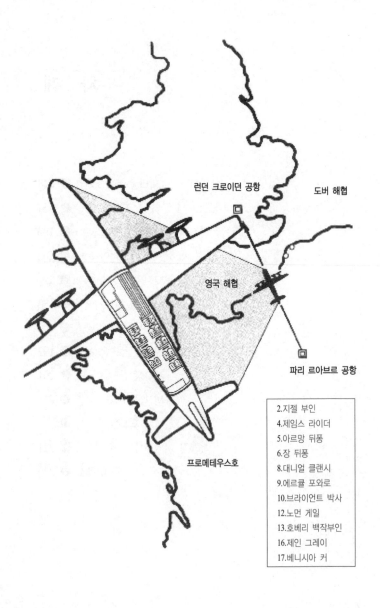

런던 크로이던 공항

도버 해협

영국 해협

파리 르아브르 공항

프로메테우스호

2.지젤 부인
4.제임스 라이더
5.아르망 뒤퐁
6.장 뒤퐁
8.대니얼 클랜시
9.에르큘 포와로
10.브라이언트 박사
12.노먼 게일
13.호베리 백작부인
16.제인 그레이
17.베니시아 커

제1장

파리발 크로이던행

9월의 햇살이 르아브르 공항(파리 동부쪽의 공항)을 따갑게 내리쬐는 가운데 승객들은 지면을 가로질러, 크로이던 공항(제2차 대전 이전에는 런던 제일의 공항으로 쓰였으나 지금은 개인 소유로 되어 있다)으로 출발할 예정인 정기 여객기 프로메테우스호에 올라탔다.

제인 그레이는 마지막으로 비행기에 올라 16번 좌석에 앉았다. 승객 중 몇몇은 이미 가운데 문을 통해서 작은 주방과 앞쪽에 있는 두 개의 화장실로 향하고 있었다. 통로 건너편에서 재잘거리는 소리가 시끄럽게 들려왔다. 조금 날카롭고 높은 억양의 여자 목소리였다. 제인은 입술을 약간 실룩거렸다. 그런 목소리를 가진 사람들이 어떻다는 걸 잘 알고 있기 때문이다.

"오, 뜻밖이네요……전혀 몰랐어요……그런데 어디라고 했죠? 주앙 르팽(남프랑스의 휴양지)? 오, 그래요. 아니……르피네(북프랑스의 휴양지)……예, 바로 그 사람들이었죠. 아무튼 우리 함께 앉아요. 어머, 안 되겠군요. 누구……? 오, 알겠어요."

그러자 남자 목소리도 들려왔다. 외국인 억양의 공손한 말투였다.

"……아니, 괜찮습니다, 부인."

제인은 곁눈질로 힐끗 훔쳐보았다. 달걀 모양의 머리에 멋진 콧수염을 기른 자그마한 몸집의 초로(初老)의 남자가 통로 건너편의 제인과 같은 줄에 있다가 소지품을 챙겨 조용히 일어서고 있었다.

제인은 고개를 살짝 돌려서 두 여자를 쳐다보았다. 그들의 뜻밖의 만남 때문에 이 낯선 남자는 자기 자리를 양보해줘야 했다. 르피네라는 말에 그녀는 불쑥 호기심이 일어났다. 제인도 지금까지 그곳에 머물다 돌아가는 중이었기 때문이다.

제인은 두 여자 중 한 명은 분명하게 기억하고 있었다──바카라(카드로 하는 도박의 일종) 테이블에서 보았던 그녀의 마지막 모습이 떠올랐다. 그녀는 자그마한 손을 쥐었다 폈다 하면서 드레스덴 도자기처럼 하얗게 화장한 얼굴을 붉으락푸르락하고 있었다. 조금만 생각해 보면 그녀의 이름이 기억날 것도 같았다.

　한 친구가 그녀의 이름을 들먹이면서, "저 여자는 귀족 부인이야. 하지만, 진짜 귀족 부인이라고는 할 수 없지 뭐. 예전에 가극단의 코러스걸인가 뭐 그런 거였다니까." 그렇게 말하는 목소리에는 조롱하는 느낌이 짙게 깔려 있었다. 그 친구는 메이시라는 이름을 가진, 군살을 빼내는 데 아주 유능한 마사지사였다.

　나머지 한 여자는 진짜 귀족 딸일 것이라고 제인은 생각했다. 시골 대지주 가문의 여자 같은데 하고 생각하다가, 이내 두 여자의 일은 떨쳐 버리고 창밖으로 보이는 르아브르 공항의 경치로 눈길을 돌렸다. 여러 가지 모양의 비행기들이 늘어서 있었다. 그중에는 마치 금속으로 만들어진 지네처럼 보이는 것도 있었다.

　제인은 자기 앞쪽 맞은편 자리에는 시선을 주지 않기로 했다. 그 자리에는 젊은 남자가 앉아 있었다. 그 청년은 좀 밝은 빛이 도는 푸른색 스웨터를 입고 있었다. 제인은 스웨터 위쪽으로는 쳐다보지 않으려 애썼다. 만일, 그녀가 쳐다본다면 청년과 눈길이 마주칠 텐데……, 절대로 그러고 싶진 않았다!

　정비사가 불어로 뭐라고 소리치자, 엔진이 요란한 소리를 내기 시작했다. 그 소리는 점점 줄어들었다가 다시 커지곤 했다. 이윽고, 바퀴받침이 제거되고 비행기가 이륙하기 시작했다.

　제인은 두려움에 숨을 죽였다. 이번이 겨우 두 번째 비행기 여행이었다. 그녀는 아직도 몸이 부들부들 떨리는 것을 느꼈다. 꼭 비행기가 저쪽에 있는 철책을 들이받을 것만 같았다. 하지만, 비행기는 무사히 이륙해서 높이높이 날아 공중을 한 바퀴 빙 선회했다. 어느덧 르아브르 공항이 눈 아래로 내려다보였다.

　크로이던행 정오 비행기가 출발한 것이다. 비행기에는 모두 스물한 명(앞쪽에 열 명, 뒤쪽에 열한 명)의 승객이 타고 있었다. 그 밖에, 조종사 두 명과 스튜어드 두 명이 함께 타고 있었다. 엔진 소리는 점점 작아져서 더 이상 탈지면으로 귀를 막고 있을 필요가 없었다. 하지만, 대화를 나누기에는 시끄러웠기 때문에 승객들은 사색에 잠겨 있었다.

비행기가 영국해협을 향해 프랑스 상공을 날고 있을 때, 뒤쪽 칸에 있는 승객들은 제각기 다른 생각에 골몰해 있었다.

제인 그레이는 이렇게 생각하고 있었다. '저 사람을 쳐다보지 말아야지. 절대로, 절대로 쳐다보지 말아야 해. 창밖을 내다보면서 계속 생각에 잠겨야지. 뭣 좀 그럴 듯한 생각을 해야 할 텐데. 그러면 마음이 차분히 가라앉게 될 거야. 처음부터 아주 자세하게 생각해 봐야지.'

제인은 아일랜드 경마대회에서 마권을 샀던 때를 회상해 보았다. 그건 엉뚱한 행동이긴 했지만 재미있는 일이었다. 그 일은 제인을 비롯해서 다섯 명의 젊은 여자들이 함께 일하는 미용실에서 떠들썩한 얘깃거리가 되었다.

"정말 당첨된다면 뭘 할 거야?"

"그건 벌써 다 생각해 놓았어."

여러 가지 계획들……헛된 공상……결국은 놀림만 당했지.

그러나, 제인은 어마어마한 상금은 아니었지만 그런대로 백 파운드를 받게 되었다. 백 파운드―.

"절반만 쓰고, 나머지는 만일을 대비해서 남겨 둬. 무슨 일이 생길지도 모르잖아."

"나 같으면 모피 외투를 사겠어, 아주 최고품으로 말이야."

"유람선 여행도 괜찮을 거야."

'유람선 여행'이라는 말에 제인은 귀가 솔깃해졌지만, 결국은 처음 생각한 대로 르피네에서 일주일을 머물기로 했다. 르피네에 가기 전에, 또는 르피네에서 돌아와 미용실에 들르는 손님들을 늘 부러워해 온 터였기 때문이다.

제인은 능숙한 솜씨로 머리칼을 매만지면서 입으로는 상투적인 말을 기계적으로 늘어놓았다. "어머, 파마하신 지 얼마나 됐죠, 부인?" "머리카락색이 정말 특이하네요, 부인" "정말 멋진 여름을 보내셨군요, 부인." 이렇게 말하면서 제인은 마음속으론, '체, 나라고 르피네에 가지 못한다는 법은 없지.' 하고 생각했었다. 그러던 것이 드디어 그 꿈이 이루어지게 된 것이었다.

옷 문제는 별 어려움이 없었다. 그럴 듯한 곳에서 일하는 덕분에 제인은 적은 비용으로 뛰어난 효과를 낼 수 있었기 때문이다. 손톱, 화장, 머리 매무새도 나무랄 데 없이 훌륭했다. 이렇게 해서 르피네로 떠났었다.

그런데, 이제는 르피네에서 보낸 열흘 동안이 하나의 회상거리로 밖에 압축되지 않았다니!

룰렛(회전하는 원반 위에 공을 굴리는 도박의 일종) 테이블에서의 일이었다. 제인은 매일 밤 그 게임에서 약간 돈을 좀 써보리라 작정하고서, 일정한 한도액을 넘기지 않으려고 단단히 마음먹었다. 초보자는 대개 운이 좋은 편이라고 하던데, 제인에겐 그리 신통치 않았다. 그러던 나흘째 되던 날 밤 마지막 판에서였다. 그때까지 제인은 열두 개 조 중 하나에 조심스럽게 돈을 걸었다. 조금 따기도 했지만 잃은 돈이 더 많았다. 제인은 돈을 들고 기다렸다.

아무도 걸지 않은 숫자가 두 개 있었다―5와 6. 이 숫자 중 어느 하나에 걸어야 할 텐데. 어느 것에 걸까? 5, 아니면 6? 어느 것이 좋을까?

5―5가 좋을까? 공이 돌기 시작했다. 제인은 손을 뻗어―6, 6에다 걸었다.

그때, 제인의 건너편에 있던 남자가 동시에 돈을 걸었다. 제인은 6, 그 남자는 5에―.

"이제 시작합니다." 딜러가 불어로 말했다.

공이 '딸랑' 소리를 내며 멈췄다.

"5번, 빨간색, 홀수로군요. 틀렸습니다."

제인은 너무 분해서 울음이 터져 나올 것만 같았다. 딜러가 판돈을 거두고 나서 또 지불해 주었다.

건너편에 있던 남자가 그녀에게 말했다.

"딴 돈을 가져가지 않으실 겁니까?"

"내 건가요?"

"그럼요."

"저는 6에다 걸었는데."

"아닙니다. 내가 6에 걸고, 당신은 5에 걸었습니다."

그러면서 그는 미소를, 아주 매력적인 미소를 지어 보였다. 갈색 얼굴과 푸른 눈, 그리고 짧은 고수머리에 하얀 치아가 인상 깊었다.

제인은 반신반의하면서 돈을 거둬들였다. 정말일까? 제인은 좀 혼란스러웠다. 그녀는 미심쩍어하는 눈길로 낯선 남자를 쳐다보았다.

그러자 그는 살짝 미소를 지어 보이며 말했다.

"됐습니다. 돈을 그냥 내버려두면 맞히지도 못한 녀석이 가져가 버리죠. 흔히 있는 일입니다."

그러고는 부드럽게 고개를 끄덕여 보이더니 나가버렸다. 제인은 괜찮은 남자라고 생각했다. 아마 그 남자가 나가버리지 않았다면, 제인은 그가 자신에게 접근하기 위해서 돈을 건네주는 거라고 의심했을 것이다. 하지만, 그는 그런 부류의 남자가 아니었다. 그때는 정말 괜찮은 사람이었다……. 그런데, 지금 그 남자가 바로 제인의 맞은편 자리에 앉아 있는 것이다.

하지만, 이젠 모두 끝난 일이다. 그 돈은 파리에서 이틀 동안 머물면서(좀 실망스러운 시간이었지만) 모두 다 써버렸으며, 지금은 집으로 돌아가는 비행기 안이다.

'앞으로 어떻게 될까?' 그녀는 마음속으로 중얼거렸다.

'아니야. 앞으로 일어날 일은 생각하지 말아야 해. 공연히 신경만 날카로워지거든.'

두 여자가 얘기를 끝낸 모양이었다.

제인은 통로 건너편으로 시선을 돌렸다. 드레스덴 도자기처럼 새하얗게 화장한 여자가 부러진 손톱을 들여다보면서 신경질적인 목소리로 투덜거렸다.

그녀가 벨을 누르자 하얀 제복을 입은 스튜어드가 다가왔다.

"내 하녀를 좀 불러 주시겠어요? 저쪽 칸에 있을 텐데."

"알겠습니다, 부인."

스튜어드는 매우 정중하게 대답한 뒤 얼른 돌아갔다. 이내 검은 머리에 검은 옷을 입은 프랑스 처녀가 작은 보석 상자를 들고 다가왔다.

호베리 부인이 불어로 말했다.

"마들레느, 빨간 모로코 가죽가방이 필요해."

하녀는 통로를 죽 걸어갔다. 그 칸의 맨 뒤에는 무릎덮개와 가방들이 쌓여 있었다. 하녀는 자그마한 빨간색 화장품 가방을 들고 돌아왔다.

시셀리 호베리 부인은 가방을 받아들고는 하녀를 물러가게 했다.

"됐어, 마들렌. 가방은 그냥 여기 둘 테니까."

하녀는 다시 자기 자리로 돌아갔다. 호베리 부인은 가방을 열고는 여러 아름다운 물건 중에서 손톱줄을 집어들었다. 그러고 나서 작은 거울에 비친 자신의 얼굴을 진지한 표정으로 한참 동안 들여다보고는 여기저기 매만지기 시작했다—분을 조금 바르고, 입술을 좀더 진하게 그렸다.

제인은 입술을 비쭉 내밀며 비웃었다. 그러고는 그 앞쪽으로 시선을 돌렸다.

두 명의 여자 뒤에는 그 '시골의 귀족 딸'일 것 같은 여자에게 자리를 양보해준 몸집이 작은 외국인이 앉아 있었다. 머플러를 목에 칭칭 둘러맨 그는 잠이 든 모양이다. 그러나 제인의 시선을 느꼈는지 눈을 뜨고 잠시 그녀를 바라보다가 이내 다시 감아 버렸다.

그 사람 옆에는 좀 거만한 인상을 풍기는 얼굴에 키가 크고 머리가 희끗희끗한 남자가 앉아 있었다. 그는 자기 앞에 놓인 플루트 상자를 열고는 아주 조심스럽게 꺼내어 닦고 있었다. 제인은 우스꽝스럽다고 생각했다. 그는 음악가가 아니라 오히려 변호사나 의사처럼 보였기 때문이다.

그 뒤쪽으로 프랑스인 둘이 나란히 앉아 있었다. 한 명은 턱수염을 길렀고 또 한 명은 좀 젊은 사람인데, 아마 부자(父子) 사이인 모양이었다. 그 두 사람은 꽤나 흥분했는지 요란하게 몸짓을 섞어가며 얘기를 나누고 있었다.

제인이 앉아 있는 줄은 그녀가 쳐다보지 않기로 마음먹은 푸른색 스웨터를 입은 남자 때문에 사실은 보이지도 않았다.

'왜 이렇게 흥분하는 거야. 열일곱 소녀도 아닌데…….'

제인은 왠지 불쾌한 생각이 들었다.

제인의 맞은편에 앉아 있는 노먼 게일도 생각에 잠겼다.

'아름다워—정말 아름다운 여자야. 저 여자도 틀림없이 나를 기억하고 있을 거야. 자기가 건 돈을 죄다 빼앗길 때 몹시 실망하는 표정이더군. 게임에 이겼을 때 즐거워하는 모습을 다시 한 번 보고 싶군. 그렇게 하길 잘했지. 저 여자는 웃을 때가 참 매력적이란 말이야. 치주염도 없어 보이고, 건강한 잇몸에 치

아도 튼튼해 보이는군. 제기랄, 내가 왜 이렇게 흥분하고 있지. 정신 차려야
지…….'

그는 메뉴를 들고 옆을 지나가는 스튜어드에게 말했다.

"냉동된 혓바닥 요리로 부탁합시다."

'이런, 어떻게 하면 좋지?' 호베리 백작부인은 생각했다.

'모든 것이 엉망이야—엉망진창. 빠져나갈 구멍이 한군데 있기는 한데. 과연
내가 해낼 수 있을까? 감쪽같이 속일 수 있을까? 벌써 정신이 산만해져. 코카
인 때문이야. 어쩌다 코카인에 손을 대게 되었지. 얼굴이 흉측해 보이는군, 몹
시 흉측해 보여. 저 고양이 같은 베니시아 커가 여기 있어서 더욱 곤란하단
말이야. 저 여자는 항상 나를 불결한 물건 대하듯 쳐다보거든. 스티븐이 저 여
자를 좋아했었다고, 체! 저 긴 얼굴이 영 신경에 거슬린단 말이야. 영락없는
말상(馬相)이야. 저런 촌스러운 여자는 딱 질색이야. 제기랄, 어떻게 하면 좋지?
결정을 해야 할 텐데. 그 심술궂은 할망구가 한 말이…….'

그녀는 화장품 가방에서 담뱃갑을 찾아 담배를 긴 물부리에 끼워 넣었다.
그녀의 손이 파르르 떨렸다.

베니시아 커는 생각했다.

'못된 매춘부 같은 여자, 꼴에 아주 정숙한 체하겠지. 하지만, 저 여자는 닳
을 대로 닳아빠진 매춘부야. 가엾은 스티븐, 어떻게 해야 저 여자에게서 벗어
나게 할 수 있을까…….'

이번에는 베니시아 커가 담뱃갑을 만지작거렸다. 그녀는 시셀리 호베리가
주는 성냥불로 불을 붙였다.

그때 스튜어드가 다가왔다.

"죄송하지만, 부인, 비행기에선 금연입니다."

시셀리 호베리 부인이, "제기랄!" 하고 내뱉었다.

에르큘 포와로도 생각에 잠겨 있었다.

'아름다운 여자야. 보기 드물게 아름다운데. 턱을 보니 고집도 좀 있겠구먼.
그런데, 무슨 걱정거리가 있나? 왜 맞은편에 앉아 있는 잘생긴 청년을 쳐다보
지 않으려고 하는 걸까? 저 남자를 몹시 의식하는 것 같군. 저 남자도 역시

여자를 의식하고 있고……'

비행기가 조금씩 고도를 낮추기 시작했다.

'아이고, 배야.' 에르큘 포와로는 눈을 꼭 감았다.

포와로의 옆자리에 앉아 있는 브라이언트 박사는 조심스럽게 플루트를 어루만지면서 생각에 잠겼다.

'결심이 안 서. 결정할 수가 없군. 내 일생의 전환점이 될 문제인데……'

브라이언트 박사는 떨리는 손으로 상자에서 플루트를 꺼내어 아주 조심스럽게 매만졌다. 음악……음악만 있으면 모든 근심에서 벗어날 수 있지. 그는 슬그머니 미소를 지으며 플루트를 입술에 살짝 대어 보았다가 다시 내려놓았다.

옆자리의 콧수염을 기른 자그마한 남자는 깊은 잠에 빠져 있었다. 조금 전 비행기가 약간 덜커덕하는 순간 이 남자의 얼굴이 새파랗게 질렸었지.

브라이언트 박사는 자신이 기차나 배, 또는 비행기에서 멀미하지 않는 걸 무척 다행스럽게 여겼다…….

뒤퐁은 열을 올리며 옆에 앉아 있는 아들을 쳐다보고는 큰소리로 외쳤다.

"틀림없어. 빌어먹을 독일인과 미국인, 그리고 영국인들이 모두 틀린 거야! 그들이 측정한 선사시대 토기의 감정은 모두 엉터리란 말이야. 사마라(소련의 강) 토기만 해도……"

키가 큰 금발의 아들 장 뒤퐁은 아버지의 말에 좀 성의없는 태도로 대답했다.

"아버지는 여러 가지 자료를 들어서 증거를 제시하셔야 할 거예요. 톨 할라프도 있고, 또 사크제 구즈도 있으니까요—"

두 사람은 한참 동안 그 문제에 대해서 얘기를 나누었다.

아르망 뒤퐁은 낡아서 찌그러진 작은 서류가방을 비틀어 열었다.

"이 쿠르드(터키·이란·이라크에 걸쳐 있는 고원)산(産) 파이프들을 좀 보거라. 요즘 만들어 내고 있는 것들이다. 그래도 장식품들은 기원전 5천 년에 만들어진 토기의 장식품들과 거의 똑같잖니?"

그는 커다랗게 손을 휘저으며 말하다가 하마터면 스튜어드가 갖다놓은 접시를 떨어뜨릴 뻔했다.

추리소설 작가인 클랜시는 노먼 게일의 뒷자리에서 일어나 객실의 끝 쪽으로 걸어가서는 레인코트 주머니에서 유럽 대륙의 지도를 꺼내왔다. 그러고는, 그걸 보면서 작품에 사용할 복잡한 알리바이를 만들기 시작했다.

클랜시 뒷자리에 앉아 있는 라이더도 생각에 잠겨 있었다.

'잘 견뎌내야 할 텐데. 하지만 쉬운 일은 아니란 말이야. 다음 배당금 몫도 올려야 하는데……. 다음 배당금을 거른다면 불에다 기름을 붓는 격이겠지, 빌어먹을!'

노먼 게일이 일어나 화장실로 갔다. 그가 자리를 뜨자마자 제인은 거울을 꺼내어 얼굴을 들여다보았다. 그녀는 분을 덧바르고 입술 화장을 고쳤다.

스튜어드가 그녀 앞에 커피를 갖다 놓았다.

제인은 창밖을 내다보았다. 영국해협의 파란 물굽이가 저 아래에서 반짝이고 있었다.

클랜시가 차리브로드(유고슬라비아의 도시) 역에서 19시 55분발 열차를 조사하고 있을 때, 왕벌 한 마리가 '왱왱' 소리를 내면서 그의 머리 위를 맴돌았다. 그는 무심코 그 벌을 후려쳤다. 그러자, 그 왕벌은 뒤퐁 부자의 커피잔 쪽으로 날아갔다.

장 뒤퐁은 재빨리 그 벌을 잡아 죽였다.

객실 안은 다시 조용해졌다. 얘기 소리도 끊기고, 승객들은 제각기 생각에 잠겨 있었다.

그때 객실의 맨 끝인 2번 좌석에 앉아 있는 지젤 부인의 머리가 앞으로 축 늘어졌다. 사람들은 그녀가 잠이 든 것이라고 생각했을 것이다. 하지만, 그녀는 잠이 든 것이 아니었다. 이제 지젤 부인은 더 이상 얘기도 못 하고, 생각도 할 수 없게 된 것이다.

지젤 부인은 죽은 것이다.

제2장

발견

두 명의 스튜어드 중 선임인 헨리 미첼은 계산서를 돌리면서 빠르게 좌석 사이를 지나갔다. 30분만 있으면 비행기가 크로이던 공항에 도착할 것이다.

그는 지폐와 은화를 받으면서, "고맙습니다, 선생님. 고맙습니다, 부인." 하고 되풀이했다. 두 프랑스인들이 앉은 자리에서 그는 잠시 지체해야 했다. 두 사람은 흥분해서 몸짓까지 섞어가면서 대화에 열중하고 있느라 정신이 없었기 때문이다. 미첼은 이 사람들에게서 팁을 받아내기 어렵겠다고 생각하고는 좀 어두운 표정을 지었다. 콧수염을 기른 자그마한 남자와 나이 든 여자는 잠이 들어 있었다. 미첼은 그 나이 든 부인이 이 비행기를 몇 차례 이용한 사람이라는 것을 알고 있었다. 그녀는 팁을 아주 후하게 주곤 했으므로 깨우지 않았다. 콧수염을 기른 작은 남자는 잠에서 깨어나 소다수 한 병과 캡틴 비스킷 값을 주었다. 그는 그것밖에 먹지 않았다.

미첼은 나이 든 여자를 깨우지 않고 기다렸다가 비행기가 크로이던 공항에 도착하기 5분 전에 그 여자 옆으로 다가가서 몸을 구부렸다.

"실례합니다, 부인. 계산서를 가져왔습니다."

그는 정중한 태도로 그녀의 어깨 위에 손을 올려놓았다. 하지만, 그녀는 꿈쩍도 하지 않았다. 미첼은 손에 좀더 힘을 주어 살그머니 흔들어 보았다. 그러자 놀랍게도 그녀의 몸이 맥없이 옆으로 쓰러지는 것이 아닌가? 미첼은 그녀에게 몸을 구부렸다가 이내 하얗게 질린 얼굴로 몸을 일으켜 세웠다.

세컨드 스튜어드인 앨버트 데이비스가 말했다.

"뭐라고요! 그게 무슨 말입니까!"

"정말이라니까." 미첼은 하얗게 질린 채 부들부들 떨고 있었다.

"틀림없습니까, 헨리?"

"틀림없어. 그렇지만 발작을 일으킨 건지도 모르지."

"곧 크로이던 공항에 도착할 겁니다."

"그냥 발작을 일으켜 기절한 것이라면……."

두 사람은 잠시 어쩔 줄 몰라 하고 있다가—이내 서둘러 움직이기 시작했다. 미첼은 다시 뒤쪽 객실로 갔다. 그는 고개를 숙이고, "죄송합니다만, 의사 선생님 안 계십니까?" 하고 낮은 목소리로 중얼거리면서 좌석 사이를 지나갔다.

노먼 게일이 말했다.

"나는 치과의사인데, 무슨 일입니까?"

그는 자리에서 몸을 반쯤 일으켜 세웠다.

"나도 의사요. 무슨 일이 일어났소?" 브라이언트 박사가 말했다.

"저쪽 끝에 계신 부인이……, 좀 이상해서요."

브라이언트 박사는 자리에서 일어나 스튜어드를 따라갔다.

콧수염을 기른 남자가 슬그머니 두 사람 뒤를 따랐다.

브라이언트 박사는 몸을 구부려서 2번 좌석에 축 늘어져 있는 부인을 살펴보았다. 검은색 옷을 입은 좀 뚱뚱한 중년 여자였다.

의사의 진단은 아주 간단했다.

"죽었소."

"사인(死因)이 뭘까요? 발작입니까?" 미첼이 말했다.

"자세히 조사해 보기 전에는 뭐라고 말할 수 없소. 이 부인이 살아 있는 모습을 마지막으로 본 것이 언제였소?"

미첼은 곰곰이 생각해 보고 나서 대답했다.

"제가 커피를 갖다 드릴 때만 해도 멀쩡하셨는데요."

"그게 언제였소?"

"글쎄……, 45분쯤 되었을 겁니다—그쯤일 겁니다. 그 다음에 계산서를 가져갔을 때는 주무시고 계신 줄 알았으니까요."

"죽은 지 적어도 30분은 지났소." 브라이언트 박사가 말했다.

승객들은 두 사람이 주고받는 얘기에 관심을 기울이기 시작했다—사람들이 자리에서 얼굴을 내밀어 두 사람을 바라보았다. 또, 목을 길게 빼고 두 사람의 얘기를 들으려고 애쓰는 승객도 있었다.

"제 생각에는 발작 같습니다. 그렇지 않습니까?"

미첼이 희망을 걸고 넌지시 비추었다. 그의 처제도 발작을 일으킨 적이 있었다. 발작이라면 누구나 수긍할 만한 사인이 될 거라고 미첼은 생각했던 것이다.

브라이언트 박사는 그의 말에 대꾸하고 싶지 않았다. 단지 곤란하다는 표정으로 고개를 흔들 뿐이었다.

그때 뒤에서 목소리가 들려왔다. 머플러를 두르고 콧수염을 기른 남자였다. 그는 몹시 미안하다는 듯이 말을 꺼냈다.

"여기—, 목에 무슨 자국이 있군요"

그는 자기보다 많이 알고 있는 사람들 앞이기 때문인지 몹시 미안하다는 듯이 말을 꺼냈다.

"그렇군요." 브라이언트 박사가 말했다.

그는 여자의 머리를 조금 옆으로 돌려놓았다. 목 옆쪽으로 무엇에 찔린 듯한 자국이 보였다.

"실례합니다—." 뒤퐁 부자가 끼어들었다.

"이 부인이 죽었다는 겁니까? 그리고, 목에 무슨 자국이 있다고요?"

아들인 장 뒤퐁이 말했다.

"드릴 말씀이 있는데요. 좀전에 왕벌 한 마리가 날아다니기에 내가 잡았습니다." 그는 죽은 왕벌이 있는 커피 받침접시를 내보였다.

"이 부인은 가엾게도 왕벌에 쏘여 죽은 건 아닐까요? 전에 그런 이야기를 들은 적이 있거든요."

"가능한 일입니다." 브라이언트가 고개를 끄덕였다.

"나도 그런 얘기를 들었습니다. 그렇지—특히 심장질환 같은 걸 갖고 있다면 충분히 있을 수 있는 일입니다."

"어떻게 하는 게 좋을까요?" 스튜어드가 물었다.

"곧 크로이던 공항에 도착할 텐데요."

"글쎄⋯⋯." 브라이언트 박사가 조금 뒤로 물러서며 말했다.

"그냥 있으십시오. 음, 시체를 움직이지 마시오, 스튜어드."

"알겠습니다, 그렇게 하겠습니다."

브라이언트 박사는 자기 자리로 돌아가려다가 머플러를 두른 작은 외국인이 옆에 서 있는 걸 보고는 흠칫 놀란 표정을 지었다.

"선생―." 의사가 말했다.

"자리에 가서 앉으시죠. 곧 크로이던 공항에 도착할 모양인데요."

"그렇습니다, 선생님." 스튜어드가 말했다.

그는 다시 큰소리로 외쳤다.

"모두 자리에 앉아 주십시오."

"미안하지만―, 여기 뭔가 있군요." 작은 남자가 말했다.

"뭐가 있다고요?"

"예, 당신이 미처 보지 못한 모양이로군요."

그는 칠피구두의 뾰족한 끝으로 그 물체를 가리켰다. 스튜어드와 브라이언트 박사는 그 구두 끝을 따라 시선을 움직였다. 노란색과 검은색이 섞인 반짝이는 물체가 희생자의 검은 스커트 자락에 반쯤 가려져 있었다.

"또 왕벌인가?" 의사가 깜짝 놀라 말했다.

에르큘 포와로는 바닥에 무릎을 꿇고 앉았다. 그러고는 주머니에서 핀셋을 꺼내어 조심스럽게 그 물체를 집어들고 의기양양한 태도로 일어섰다.

"왕벌처럼 보이지만 왕벌은 아닙니다."

포와로는 의사와 스튜어드가 그 물체를 분명하게 볼 수 있도록 양쪽으로 빙 돌려 보였다. 그것은 끝이 퇴색한 기다란 바늘로, 한쪽에 검은색과 노란색의 실크가 감긴 것이었다.

"저런!"

자그마한 몸집의 클랜시가 자리에서 일어나 스튜어드의 어깨너머로 머리를 내밀며 외쳤다.

"놀랍군, 정말 놀라운 일이오. 이런 일은 처음 보는데, 도저히 믿어지지 않는군."

"좀 구체적으로 설명해 주시겠습니까, 선생님?" 스튜어드가 말했다.

"이것이 뭔지 알고 계신 겁니까?"

"알고 있느냐고? 그래요, 정확하게 알고 있소"

클랜시는 거만한 태도로 목소리를 높였다.

"그것은, 여러분, 어느 미개종족이 대롱을 사용해서 입으로 부는 독침이오. 아마 남아메리카가 아니면 보르네오 원주민인데, 정확히는 생각나지 않는군요. 하지만, 대롱을 사용해서 입으로 부는 원주민 독침인 것만은 틀림없소. 그리고 그 끝에는 분명히—."

"남아메리카 인디언의 유명한 화살 독이 묻어 있겠군."

에르퀼 포와로가 말을 이었다. 그리고 나서 불어로 덧붙여 말했다.

"그렇습니다. 하지만, 이거 정말 이상한 일이군요."

"정말 이상한 일입니다." 클랜시가 흥분한 목소리로 말했다.

"이거야 원 도저히 믿어지지 않는군요. 추리소설 작가인 나도 이런 경우는 정말이지 처음—."

그는 미처 말을 끝맺지 못했다.

비행기가 천천히 옆으로 기울어졌기 때문이었다. 그 바람에 자리에서 일어나 있었던 승객들이 모두 조금 비틀거렸다.

비행기는 커다랗게 돌면서 크로이던 공항에 내려앉기 시작했다.

제3장

크로이던 공항

스튜어드와 의사는 이제 뒤로 물러나 있었고, 대신 좀 당돌한 인상에 머플러를 두른 작은 남자가 그 자리를 차지하고 있었다. 그는 확신과 권위에 찬 목소리로 말했다. 그가 미첼에게 뭐라고 속삭이자, 미첼은 고개를 끄덕이고 나서 승객들을 밀치고 나아가 화장실을 지나 앞쪽 통로를 막아섰다.

비행기는 이제 활주로를 달리고 있었다.

이윽고 비행기가 멈춰 서자 미첼은 목소리를 높여 말했다.

"승객 여러분, 관계기관에서 사람이 나올 때까지 자리를 지켜 주십시오. 오래 걸리진 않을 겁니다."

대부분의 승객은 이것이 당연한 조치라고 받아들이는 것 같았다. 그런데, 한 사람이 날카로운 목소리로 항의했다.

"이게 무슨 짓이에요." 호베리 부인이 화난 목소리로 외쳤다.

"당장 내리게 해줘요."

"죄송합니다, 부인. 예외를 드릴 수가 없습니다."

"하지만, 이건 너무 무례한 행동이에요. 무례하단 말이에요."

시셀리는 화가 나서 발을 굴렀다.

"회사에다 당신을 고발하겠어요. 시체와 함께 비행기 안에 갇혀 있게 하다니, 정말 참을 수가 없군요."

"그건 그래요." 베니시아 커가 차분한 목소리로 천천히 말했다.

"하지만, 참을 수 없어도 참고 있어야 해요."

그러고는 자리에 앉아서 담뱃갑을 꺼냈다.

"이제는 담배를 피워도 되겠죠, 스튜어드?"

"예, 괜찮을 겁니다." 미첼은 좀 난처해하는 표정으로 말했다.

그는 힐끗 뒤를 돌아다보았다. 데이비스가 비상구 옆에 서서 앞쪽 칸의 승객들을 내려 보내고는 자기도 지시를 받기 위해서 내려가 버렸다.

그리 오래 기다리지 않았지만, 승객들은 적어도 30분은 지났을 거라고 생각했다. 사복 차림의 당당한 몸집을 가진 남자가 제복을 입은 경관과 함께 급히 비행장을 가로질러 미첼이 열어 놓은 문을 통해서 비행기 안으로 들어왔다.

"어떻게 된 일입니까?" 사복의 남자가 사무적인 투로 물었다.

그는 미첼과 브라이언트 박사의 설명을 차례로 듣고 나서 축 늘어진 여자를 훑어보았다.

그는 경관에게 뭐라고 지시를 내리고는 승객들 쪽으로 몸을 돌렸다.

"저를 따라오십시오, 여러분."

그는 승객들을 호송하여 비행기에서 내려 공항을 가로질러 나가서는, 세관 쪽으로 가지 않고 자그마한 방으로 들어갔다.

"오래 걸리지는 않을 겁니다, 여러분."

"여보시오, 경감—." 제임스 라이더가 말했다.

"나는 런던에서 사업상 중요한 약속이 있습니다."

"죄송합니다."

"나는 호베리 백작부인이에요. 이런 식으로 나를 붙잡아 두다니 정말 참을 수가 없어요!"

"진심으로 사과드립니다, 호베리 부인. 하지만, 아시다시피 매우 중요한 문제라서요. 살인사건인 것 같습니다."

"남아메리카 인디언의 독침이죠."

클랜시는 얼굴 가득 미소를 담은 채 흥분된 목소리로 중얼거렸다.

경감이 의심스럽다는 듯이 클랜시를 쳐다보았다.

그때 프랑스 고고학자가 흥분된 모습으로 불어로 말하자, 경감도 역시 불어로 조심스럽게 대답해 주었다.

"귀찮은 일일 테지만 책임을 다해 주세요." 베니시아 커가 말했다.

그 말에 경감은 정중한 태도로 대답했다.

"감사합니다, 아가씨. 여러분이 여기에서 기다리시는 동안 의사 선생님과 몇 마디 나누고 싶습니다. 성함이 어떻게 되시는지?"

"브라이언트요."

"감사합니다. 잠깐 이쪽으로 와주시겠습니까?"

"내가 두 분의 대화에 끼어들어도 괜찮을까요?"

콧수염을 기른 남자의 목소리였다.

경감은 불쾌한 듯이 입술을 일그러뜨리며 돌아보다가 그를 보더니 갑자기 표정을 바꾸었다.

"아이고, 이거 죄송합니다, 포와로 씨. 머플러를 너무 깊게 두르고 계셔서 알아보지 못했군요. 물론 괜찮고 말고요. 이쪽으로 오십시오."

그가 문을 열었다. 브라이언트 박사와 포와로는 나머지 승객들의 의아해하는 시선을 받으며 문을 지나 안으로 들어갔다.

"왜 저 사람은 나가게 하고, 우리는 여기에 가둬 두는 거죠?"

시셀리 호베리 부인이 냅다 소리를 질렀다.

베니시아 커는 체념한 듯이 의자에 주저앉으며 말했다.

"프랑스 경찰, 아니면 세관의 정보원인 모양이죠."

그녀는 담배에 불을 붙였다.

노먼 게일은 머뭇거리다가 제인에게 말을 걸었다.

"당신을……저……르피네에서 본 적이 있는데요."

"예, 거기에 있었어요."

노먼 게일이 말했다.

"르피네는 정말 아름다운 곳입니다. 그곳의 소나무들이 꽤 괜찮더군요."

"예, 냄새가 좋더군요." 제인이 말했다.

그러고 나서 두 사람 다 말을 잇지 못하고 잠시 침묵을 지켰다.

잠시 뒤 노먼 게일이 다시 입을 열었다.

"나는……저……비행기에 타자마자 당신을 알아봤습니다."

"그래요?" 제인은 짐짓 놀란 표정을 지었다.

"그 여자가 살해당했다고 생각합니까?" 게일이 말했다.

"그런 것 같아요." 제인이 말했다.

"좀 짜릿한 맛도 있긴 하지만 불쾌한 일이에요."

그녀는 어깨를 살짝 움츠렸다. 그러자, 노먼 게일은 제인을 감싸 주려는 듯 손을 벌리며 그녀에게 가까이 다가갔다.

뒤퐁 부자는 불어로 얘기를 나누고 있었으며, 라이더는 작은 노트에다 무슨 계산인가를 하면서 가끔 시계를 들여다보았다. 시셀리 호베리는 의자에 앉아 침착하지 못하게 발끝으로 바닥을 톡톡 치고 있었다. 그녀는 떨리는 손으로 담배에 불을 붙였다.

문 안쪽에는 푸른 제복의 몸집이 커다란 경관이 무표정한 얼굴로 기대어 서 있었다.

옆방에서는 재프 경감이 브라이언트 박사와 에르퀼 포와로를 상대로 얘기를 나누고 있었다.

"당신은 뜻밖의 장소에서 모습을 나타내는 교묘한 기술이 갖고 있는 것 같습니다, 포와로 씨."

"크로이던 공항은 자네 관할이 아니잖나?" 포와로가 말했다.

"아, 요즘 거대한 밀수조직을 수사하고 있습니다. 그러다가 오늘은 운 좋게도 여기에 있게 된 거죠. 요 몇 년 사이에 이렇게 놀라운 사건은 처음인 것 같습니다. 자, 그럼 시작해 봐야겠습니다. 박사님, 먼저 성함과 주소를 가르쳐 주시겠습니까?"

"로저 제임스 브라이언트. 이비인후과 전문의로 할리가(일류 의사가 많은 런던 거리) 329번지에 살고 있소."

멍청한 표정으로 앉아 있던 경관이 기록하기 시작했다.

"검시관이 시체를 검사할 때—당신도 참석해 주셔야겠습니다, 박사님."

재프 경감이 말했다.

"그야 물론이죠."

"사망시간을 추정할 수 있겠습니까?"

"크로이던 공항에 도착하기 바로 직전에 진찰해 보았는데, 그때는 죽은 지 적어도 30분은 지난 뒤였소. 이보다 더 정확하게 말씀드리기는 곤란하군요. 스튜어드가 한 시간쯤 전에 그녀와 얘기를 나누었다고 하더군요."

"그렇다면, 시간이 많이 좁혀지겠군요. 쓸데없는 질문 같지만, 이상한 것은 보진 못했습니까?"

의사는 고개를 저었다.

"나는—내내 자고 있었네." 포와로가 몹시 유감스럽다는 표정으로 말했다.

"비행기나 배를 타기만 하면 멀미를 하는 바람에 늘 머플러로 목을 감싸고 자는 것이 습관이 되어 있어서."

"사인이 뭐라고 생각합니까, 박사님?"

"이 상황에서는 자세하게 말할 수 없지요. 부검 결과를 검토해 봐야 알 수 있을 것 같습니다."

재프는 알겠다는 듯이 고개를 끄덕였다.

"그럼, 박사님—." 그가 말했다.

"그만 가보셔도 되겠습니다. 그렇지만 다른 승객들과 마찬가지로 형식적인 절차는 거쳐야 합니다. 예외를 둘 수는 없거든요."

브라이언트 박사가 미소 지었다. 그러고는 진지한 목소리로 말했다.

"나도 내가 그—대롱이라든가 다른 흉기 같은 걸 갖고 있지 않다는 걸 확인받고 싶소."

"그 문제는 로저스가 알아서 할 겁니다."

재프는 부하에게 고개를 끄덕여 보였다.

"그건 그렇고, 박사님, 이번 사건에 대해서 뭐 짚이는 것이라도 없습니까?"

그는 앞쪽 테이블 위에 놓인 작은 상자 안에 들어 있는 색 바랜 침을 가리켰다.

브라이언트 박사는 고개를 내저었다.

"자세하게 조사해 보지 않고서는 말하기 곤란하군요. 쿠라레가 원주민들이 많이 사용하는 독으로 알고는 있습니다만."

"그것이 그렇게 독한가요?"

"아주 끔찍한 독입니다."

"그런 것을 손에 넣기도 쉽지 않을 텐데."

"보통 사람은 구하기 어렵죠."

"그렇다면, 먼저 박사님부터 집중적으로 조사해 봐야겠는데요."

농담을 좋아하는 재프다운 말이었다.

"로저스!"

의사는 경관과 함께 그 방을 나갔다.

재프는 의자에 등을 기대며 포와로를 바라보았다.

"어지간히 까다로운 사건이군요." 그가 말했다.

"도저히 믿어지지 않습니다. 비행기 안에서 대롱과 독이 묻은 침이라나—사람의 두뇌를 우롱하는 것 같습니다."

"그것참 의미심장한 말이로군." 포와로가 말했다.

"부하 두 명에게 비행기 안을 조사해 보라고 시켰습니다." 재프가 말했다.

"곧 지문감식반과 사진사가 올 겁니다. 그럼, 이번엔 스튜어드를 만나 봐야겠군요."

그가 문쪽으로 성큼성큼 걸어가서 뭐라고 하자, 스튜어드 두 명이 안내되어 들어왔다. 나이가 젊은 스튜어드는 이제 어느 정도 안정된 것 같았다. 그러나 선임 스튜어드는 여전히 새파랗게 질린 모습이었다.

"마음 푹 놓으시오." 재프가 말했다.

"앉으십시오. 여권은 가져왔겠죠? 됐습니다."

그는 재빨리 여권을 살펴보았다.

"오, 여기 있군. 마리 모리소—프랑스 여권이군. 이 여자에 대해서 좀 압니까?"

"전에 본 적이 있습니다. 영국을 자주 왕래하는 편이었죠." 미첼이 말했다.

"그렇습니까? 무슨 사업을 했던 모양이로군. 이 여자가 어떤 일을 하고 있었는지 모릅니까?"

미첼이 고개를 흔들었다. 젊은 스튜어드가 말했다.

"저도 그 여자를 본 적이 있습니다. 파리발 8시편에서 본 적이 있어요."

"이 여자가 살아 있는 모습을 마지막으로 본 사람이 누굽니까?"

"이쪽입니다." 젊은 스튜어드가 선배를 가리키며 말했다.

"그렇습니다." 미첼이 말했다.

"제가 커피를 갖다 주면서 본 것이 마지막이었습니다."

"그때 그 여자는 어땠습니까?"

"자세히 보진 않았습니다. 설탕을 드리고 나서 우유도 드렸더니 싫다고 하시더군요."

"그것이 몇 시였소?"

"글쎄, 정확하게는 모르겠습니다. 영국해협을 지나고 있었으니까 아마 두 시쯤 되지 않았을까요?"

"아마 그쯤 됐을 겁니다." 젊은 스튜어드인 앨버트 데이비스가 말했다.

"그다음에는 언제 봤습니까?"

"계산서를 돌릴 때였습니다."

"그건 몇 시였소?"

"커피를 돌리고 나서 15분쯤 지나서였을 겁니다. 저는 그분이 잠이 든 거라고 생각했죠. 그런데, 끔찍하게도 그땐 이미 죽어 있었던 겁니다."

스튜어드의 목소리가 두려움에 떨렸다.

"이것은 보지 못했다고 했지요—?"

재프 경감이 왕벌처럼 생긴 작은 침을 가리키며 말했다.

"예, 경감님. 보지 못했습니다."

"당신은, 데이비스?"

"제가 그분을 마지막으로 본 것은 치즈가 곁들여진 비스킷을 드릴 때였습니다. 그때는 멀쩡했죠."

"식사 서비스는 어떻게 합니까?" 포와로가 물었다.

"각각 다른 칸을 맡습니까?"

"아니, 그렇진 않습니다. 우리 둘이 함께 합니다. 먼저 수프, 그리고 고기와 채소, 샐러드, 콩 등을 차례대로 돌리죠. 대개 뒤쪽 객실을 먼저 돌리고 나서 새 접시를 꺼내어 앞쪽 객실을 돌립니다."

포와로가 고개를 끄덕였다.

"이 모리소라는 여자가 비행기 안에서 누구와 얘기한다거나 아는 체하는 걸 보지 못했습니까?" 재프가 물었다.

"못 보았습니다, 경감님."

"당신은, 데이비스?"

"저도 보지 못했습니다."

"그 여자가 여행 중에 자리를 뜬 적은 없었습니까?"

"없었던 것 같습니다, 경감님."

"혹시 이번 사건에 대해 실마리가 될 만한 얘기가 있으면 해주시오."

두 사람은 잠시 생각해 보고 나서 고개를 흔들었다.

"지금은 이것으로 됐습니다. 아마 나중에 다시 부르게 될 게요."

"아주 난처한 사건이죠, 경감님? 게다가 제 담당이기 때문에 더욱 불쾌합니다."

헨리 미첼이 심각한 목소리로 말했다.

"글쎄, 나는 당신에게 잘못이 있다고는 생각지 않소." 재프가 말했다.

"하지만, 당신 말대로 난처한 사건이라는 건 틀림없는 것 같군요."

그는 두 사람에게 나가라는 손짓을 했다. 이때 포와로가 몸을 앞으로 구부렸다.

"한 가지만 물어봐도 괜찮겠소?"

"그럼요, 포와로 씨."

"혹시 비행기 안을 날아다니는 왕벌을 보지 못했습니까?"

두 사람은 똑같이 고개를 저었다.

"제가 알기로는 왕벌은 없었습니다." 미첼이 말했다.

"아니, 있었소." 포와로가 말했다.

"어떤 승객의 커피 받침접시에서 죽은 왕벌을 보았는데."

"글쎄요, 저는 보지 못했는데요, 선생님." 미첼이 말했다.

"저도 보지 못했는데요." 데이비스가 말했다.

"뭐 그렇게 중요한 문제는 아니니까 이젠 됐소."

스튜어드 두 명이 밖으로 나갔다. 재프는 얼른 여권 쪽으로 눈을 돌렸다.

"백작부인이 타고 있군요. 아마 여기저기 휘젓고 다니는 여자일 겁니다. 경찰이 거칠게 다루었다고 의회에 호소하겠다는 둥 소란을 피우기 전에 그 여자부터 조사해 보는 게 좋겠군요."

"짐들을 모두—뒤쪽에 탔던 승객들의 짐 말인데, 샅샅이 조사해 보아야 할 걸세."

재프가 흥미롭다는 듯 눈을 반짝거렸다.

"그게 무슨 말입니까, 포와로 씨? 우리는 먼저 대롱부터 찾아내야 합니다. 대롱이란 것이 존재하고, 또 우리가 꿈을 꾸고 있는 것이 아니라면 말입니다! 사실, 나는 무슨 악몽을 꾸고 있는 느낌입니다. 혹시 추리소설 작가라는 그 친구가 갑자기 머리가 돌아서 작품에다 사용할 범죄를 직접 저질러 본 것은 아닐까요? 이 독침이라는 것이 왠지 자꾸 그 사람 쪽으로 기울게 하는군요."

포와로는 의아스럽다는 듯이 고개를 내저었다.

"알겠습니다." 재프 경감이 계속했다.

"승객들이 불평을 하건 말건 짐을 모두 조사해 보죠. 또, 그들이 갖고 있는 물건들도 샅샅이 검사해 보겠습니다. 그러면 뭐가 좀 나오겠죠."

"아주 완벽한 목록을 만들어야 하네." 포와로가 말했다.

"특히 승객들이 갖고 있는 물건에 대해서 말이네."

재프가 이상하다는 눈길로 포와로를 바라보았다.

"말씀하신 대로 하겠습니다, 포와로 씨. 하지만, 무엇을 알아내시려는 건지 잘 모르겠군요. 하긴 무엇을 찾아야 하는지는 일단 분명하니까."

"아니, 자네는 분명한지 모르지. 하지만, 나는 그것이 확실치 않단 말이야. 무엇을 찾아내야 하긴 할 텐데, 그게 뭔지 분명하지 않군."

"또 그러시는군요, 포와로 씨! 당신은 늘 일을 어렵게 만드는 걸 좋아하시니까요. 그 부인이 내 눈을 할퀴기 전에 어서 만나 봐야겠습니다."

뜻밖에 호베리 부인의 태도는 이상할 정도로 조용했다. 그녀는 권하는 의자에 앉아서 재프의 질문에 조금도 주저하지 않고 대답했다. 자신은 호베리 경의 부인이며, 주소는 서식스군 호베리 체이스와, 런던시 그로스베너 스퀘어(런던의 고급 주택가) 315번지라고 말했다. 그녀는 르피네와 파리를 거쳐 런던으로 돌아가는 길이라고 했다. 그리고 죽은 여자를 전혀 알지도 못하며, 비행기 안에서 수상한 것을 보지도 못했다고 했다. 그녀는 다른 쪽을—곧, 비행기의 앞쪽을 향해 앉아 있었기 때문에 뒤에서 무슨 일이 일어났는지 볼 수가 없었다는 것이다. 그리고 비행 도중에 자리를 뜬 적도 없었다고 했다. 그녀의 기억으로는 스튜어드를 빼고는 앞쪽 칸에서 뒤쪽 칸으로 온 사람은 없었다고 했다. 또, 뒤쪽 칸에 있던 남자 승객 두 명이 화장실에 간 것 같긴 하지만 확실하지는 않다고 했다. 그리고 대롱을 갖고 있는 사람도 보지 못했다고 했다. 객실 안에서 왕벌을 보지 못했느냐는 포와로의 질문에 그녀는 못 보았다고 대답했다.

호베리 부인이 나가고, 이어 베니시아 커 양이 들어왔다. 커 양의 대답은 호베리 부인과 거의 똑같았다. 이름은 베니시아 앤 커이며, 주소는 서식스군 호베리 리틀패덕스라고 했다. 그녀는 프랑스의 남부지방에 들렀다가 돌아오는 길이며, 사망자를 본 적이 없다고 했다. 그리고 여행 도중에 의심스러운 것을 목격하지도 못했다고 했다. 한편, 뒤쪽 좌석에 앉아 있는 몇몇 승객이 왕벌을 후려치는 걸 보았으며, 아마 그중 한 사람이 왕벌을 잡아 죽였을 거라고 했다. 그건 점심식사가 나온 뒤에 일어난 일이라고 했다.

커 양이 밖으로 나갔다.

"왕벌에 꽤 흥미를 갖고 계시는군요, 포와로 씨."

"왕벌은 흥미롭기보다 암시적인 걸세, 알겠나?"

"글쎄요—." 재프는 얼른 화제를 바꾸었다.

"그 프랑스인들이 수상합니다. 두 사람은 죽은 모리소라는 여인과 통로를 사이에 두고 나란히 앉아 있었거든요. 그리고 초라해 보이는 옷차림에, 낡아서 찌그러진 여행가방에는 이상한 외국 상표가 붙어 있더군요. 그 사람들은 보르네오나 남아메리카 같은 곳을 다녀오는 길이라고 해도 조금도 이상하게 보이지 않았습니다. 물론 아직 동기를 찾아내진 못했지만, 그건 파리에서 알려 올 겁니다. 그 점에 대해선 프랑스 경찰에게 도움을 받아야죠. 어차피 이 사건은 우리 일이라기보다는 그쪽 일이니까 말입니다. 아무튼 우리의 목표는 그 두 사람입니다."

포와로의 눈빛이 잠시 반짝거렸다.

"가능성이 있는 얘기이긴 하지만, 자네가 좀 잘못 생각하고 있는 것 같군.

그 두 사람은 자네 말처럼 흉악한 살인자가 아니야. 그들은 반대로 아주 뛰어난 학식을 갖춘 고고학자라네."

"또 복잡하게 만드시는군요!"

"천만에! 나는 그들을 잘 알고 있네. 한 사람은 아르망 뒤퐁이고, 또 한 사람은 그의 아들인 장 뒤퐁이지. 그들은 수사(이란 서부에 있는 고대 도시의 폐허) 근처의 페르시아 유적지에서 발굴 작업을 마치고 돌아오는 길이네."

"그렇습니까?" 재프는 여권 하나를 재빨리 집어들었다.

"그렇군요, 포와로 씨. 하지만, 겉보기에는 그렇게 학식 있는 사람 같지 않던데요."

"세계적으로 유명한 사람들이 대개 그렇지! 나도—사람들의 입에 늘 오르내리는 나도 이발사로 오인당한 적이 있으니까!"

"별말씀을 다 하십니다." 재프가 씩 웃으며 말했다.

"그건 그렇고, 그 유명한 고고학자들을 한 번 만나 볼까요."

아버지 뒤퐁은 사망자와는 전혀 모르는 사이라고 했다. 그리고, 그는 아들과 어떤 문제에 대해서 정신없이 논의하고 있었기 때문에 여행 도중에 무슨 일이 일어났는지 전혀 모른다고 했다. 그는 자리를 뜬 적도 없다고 했다. 점심 식사가 끝나갈 무렵에 왕벌 한 마리가 날아다니는 걸 보았는데, 아들이 잡아 죽였다고 했다.

장 뒤퐁은 아버지의 말을 확인해 주었다. 그는 자기 주위에서 무슨 일이 일어났는지 전혀 모른다고 했다. 그 왕벌이 성가시게 굴어서 잡아 죽인 것뿐이라고 했다. 그는 아버지와 근동(近東) 지방의 선사시대 토기에 대해서 얘기를 나누고 있었다고 대답했다.

다음에 들어온 클랜시는 기분이 언짢아 보였다. 재프 경감은 그가 대롱이라든가 독침에 대해서 너무 많은 것을 알고 있다는 인상을 받았다.

"대롱을 갖고 있습니까?"

"그러니까, 저—예, 사실은 갖고 있습니다."

"그래요!" 재프가 이 말에 바짝 달려들었다.

그러자, 자그마한 몸집의 클랜시가 흥분된 목소리로 말했다.

"하지만, 저—달리 생각하지는 마십시오. 내가 그것을 갖게 된 동기는 아주 순수합니다. 설명할 수도 있습니다."

　"그럼, 어디 설명해 보시지요."

　"저—아시다시피 나는 살인 수법을 글로 쓰는 사람입니다."

　"알고 있소." 그건 위협적인 목소리였다.

　클랜시는 급히 말을 이었다.

　"그건 지문 때문이었습니다—이해하시겠죠? 내 말은, 지문—그러니까 지문의 위치, 대롱에 찍혀 있는 지문의 위치를 나타내는 그림이 필요했던 겁니다. 이해하시겠죠? 그러니까 그것이, 차링 크로스로(路)(런던시 중심부에 있는 번화가)에서였던가요—적어도 2년은 되었을 겁니다. 나는 그곳에서 대롱을 샀죠. 그리고 화가인 친구가 그걸 자세하게 그려 주었습니다. 지문까지 넣어서—내 목적에 맞도록 말입니다. 그 책을 보여줄 수도 있습니다. 《빨간 꽃잎의 증거》라고—물론 친구도 만나게 해줄 수 있죠."

　"아직도 그 대롱을 갖고 있습니까?"

　"그럼요—갖고 있습니다. 예, 갖고 있을 겁니다."

　"지금 어디에 있습니까?"

　"글쎄요, 아마 어딘가에 있겠죠."

　"정확하게 어디에 있는지 말해 주시겠습니까, 클랜시 씨?"

　"글쎄요, 저—지금은 어디에 있는지 모르겠군요. 내가 원래 분명한 사람이 아니라서—."

　"그럼, 지금 갖고 있지 않다는 건가요?"

　"지금은 갖고 있지 않습니다. 최근 여섯 달 사이에는 그걸 본 기억도 없군요."

　재프 경감은 의아해하는 눈길로 차갑게 그를 쏘아보며 질문을 계속했다.

　"비행기에서 자리를 뜬 적이 있습니까?"

　"없습니다. 그건 틀림없습니다. 아니—자리를 뜬 적이 있군요."

　"그래요? 왜 자리를 뜬 겁니까?"

　"레인코트 주머니에서 유럽 대륙 지도를 꺼내왔습니다. 레인코트가 통로 뒤쪽 출입구에 무릎덮개와 가방을 쌓아둔 곳에 있었거든요."

"그럼, 사망자의 옆을 지나갔겠군요?"

"아닙니다. 아니—저, 지나갔겠군요. 그 자리를 지나가야만 했으니까. 하지만, 사건이 일어나기 훨씬 전의 일입니다. 수프를 먹고 있을 때였으니까."

그에게 몇 가지 질문을 더 던졌지만 만족할 만한 답을 얻어내지 못했다. 클랜시는 이상한 것을 보지 못했으며, 작품 속의 알리바이를 짜내는 데 몰두해 있었다고 했다.

"알리바이?"

포와로가 왕벌에 대한 질문을 하며 끼어들었다.

클랜시는 왕벌을 보았다고 했다. 그것이 자기 쪽으로 날아왔으며—자기는 왕벌을 싫어한다고 했다. 그건 스튜어드가 커피를 가져다주고 난 바로 다음이었다고 했다. 그가 손으로 후려치자 왕벌은 다른 곳으로 날아가 버렸다고 했다.

클랜시가 이름과 주소를 말하고 난 뒤, 나가도 좋다고 하자 그는 안도의 표정을 지으면서 자리를 떠났다.

"좀 냄새가 나는데요." 재프가 말했다.

"대롱을 갖고 있다고 했고, 또 태도도 왠지 혼란스러워 보이잖습니까?"

"그건 자네가 너무 강압적인 태도로 대했기 때문이 아닐까, 재프 경감?"

"그렇다고 해도 사실을 얘기하는 거라면 두려워할 게 없잖습니까?"

런던경시청에서 나온 재프가 정색하며 말했다.

포와로가 딱하다는 표정으로 그를 바라보았다.

"정말 그럴 것이라고 생각하나?"

"물론입니다. 사실일 테니까요. 그럼, 이번에는 노먼 게일을 불러 보겠습니다."

노먼 게일의 주소는 머스웰힐 셰퍼드가(街) 14번지이고, 직업은 치과의사라고 했다. 그는 프랑스의 르피네 해변에서 휴가를 보내고 돌아오는 길이며, 새로운 치과기구를 구경하기 위해 파리에서 하루 머물렀다고 했다. 또, 사망자를 알지도 못하며 여행 중에 수상한 점을 보지도 못했다고 했다. 그는 앞쪽을 바라보며 앉아 있었으며, 화장실에 가느라고 한 번 자리를 뜬 적이 있다고 했다. 하지만, 곧장 자기 자리로 돌아왔으며 객실 뒤쪽 근처에는 얼씬도 않았다는 것이었다. 또, 왕벌은 보지 못했다고 했다.

다음엔 제임스 라이더는 좀 흥분하고 퉁명스러운 표정으로 들어왔다. 그는 사업 관계로 파리에 들렀다가 돌아오는 길이며, 사망자를 모른다고 했다. 물론 그가 그녀 바로 앞자리에 앉아 있었긴 했지만, 일어서거나 뒤를 돌아보지 않고서는 그녀를 볼 수 없다고 했다. 그는 울음이나 비명을 듣지도 못했으며 스튜어드를 빼고는 그 객실에 들어온 사람은 없었다고 했다. 그리고, 프랑스인 두 명이 통로를 사이에 두고 그와 나란히 앉아 있었는데, 그들은 내내 얘기를 나누었다고 했다. 그중 젊은 사람이 식사가 끝나갈 무렵에 왕벌을 죽였다고 했다. 하지만, 그전에는 왕벌을 보지 못했다고 했다. 또, 대롱을 본 적이 없기 때문에 어떻게 생겼는지도 모르며, 그래서 여행 도중에 그런 걸 봤는지조차도 확실하게 말할 수 없다는 것이었다—.

그때 문을 두드리는 소리가 들렸다. 그리고, 경관 한 명이 들어와서 의기양양한 태도로 목소리를 낮춰 말했다.

"경사님이 방금 이걸 발견했습니다. 빨리 보여 드려야 할 것 같아서 가져왔습니다."

그는 손수건에 싸인 물건을 조심스럽게 풀어서 테이블 위에 올려놓았다.

"경사님이 조사한 바에 따르면 지문은 없지만, 그래도 조심스럽게 다루어야 한다고 하더군요."

그것은 원주민들이 만든 침을 부는 대롱이 틀림없었다.

재프는 거칠게 숨을 몰아쉬었다.

"맙소사! 그럼, 대롱이라는 것이 정말로 존재하는 거란 말인가? 사실 나는 믿지 않고 있었는데!"

라이더가 흥미있다는 듯이 앞으로 나왔다.

"이것이 남아프리카인이 사용하는 건가 보죠? 책에서 읽은 적은 있지만, 실제로 보기는 처음이군요. 이제 당신의 질문에 확실하게 대답할 수 있겠습니다. 나는 이런 물건을 갖고 있는 사람을 보지 못했습니다."

"어디에서 발견되었나?" 재프 경감이 날카롭게 물었다.

"좌석 뒤쪽의 보이지 않는 곳에 쑤셔 박혀 있었습니다."

"몇 번 좌석인가?"

"9번 좌석입니다."

"재미있게 되었군." 포와로가 말했다.

재프가 포와로를 돌아보며 말했다.

"뭐가 재미있게 되었다는 겁니까?"

"9번이라면 바로 내 자리잖나."

"그렇다면, 당신이 수상한데요." 라이더가 말했다.

재프가 이맛살을 찌푸리며 말했다.

"대답해 주셔서 고맙소, 라이더 씨."

라이더가 나가고 나자 그는 싱긋 웃으며 포와로를 쳐다보았다.

"아무래도 당신 일인 것 같은데요, 그렇잖습니까?"

"여보게—." 포와로가 점잔빼며 말했다.

"만일, 내가 살인을 저지른다면 남아메리카 인디언들의 독침 따위는 사용하지 않을 걸세."

"하긴, 수준이 좀 낮은 방법이죠." 재프가 말했다.

"그래도 효과는 아주 좋은 것 같은데요."

"생각할수록 골치가 아픈 사건이군."

"누군지 모르지만 꽤 아슬아슬했겠습니다. 빌어먹을! 녀석은 틀림없이 미치광일 겁니다. 그건 그렇고, 누가 남았죠? 여자 한 명이 남았군. 어서 만나 봐야겠군요. 제인 그레이라—무슨 역사책에 나오는 이름 같군."

"아주 아름다운 여잘세." 포와로가 말했다.

"그렇습니까? 그럼, 계속 주무신 것은 아니군요."

"아름답긴 하지만—좀 신경질적인 면이 있어 보이더군." 포와로가 말했다.

"신경질적이라고요?" 재프가 얼른 되받아 물었다.

"그렇다네. 하지만, 젊은 여자가 신경질적인 것은 대개 젊은 남자 때문이지—절대로 범죄 때문은 아닐세."

"그건 그렇죠. 벌써 와 있는 모양인데."

제인은 재프 경감의 질문에 정확하고 또렷또렷하게 대답했다. 이름은 제인 그레이이며, 브루턴가(街)에 있는 앤터니 미용실에서 근무한다고 말했다. 집은 북서

5구 해로게이트가(街) 10번지이며, 르피네에 들렸다가 돌아오는 길이라고 했다.

"르피네라—흠!"

몇 가지 질문 끝에 경마권 얘기가 나왔다.

"아일랜드 경마대회가 불법행위를 저지른 것 같은데." 재프가 투덜거렸다.

"저는 아주 재미있었는걸요." 제인이 말했다.

"경마에 반 크라운을 걸어 보신 적 있으세요?"

재프는 얼굴을 붉히며 좀 당황해 하는 표정을 지었다.

다시 질문이 시작되었다. 독침을 불어서 쏘는 대롱을 보았느냐는 물음에 제인은 보지 못했다고 대답했다. 그녀는 희생자를 알지는 못하지만, 르아브르 공항에서 본 기억이 있다고 대답했다.

"왜 그녀를 특별히 기억하고 있소?"

"그건—그녀가 꽤 못생겼기 때문이에요." 제인은 솔직하게 말했다.

그녀의 대답에서는 도움이 될 만한 게 없었다. 그녀는 곧 밖으로 나갔다.

재프는 대롱에 대해서 곰곰이 생각해 보았다.

"제가 당한 겁니다." 그가 말했다.

"아주 유치한 추리소설의 속임수가 척척 들어맞고 있잖습니까? 이제 무얼 알아내야 하는 거죠? 이 대롱이 사용되는 지역을 여행한 사람을 찾아낸다? 그런데, 이런 대롱은 정확하게 어디에서 사용되는 걸까요? 이 방면의 경험자가 있으면 좋을 텐데. 아마 말레이인이나 남아메리카인 아니면 아프리카인일 겁니다."

"그렇겠지." 포와로가 말했다.

"하지만, 자세히 살펴보게. 대롱에 종잇조각 같은 것이 붙어 있는 게 보일 걸세. 가격표를 떼어낸 자국 같더군. 그러니까 이건 미개지에서부터 골동품 상인을 통해 이곳으로 흘러들어 오게 된 거란 말일세. 그렇다면, 수사가 좀 쉬워지지 않겠나? 참, 물어볼 게 한 가지 있네."

"말씀하십시오."

"승객들의 소지품 목록을 만들라고 시켰나?"

"지금은 별 필요가 없겠지만, 만일을 위해서 만들어 두는 게 좋겠군요. 그 문제에 꽤 신경을 쓰시는 것 같습니다."

"그렇다네. 정말 까다로운 사건이야, 까다로워. 도움이 될 만한 것이 발견된다면─"

재프는 그의 얘기를 듣고 있지 않았다. 그는 가격표가 찢어져 나가고 남은 조각을 자세히 살피고 있었다.

"클랜시는 침을 불어서 쏘는 대롱을 구입했다고 했습니다. 추리소설 작가들은 경찰을 바보 취급하려고 들죠. 수사 방향을 엉망으로 만들어놓기도 하고요. 그들의 작품 속에서 경감이 총경에게 말하는 투로 내가 윗사람에게 한다면 당장 쫓겨나고 말 겁니다. 아무것도 모르는 3류 작가들 같으니라고! 이거야말로 3류 작가들이나 구상해 볼 만한 저질스러운 살인사건입니다."

제4장

심리

마리 모리소의 죽음에 대한 심리가 나흘 뒤에 있었다. 충격적인 살인 수법이 많은 사람의 흥미를 불러 일으켰기 때문에 법정 안은 방청객들로 붐볐다.

맨 먼저 불려나온 증인은 회색 수염을 기르고 키가 큰 중년의 프랑스인 알렉상드르 티보 변호사였다. 그는 낮은 목소리로 천천히 관용구까지 섞어가면서 영어로 말했다.

예비 심문이 있은 뒤에 검시관이 물었다.

"당신은 사망자의 시체를 확인했습니다. 본인이 틀림없습니까?"

"틀림없습니다. 내 의뢰인인 마리 안젤리크 모리소입니다."

"사망자의 여권에도 그렇게 쓰여 있더군요. 하지만, 사람들에게는 다른 이름으로 알려져 있던데요?"

"예, 보통 지젤 부인이라고 부르죠."

법정 안이 약간 술렁거렸다. 기자들은 필기구를 준비했다.

검시관이 물었다.

"모리소—아니, 지젤 부인이 생전에 어떤 사람이었는지 설명해 주시겠습니까?"

"지젤 부인이란 건 사업상 쓰는 이름이며, 파리의 사채업계에서는 잘 알려진 인물입니다."

"그녀는 어디에서 일을 했습니까?"

"파리시 졸리에트가(街) 3번지입니다. 그녀의 집도 같은 건물에 있습니다."

"그녀가 영국을 자주 왕래했다고 알고 있는데, 영국에서도 사업을 했습니까?"

"예, 영국인들과도 많은 거래가 있었습니다. 영국의 일부 사교계에서는 아주 잘 알려져 있죠."

"구체적으로 어떤 사람들인지 말씀해 주시겠습니까?"

"그녀의 고객은 주로 전문직에 종사하는 상류층 사람들이었습니다. 그래서, 거래도 신중하게 해야 했죠."

"그녀는 신중한 사람이라고 평판이 나 있던데요?"

"아주 신중한 사람이었죠."

"그녀의 복잡한, 그, 사업 관계에 대해서 잘 알고 있습니까?"

"그런 건 모릅니다. 저는 그녀 사업의 법률적인 문제만 다루었으니까요. 지젤 부인은 사업 수완이 뛰어나서 일을 가장 합법적인 방법으로 완벽하게 처리해 냈습니다. 그리고 모든 것을 완전히 혼자 관리했죠. 그래서 성격이 유별난 여자로 알려져 있습니다."

"이번 질문에 대해서는 알고 있는 범위 내에서 대답해 주시면 됩니다. 그녀는 사망 당시 많은 재산을 갖고 있었습니까?"

"예, 꽤 많이 갖고 있었습니다."

"역시 아는 대로 대답해 주십시오. 그녀에게 원한을 품고 있는 사람은 없었습니까?"

"없는 걸로 알고 있습니다."

티보 변호사가 내려가고 헨리 미첼이 올라왔다.

검시관이 말했다.

"이름은 헨리 찰스 미첼이고, 런던시 완즈워스 슈블랙가(街) 11번지에 살고 있습니까?"

"맞습니다."

"유니버설 항공사에서 근무하고 있죠?"

"그렇습니다."

"프로메테우스호의 선임 스튜어드이라고요?"

"예, 그렇습니다."

"지난 화요일—그러니까 18일에 당신은 정오 파리발 크로이던행 프로메테우스호에 탑승하고 있었습니다. 그리고 사망자도 그 비행기에 타고 있었습니다.

혹시 그전에 사망자를 본 적이 있습니까?"

"본 적이 있습니다. 저는 오전 8시 45분발 비행기에서 반년 동안 근무했었는데, 그때 그분이 몇 번 그 비행기를 이용했습니다."

"그녀의 이름은 알고 있습니까?"

"글쎄요, 목록에 적혀 있긴 한데 특별히 주의를 기울이진 않았기 때문에—"

"지젤 부인이라는 이름을 들어봤습니까?"

"들어보지 못했습니다."

"지난 화요일에 일어난 사건을 설명해 보십시오."

"저는 점심식사를 날라다 주고 나서 계산서를 돌리고 있었습니다. 그때는 그분이 잠이 든 모양이라고 생각했죠. 그래서 공항에 도착하기 5분 전이 되어서야 그분을 깨웠습니다. 그런데, 일어나지 않는 거였습니다. 그때는 그분이 돌아가신 건지, 아니면 그냥 편찮으신 건지 확인할 수 없었습니다. 그런데, 마침 의사분이 타고 계셨죠. 그 의사 말이……."

"브라이언트 박사의 증언은 곧 듣게 될 겁니다. 이걸 봐주십시오."

미첼은 대롱을 조심스럽게 받아들었다.

"그걸 본 적이 있습니까?"

"없습니다."

"승객 중 누군가 갖고 있는 것도 보지 못했습니까?"

"보지 못했습니다."

"앨버트 데이비스—"

젊은 스튜어드가 일어섰다.

"이름은 앨버트 데이비스, 런던시 크로이던 바컴가(街) 23번지에 살고 있습니까? 그리고, 유니버설 항공사에 근무하고 있고요?"

"예, 맞습니다."

"지난 화요일 프로메테우스호에 세컨드 스튜어드로 탑승했었습니까?"

"예, 그렇습니다."

"그 사건에 대해서는 어떻게 알게 되었습니까?"

"미첼 씨가 승객 한 분에게 사고가 일어난 것 같다고 말해 주었습니다."

"이걸 본 적이 있습니까?"

데이비스가 대롱을 받아들었다.

"없습니다."

"승객 가운데 누군가 이걸 갖고 있는 걸 보지 못했습니까?"

"못 봤습니다."

"이번 사건에 도움이 될 만한 사실을 알고 있는 게 있습니까?"

"없습니다."

"됐습니다, 내려가도 좋습니다."

"로저 브라이언트 박사."

브라이언트 박사는 이름과 주소를 말한 뒤, 이비인후과 전문의라고 밝혔다.

"브라이언트 박사님, 지난 화요일—그러니까 18일에 일어난 사건에 대해서 정확하게 설명해 주시겠습니까?"

"크로이던 공항에 도착하기 바로 전에 선임 스튜어드가 의사를 찾으며 통로를 지나갔습니다. 그래서 내가 대답하자, 그는 승객 한 명이 이상하다고 하더군요. 그래서 자리에서 일어나 스튜어드를 따라갔습니다. 그 여자는 자리에 축 늘어져 있었는데, 이미 죽은 지 어느 정도 지난 뒤였습니다."

"얼마나 지난 것 같았습니까, 브라이언트 박사님?"

"적어도 30분은 넘은 것 같았습니다. 30분에서 1시간 사이라고 말하는 편이 더 정확하겠군요."

"사인에 대해서 말씀해 주실 수 있겠습니까?"

"그런 건 정밀검사를 해보지 않고서는 말할 수 없습니다."

"목 언저리에 자그마한 자국이 있는 걸 보았습니까?"

"보았습니다."

"됐습니다—. 제임스 휘슬러 박사님."

바싹 마른 자그마한 몸집의 휘슬러 박사가 나왔다.

"이 지역의 경찰의사이시죠?"

"그렇습니다."

"생각나는 대로 증언해 주십시오."

"지난 화요일인 18일, 3시가 조금 지났을 무렵 크로이던 공항으로 나오라는 연락을 받았습니다. 어떤 중년 여자가 프로메테우스호 객실 의자에 늘어져 있었습니다. 그녀는 이미 죽은 뒤였으며, 사망시간은 한 시간 전쯤으로 보였습니다. 그녀의 목 근처에는 둥그스름한 자국이 나 있었는데—정확하게 말하면 경정맥(勁靜脈) 위였죠. 그건 왕벌에게 쏘였거나 아니면, 내게 보여준 것 같은 침에 찔린 자국으로 보였습니다. 시체는 곧 안치소로 옮겨졌고, 그곳에서 정밀검사를 할 수 있었습니다."

"그래서, 어떤 결과가 나왔습니까?"

"내 검시 결과에 따르면, 강력한 독이 혈액 속에 주입되어 사망한 것으로 보입니다. 사인은 심장마비이니까, 아마 즉사했을 겁니다."

"그것이 어떤 독인지 구체적으로 말씀해 주시겠습니까?"

"실은 나도 처음 대하는 종류였습니다."

주의 깊게 듣고 있던 기자들이 '미지의 독'이라고 적었다.

"고맙습니다―. 헨리 윈터스푼 씨."

윈터스푼은 몸집이 커다랗고 멍청해 보이는 인상으로, 온화한 표정을 지으며 나왔다. 하지만, 그는 겉보기와는 달리 무뚝뚝했다. 이런 사람이 관구(管區)의 주임분석자이자 희귀 독극물에 대한 권위자라는 것이 믿어지지 않았다.

검시관은 그 끔찍한 침을 들어 올리며 윈터스푼에게 그것을 아느냐고 물었다.

"알고 있습니다. 내게 분석을 의뢰해 온 겁니다."

"분석 결과를 말씀해 주십시오."

"그러죠. 이 침은 원주민의 쿠라레에 담가 두었던 겁니다. 쿠라레는 어떤 원주족이 사용하는 뱀독입니다."

기자들은 신바람이 나서 적어 내려갔다.

"그럼, 사인이 쿠라레라는 겁니까?"

"아니, 그렇진 않습니다." 윈터스푼이 말했다.

"처음에 담가 두었던 용액의 흔적은 아주 희미합니다. 내 분석 결과에 따르면, 최근에 그 침은 붐슬랭이나 목사라고 알려진 '디스폴리더스 티퍼스'의 독액 속에 담겨 있었습니다."

"붐슬랭? 그게 뭡니까?"

"남아메리카에 서식하는 뱀인데—현존하는 것 중에서 독성이 가장 강하다고 합니다. 그 독액이 인체에 어떤 영향을 주는지는 아직 알려지지 않았지만, 그 독액을 하이에나에게 주사하면 바늘을 빼기도 전에 죽어 버린다고 한다니 그 독성이 얼마나 강한지 알 수 있지 않겠습니까. 자칼도 총에 맞은 것처럼 그 자리에서 쓰러져 버립니다. 독이 피하(皮下)에 급성출혈을 일으키게 하여, 그것이 심장마비를 유발시키게 되는 겁니다."

기자들은 이렇게 써내려갔다.

'충격! 공중 살인극에 뱀의 독. 코브라보다 더 무서운 독!'

"그 독액이 독살 사건에 사용된 적이 있습니까?"

"그건 모르겠습니다. 아무튼 놀라운 사건입니다."

"고맙습니다, 윈터스푼 씨."

수사과 윌슨 경사가 나와서 좌석의 쿠션 뒤에서 대롱을 찾아냈으며, 거기에는 지문이 없었다고 증언했다. 또, 침을 불어서 쏘아 본 결과 10야드(약 9m)까지는 꽤 정확했다고 말했다.

"에르퀼 포와로 씨."

호기심으로 법정 안이 약간 술렁거렸지만, 포와로는 몹시 자제하는 태도로 증언했다. 그는 특별히 목격한 것이 없었다고 했다. 그리고 그가 비행기 바닥에 떨어져 있던 작은 침을 발견했는데, 사망자의 목에서 떨어진 듯한 위치였다고 말했다.

"호베리 백작부인."

기자들은 계속 써내려갔다.

'수수께끼의 공중 살인에 대한 귀족 부인의 증언.'

또 일부 기자들은 '……뱀독에 대한 수수께끼의 증언'이라고 썼다.

여성 취향의 기자들은 '호베리 부인은 요즘 유행하는 학생모와 여우털 옷을 입고 있다.'라든지 '호베리 부인은 이 도시에서 가장 세련된 여자로 요즘 유행하는 학생모에 검은 옷을 입고 있다.' 또는 '호베리 부인의 결혼 전 이름은 시셀리 블랜드 양이며, 요즘 유행하는 모자에 검은색 옷을 세련되게 입고 있었다.'라고 써내려갔다.

사람들은 모두 호기심 어린 눈길로 아름답고 세련된 젊은 여인을 바라보았지만, 그녀의 증언은 아주 짤막했다. 그녀는 아무것도 보지 못했으며, 그전에 사망자를 본 적도 없노라고 했다.

이어서 베니시아 커가 나왔는데, 사람들의 관심은 많이 사그라졌다. 여성 취향의 호기심 많은 기자들은 '코츠모어 경의 딸은 요즘 유행하는 옷감으로 만든 코트와 치마를 입고 있었다.'라고 쓰고, 또 '법정에 나온 사교계의 여성들'이라고 덧붙였다.

"제임스 라이더."

"이름은 제임스 벨 라이더, 런던시 북서구 블레인베리가(街) 17번지에 살고 있습니까?"

"그렇습니다."

"무슨 일을 하고 있습니까?"

"엘리스 베일 시멘트 회사 사장입니다."

"이 대롱을 잘 살펴보십시오……이것을 본 적이 있습니까?"

"없습니다."

"프로메테우스호 승객 가운데서 이런 물건을 갖고 있는 사람도 보지 못했습니까?"

"보지 못했습니다."

"당신은 사망자의 바로 앞좌석인 4번 좌석에 앉아 있었죠?"

"그것이 어떻다는 겁니까?"

"그런 식으로 말씀하지 마십시오. 4번 좌석에 앉아 있었다면, 객실 안의 승객들을 모두 볼 수 있었겠군요?"

"아니, 그렇지 않습니다. 내가 앉았던 줄의 승객들은 거의 보이지 않았습니다. 좌석 등받이가 높았으니까요."

"가령 어떤 승객이 통로로 나왔다면―사망자에게 대롱을 겨누기 위해서 말입니다. 당신 눈에 띄었겠군요?"

"그렇다면 볼 수 있었겠죠."

"그런데, 그런 사람을 보지 못했다는 겁니까?"

"전혀 보지 못했습니다."

"당신 앞쪽에 앉아 있던 승객 가운데 자리에서 일어난 사람이 있었습니까?"

"음—내 앞에서 두 번째 자리의 남자가 일어나서 화장실에 갔다 왔습니다."

"화장실은 당신 쪽이나 사망자 쪽에서나 반대 방향에 있죠?"

"그렇습니다."

"그 사람이 당신 쪽으로 지나갔습니까?"

"아니, 그는 곧장 자기 자리로 돌아갔습니다."

"그 사람이 손에 무엇인가를 들고 있진 않던가요?"

"아무것도 들고 있지 않았습니다."

"확신할 수 있습니까?"

"틀림없습니다."

"그 밖에 자리에서 일어난 사람은 없었습니까?"

"내 앞에 앉아 있던 남자가 내 옆을 지나 객실 끝쪽으로 갔습니다."

"그렇지 않습니다." 클랜시가 자리에서 벌떡 일어나며 외쳤다.

"그건 훨씬 전입니다—1시경이었다고요."

"앉아 주십시오." 검시관이 말했다.

"지금은 가만히 듣고 계십시오. 계속하시오, 라이더 씨. 그 사람은 무엇을 들고 있었습니까?"

"만년필을 들고 있었던 것 같습니다. 그리고 돌아올 때는 주황색 노트를 들고 있었습니다."

"당신 옆을 지나간 사람은 그 사람뿐이었습니까? 혹시 당신이 자리를 뜬 적은 없었습니까?"

"화장실에 다녀왔습니다. 하지만, 대롱 따위는 들고 있지 않았습니다."

"꽤 무뚝뚝하게 말씀하시는군요. 내려가셔도 좋습니다."

치과의사인 노먼 게일은 변변치 못한 증언만 늘어놓았다.

이어서 클랜시가 화난 표정으로 올라왔다. 클랜시는 백작부인만은 못했지만, 기자들의 관심을 많이 받았다.

'추리소설 작가의 증언. 흉기 구입을 인정함. 법정 안에 충격을 주다.'

하지만, 그 충격은 너무 성급한 것이었다.

"그렇습니다." 클랜시가 날카로운 목소리로 말했다.

"전 대롱을 샀습니다. 그뿐만 아니라, 오늘 이 자리에 갖고 나왔습니다. 하지만, 범행에 사용된 대롱이 내가 갖고 있던 것과 동일할 것이라는 단순한 추리에 대해서는 강력하게 항의합니다."

그러면서 그는 의기양양한 몸짓으로 대롱을 내놓았다.

기자들은 이렇게 썼다.

'법정에 제2의 대롱 등장'

검시관은 클랜시에게 엄격하게 대했다. 그는 클랜시에게 재판을 도와주기 위해서 이 자리에 서 있는 것이지, 자신이 고발당한 것을 반박하기 위한 자리는 아니라고 했다. 그러고 나서 검시관은 프로메테우스호에서 일어난 사건에 대해 질문했지만, 이렇다 할 만한 대답을 얻지 못했다. 클랜시는 사건에는 아무 필요도 없는 설명만 길게 늘어놓았다. 그는 외국 열차의 이상한 서비스 제도와 24시간제의 문제를 생각하느라고 자기 주위에서 무슨 일이 일어났는지 알아차릴 수 없었다고 했다. 또, 승객 모두가 뱀독이 묻은 침을 대롱으로 불어댔다고 해도 몰랐을 것이라고 했다.

수습 미용사인 제인 그레이는 신문기자들의 관심을 받지 못했다.

이어서 프랑스인 두 명이 나왔다. 아르망 뒤퐁은 런던으로 오는 길이며, 이곳의 왕립아시아협회에서 강연하기로 되어 있다고 했다. 그들 부자는 일에 대해서 논의하고 있었기 때문에 주위에서 무슨 일이 일어났는지 알 수가 없었노라고 했다.

"이 모리소 부인, 아니 지젤 부인을 만나 본 적이 있습니까?"

"아니, 한 번도 없습니다."

"파리에서는 꽤나 알려진 여자라고 하던데, 그렇지 않은 모양이죠?"

아버지 뒤퐁은 어깨를 움츠렸다.

"글쎄, 나는 모르는 여자입니다. 사실 나는 파리에선 그리 오래 머물지 않았소."

"최근에 동양에 다녀왔다고 들었는데요?"

"페르시아에 다녀왔소."

"아드님과 함께 미개지를 여행할 기회가 자주 있었겠군요?"

"잘 못 알아듣겠는데, 다시 한 번 말씀해 주시겠습니까?"

"미개지를 여행할 기회가 자주 있었겠다고 물었습니다."

"예, 그렇습니다."

"그럼, 뱀독을 화살 독으로 사용하는 원주민을 본 적이 있습니까?"

이 질문은 불어로 통역해줘야 했다. 뒤퐁은 그 내용을 알아듣고는 고개를 세차게 흔들었다.

"아나―그런 원주민은 본 적이 없습니다."

다음에 그의 아들이 나왔다. 그는 자기 아버지와 거의 똑같은 증언을 되풀이했다. 역시 아무것도 보지 못했다고 했다. 또, 사망자가 왕벌에 쏘였다는 사실은 자신이 화가 나서 왕벌을 잡아 죽인 것으로 보아 있을 수 있는 일이라고 했다. 뒤퐁 부자가 마지막 증인이었다.

검시관은 목청을 가다듬고 배심원들을 향해 말했다.

"이것은 본인이 다루어 본 사건 중에서 가장 놀랍고도 믿을 수 없는 사건입니다. 외부와 완전히 차단된 공중에서 한 여자가 살해되었다―이 경우에 자살이라든지 사고사라고는 생각할 수 없습니다. 따라서, 오늘 아침에 증언을 들은 증인들 중에 범인이 있다는 것은 당연한 사실입니다. 다시 말해서, 우리는 이 사실에서 피할 수 없으며 그 끔찍하고 잔인한 범인이 이 자리에 있다는 것입니다. 그 사람은 지금 참담하고 절망적인 기분에 젖어 있겠죠. 게다가, 범죄의 수법도 지금까지 들어본 적이 없는 잔인한 방법입니다.

열 사람―스튜어드까지 포함해서 열두 사람의 목격자 앞에서 범인은 입술에 대롱을 대고 운명의 침을 공중으로 불어 날렸는데, 이것을 본 사람이 아무도 없습니다. 솔직히 말해서 믿어지지 않는 일이죠. 하지만 바닥에서 발견된 대롱과 침, 그리고 사망자의 목에 있는 자국―믿어지건 믿어지지 않건 이러한 것들이 살인이 일어났다는 걸 의학적으로 뒷받침해 주고 있습니다. 특정한 사람을 유죄로 만들어 주는 증거가 더 이상 발견되지 않았으므로 검시관은 배심원 여러분들에게 미지의 인물에 대해서 살인죄의 판결을 내려달라고 맡기는 수밖에 없습니다.

지금 이곳에 있는 사람들은 사망자와 모두 안면이 없다고 했습니다. 하지만, 경찰은 누가 어떻게 어디에서 희생자와 관계를 맺었는지 밝힐 것입니다. 그래도 범죄에 대한 동기가 밝혀지지 않는다면 방금 말한 대로 배심원 여러분의 판결을 받아들일 수밖에 없습니다. 배심원 여러분, 신중하게 판결을 내려 주실 것을 부탁드립니다."

얼굴이 네모난 배심원 한 명이 의심스럽다는 눈길로 몸을 앞으로 내밀며 깊이 숨을 들이마셨다.

"질문이 있습니다."

"말씀하십시오."

"그 대롱이 좌석 뒤에서 발견되었다고 했는데, 그게 누구의 좌석이었습니까?"

검시관이 노트를 들여다보았다. 그러자, 월슨 경사가 그의 옆으로 다가가서 속삭였다.

"아, 그 좌석은 9번인데, 에르큘 포와로 씨가 앉았던 자리입니다. 포와로 씨는—저, 명성이 높고 존경받는 사립탐정입니다. 그리고 런던경시청의 일을 여러 번 도와주었습니다."

네모난 얼굴을 가진 배심원의 시선이 에르큘 포와로에게 옮겨졌다. 그는 자그마한 몸집에 콧수염을 기른 벨기에인을 못마땅한 표정으로 바라보았다.

'외국인이군.' 네모난 얼굴을 가진 사람이 눈으로 말했다.

'외국인은 믿을 수가 없단 말이야. 아무리 경찰과 손을 잡고 있다고 해도—.'

마침내 그가 소리 내어 말했다.

"침을 주운 것도 포와로 씨가 아니었습니까?"

"그렇습니다."

배심원들은 퇴장했다가 5분 뒤에 다시 들어왔다. 그리고, 배심원장이 검시관에게 종이를 건네주었다.

"어떻게 되었습니까?"

검시관이 눈살을 찌푸렸다.

"당치도 않아요. 나는 이런 판결을 받아들일 수 없습니다."

몇 분 뒤에 정정된 판결문이 되돌아왔다.

'사인이 독이라는 것은 밝혀졌지만, 누가 그 독을 사용했는지는 증거가 불충분함.'

제5장

심리가 끝나고

판결이 끝난 뒤 법정을 나오면서 제인은 노먼 게일이 옆에 와 있다는 것을 알아차렸다.

"검시관이 발표하지 않았던 그 종이엔 도대체 뭐라고 쓰여 있었을까요?"

"나는 알 것 같은데요." 그의 뒤에서 목소리가 들렸다.

두 사람이 뒤를 돌아보니 포와로가 눈을 반짝거리며 서 있었다.

"그건, 내가 살인을 저질렀다는 내용이죠." 자그마한 남자가 말했다.

"오, 설마―!" 제인이 외쳤다.

포와로는 재미있다는 듯이 고개를 끄덕였다.

"아니, 사실이오. 법정을 나오면서 어떤 친구가 옆 사람에게, '저 조그만 외국인이야―저 녀석이 범인일 거야!' 하고 말하는 걸 들었습니다. 아마 배심원들도 똑같은 생각이었을 겁니다."

제인은 동정해야 할지 웃어야 할지 난처해하다가 결국 웃고 말았다. 그러자 포와로도 따라 웃었다.

"그렇지만, 내가 결백하다는 걸 꼭 밝혀내고야 말 거요." 포와로가 말했다.

그는 미소를 띤 채 인사를 하고는 떠나갔다. 제인과 노먼은 잠시 그의 뒷모습을 바라보았다.

"정말 이상한 사람이군" 게일이 말했다.

"저런 사람이 탐정이라니, 도대체 무엇을 알아낼 수 있을지 모르겠군요. 어떤 범인이라도 1마일 밖에서도 저 사람을 알아볼 텐데 말입니다. 변장할 수 있는 모습도 아니고"

"탐정에 대해서 좀 낡은 생각을 갖고 계신 것 같군요." 제인이 말했다.

"탐정이 얼굴에 수염을 붙이고 하는 것은 시대에 뒤떨어진 수법이에요. 요즘 탐정들은 가만히 앉아서 심리적으로 사건을 풀어나간다더군요."

"편한 방법이로군."

"육체적으로는 편할지 모르죠. 하지만, 냉정하고 침착한 사고력을 갖고 있어야 할 거예요."

"그렇겠군요. 성격이 괄괄하거나 멍청한 사람은 곤란하겠군요."

두 사람은 함께 웃었다.

"자—." 노먼 게일이 얼굴을 붉히며 빠른 어조로 말했다.

"괜찮다면—저, 좋으시다면, 조금 늦기는 했지만 차 한잔하시겠습니까? 당신에게서 일종의 동료의식 같은 게 느껴지는군요. 같은 어려움을 겪었다는 것에 대해서—."

그는 말을 끝맺지 못하고 입속으로 웅얼거렸다.

'이게 무슨 꼴이람, 바보처럼! 여자에게 차 한잔하자고 하는데 더듬거리고 얼굴을 붉히고 하다니, 멍청한 녀석! 저 여자가 너를 어떻게 생각하겠나?'

게일이 당황해 하는 표정을 보이는 데 비해 제인은 냉정하고 침착한 태도를 보였다.

"고마워요. 사실은 나도 차를 한잔 마시고 싶었거든요." 그녀가 말했다.

두 사람이 찻집으로 들어가자 음울하고 거만한 태도의 종업원이 탐탁지 못한 눈길로 바라보며 주문을 받았다. 그녀는 마치 '실망해도 할 수 없어요. 사람들은 우리가 여기에서 차나 나른다고 하지만, 나는 그런 말을 듣고 싶지 않아요.' 하고 말하는 것 같았다.

찻집 안은 거의 텅 비어 있었다. 그런 분위기가 차를 마시는 두 사람 사이를 더욱 가깝게 해주는 것 같았다. 제인은 장갑을 벗으면서 테이블 맞은편에 앉아 있는 동료를 바라보았다. 그의 푸른 눈과 미소는 정말 매력적이었다. 그리고 저 다정한 모습—.

"정말 기묘한 사건이죠?" 게일이 성급하게 말을 꺼냈다.

그는 아직도 당황스러운 표정을 감추지 못하고 있었다.

"그래요." 제인이 말했다.

"사실 나는 좀 걱정스러워요—내 직업을 생각해 보면 말이에요. 또, 사람들이 어떻게 얘기할지 궁금하기도 하고요."

"아—예, 난 그런 것까지는 미처 생각하지 못했습니다."

"앤터니 미용실에서는 살인사건에 관계되어 증언해야 하는 여자를 고용하고 싶어하지 않을 거예요."

"사람들에게는 이상한 면이 있죠." 노먼 게일이 생각에 잠겨서 말했다.

"세상이란 아주아주 불공평합니다. 사실 이런 일은 조금도 당신의 잘못이 아닌데 말입니다—."

그는 화가 난 얼굴을 찌푸렸다.

"빌어먹을!"

"하지만, 아직 그 단계까지 간 건 아니잖아요." 제인이 말했다.

"아직 일어나지도 않은 일을 가지고 흥분하거나 걱정할 필요는 없어요. 또, 그렇게 된다고 해도 어쩔 수 없는 일이죠—내가 그녀를 살해한 범인일 수도 있으니까! 한번 살인을 저지른 사람은 그런 짓을 또 할 수 있다죠? 그리고, 그런 사람에게 머리칼을 맡긴다는 것은 그리 유쾌한 일이 아니죠."

"당신을 보면 살인하지 못할 사람이란 걸 금방 알 수 있을 겁니다."

노먼이 진지한 시선으로 그녀를 바라보면서 말했다.

"그렇지도 않아요." 제인이 말했다.

"나도 가끔 미용실에 오는 손님을 죽이고 싶다는 충동을 느끼거든요. 내가 안전한 곳으로 도망갈 수만 있다면 말이에요! 유난히 죽이고 싶은 사람이 하나 있죠—흰눈썹뜸부기 같은 목소리로 사사건건 불평을 늘어놓는 여자예요. 그런 여자를 죽이는 것은 절대로 죄가 되지 않을 것이라고 생각해요. 오히려 이로운 행동일지도 모르죠. 그러니까, 결국 나도 범죄를 저지를 수 있는 사람이라는 거예요."

"아무튼 당신은 이번 사건을 저지르지 않았습니다." 게일이 말했다.

"믿을 수 있습니다."

"나도 당신이 범인이 아니라고 믿을 수 있어요." 제인이 말했다.

"하지만, 당신 환자들이 당신을 범인이라고 생각한다면 어쩔 수 없는 일이죠."

"내 환자라—." 게일이 뭔가 깊이 생각하는 것 같았다.

"당신 말이 맞겠군요. 나는 미처 거기까진 생각하지 못했습니다. 살인광이 된 치과의사라―아니, 그건 아무래도 적당치 못한 생각인데요."

그가 갑자기 덧붙여 말했다.

"내가 치과의사라는 것이 좀 꺼림칙스럽지 않습니까?"

제인이 눈썹을 추켜세웠다.

"내가요? 꺼림칙스럽다고요?"

"내 말은―왜 그런 게 있잖습니까. 글쎄, 치과의사는 좀 우스꽝스러운 면이 있죠. 이상적인 직업은 못됩니다. 일반 의사들이라면 그런대로 존경받지만―."

"제게는 그렇지 않아요." 제인이 말했다.

"수습 미용사에 비하면 훨씬 좋은 직업이에요."

두 사람은 소리 내어 웃었다. 게일이 말했다.

"우리, 친구가 되는 건 어때요?"

"좋아요."

"언제 저녁에 시간을 내어 식사를 하고서, 구경도 갑시다."

"좋아요."

잠시 뒤 게일이 말했다.

"르피네에서는 어떻게 지냈습니까?"

"아주 즐거웠어요."

"전에도 가본 적이 있나요?"

"아뇨, 그러니까―."

제인은 갑자기 경마권이 당첨된 얘기를 친밀감 있게 해주었다. 두 사람은 경마권에 대한 일반적인 얘기와 불평 등을 늘어놓고서는 영국 정부의 융통성 없는 태도를 비난했다. 그러다가 두 사람의 주위를 계속 서성거리던 갈색 양복의 남자가 다가오는 바람에 얘기를 멈췄다.

그 남자는 모자를 벗으며 확신에 찬 어조로 제인에게 말을 걸어왔다.

"제인 그레이 양이시죠?"

"그런데요"

"나는 '위클리 하울'지(誌)의 기자인데, 그레이 양, 공중 살인사건에 대해서 짤막한 기사 하나를 부탁드려도 되겠습니까? 승객이 보는 입장을 말입니다."

"쓰고 싶지 않은데요"

"아, 그레이 양, 사례는 충분히 하겠습니다."

"얼마나요?" 제인이 물었다.

"50파운드─아니, 더 드리죠. 60파운드"

"싫어요." 제인이 말했다.

"자신이 없어요. 어떻게 써야 하는지도 모르고요"

"그 점은 걱정하지 마십시오." 그 젊은 기자가 얼른 말했다.

"글은 당신이 직접 쓰지 않아도 됩니다. 질문에 대답만 해주시면 우리가 알아서 당신 이름으로 기사를 꾸미도록 하죠. 조금도 걱정할 필요가 없습니다."

"그래도 마찬가지예요. 그만두겠어요." 제인이 말했다.

"100파운드를 드리면 어떻겠습니까? 정말 100파운드를 드리겠습니다. 그리고 사진 한 장을 주시면 됩니다."

"싫어요." 제인이 말했다.

"그만두시는 게 좋겠습니다." 노먼 게일이 말했다.

"그레이 양을 성가시게 하지 마시오."

젊은 남자가 밝은 얼굴로 그를 쳐다보았다.

"오, 게일 씨, 그레이 양이 싫다면 당신은 어떻겠습니까? 500단어면 됩니다. 그레이 양에게 제시한 금액을 드리죠─아주 좋은 조건입니다. 여자의 죽음에 대한 여자의 소견이 남자의 소견보다 훨씬 좋긴 하지만, 어쩔 수 없죠─."

"싫습니다. 한마디도 하고 싶지 않소"

"그건 돈 문제를 떠나서도 아주 좋은 선전 효과가 있을 텐데요. 당신의 직업을 소개하면서─앞에다 호화로운 경력을 덧붙여 드리겠습니다. 환자들도 볼 테니까요."

"그런 거라면─나는 딱 질색이오." 노먼 게일이 말했다.

"저런, 요즘엔 광고 없인 성공하기가 어렵다고 하던데……"

"그것도 광고의 종류에 따라 달라요. 나는 환자가 한두 명밖에 없어도 좋으니 그런 주간지를 읽지 않고, 또 내가 살인사건에 휘말려 있다는 사실을 몰라

주었으면 좋겠소 아무튼 우리에게서는 기사를 얻을 수 없을 테니까 어서 가 주시오. 그렇지 않으면 발로 쫓아내겠소"

"그렇게 화낼 것까진 없잖습니까?" 젊은 기자가 천연덕스럽게 말했다.

"안녕히 계십시오. 그리고 혹시 마음이 변하면 내게 전화를 주십시오. 여기에 명함이 있습니다."

기자는 활기찬 걸음걸이로 찻집을 나가면서 마음속으로 중얼거렸다.

'좋았어, 그런대로 괜찮았어.'

'위클리 하울'지의 다음 주 호에는 공중 살인사건에 대한 목격자 두 명의 견해라는 기사가 실렸다. 내용은 대강 다음과 같았다.

제인 그레이 양은 얘기도 할 수 없을 정도로 지쳐 있었다. 그녀는 그 사건으로 굉장한 충격을 받았으며, 사건에 대해 생각하는 것조차도 싫어했다. 노먼 게일은 설사 범인이 아니더라도 자신이 살인사건에 휘말려 든다면 직업에 영향이 있을 것이라고 길게 설명을 늘어놓았다. 게일은 재미있는 표현을 써가면서 환자들이 이 기사를 읽고 자신에게 치료받으러 와서는 최악의 상태를 의심하지 말아 달라고 부탁했다ㅡ.

기자가 나가고 나자 제인이 말했다.

"왜 좀더 그럴 듯한 사람을 찾아가지 않았을까요?"

"글쎄ㅡ그건 자기 윗사람들에게 맡겼겠죠." 게일이 우울하게 말했다.

"아니면 부탁했다가 거절당했는지도 모르고."

그는 잠시 이맛살을 찌푸리고 있다가 말했다.

"제안ㅡ이젠 제인이라고 불러도 괜찮겠죠? 제인, 누가 지젤이라는 여자를 죽인 것 같습니까?"

"전혀 모르겠어요."

"그 문제에 대해서 생각해 본 적 있습니까? 진지하게 말입니다."

"생각해 보지 않았어요. 나는 내 입장만 생각하고 걱정했죠. 범인이 누굴까 하고 생각해 본 적은 없었어요. 그리고 오늘에서야 비로소 승객 중에 범인이 있다는 걸 깨달았죠."

"검시관도 그 사실을 분명하게 말하더군요. 나는, 우리는 범인이 아니라는 걸 알고 있습니다. 왜냐하면—저, 나는 줄곧 당신을 지켜보고 있었으니까요."

"나도 당신이 범인이 아니라는 걸 알고 있어요." 제인이 말했다.

"나도 줄곧 당신을 쳐다보고 있었거든요. 물론 나도 범인이 아니에요! 범인은 다른 승객 중에 있어요. 하지만, 누구인지는 모르겠네요. 생각해 보지 않았으니까요, 당신은요?"

"나도 생각해 보지 않았습니다."

노먼 게일은 깊은 생각에 잠겨 있었다. 여러 가지 생각이 꼬리에 꼬리를 물고 계속 떠오르는 모양이었다.

제인이 계속해서 말했다.

"그럼, 우린 두 사람 다 생각해 보지 않았군요. 아무것도 보지 못했고요—나는 정말 아무것도 보지 못했어요. 당신은요?"

게일이 고개를 저었다.

"나도 보지 못했어요."

"정말 이상한 일이군요. 하지만, 정말 당신은 아무것도 보지 못했을 거예요. 그쪽을 보고 앉아 있지도 않았으니까요. 그렇지만, 나는 그쪽을 보고 있었어요. 한가운데를 죽 보고 있었죠. 그러니까 나는—"

제인은 말을 멈추고 얼굴을 붉혔다. 그녀는 주위에도 아랑곳하지 않고 푸른색 스웨터에만 시선을 고정하고 있었던 순간이 떠올랐다.

노먼 게일도 생각에 잠겼다.

'왜 얼굴이 붉어졌을까……아름다운 여자야. 이 여자와 결혼해야지……꼭 하고 말 거야. 하지만, 너무 성급하게 행동하는 건 좋지 않아. 자주 만날 수 있는 구실을 만들어야겠군. 이번 살인사건이 좋겠군……그건 그렇고, 뭔가를 해야 할 텐데……그 건방진 신문기자와 광고 얘기를 해볼까……'

그가 소리 내어 말했다.

"지금 생각해 보는 것도 좋겠군요. 누가 그녀를 죽였을까요? 승객들을 한 사람씩 살펴봅시다. 스튜어드들은 어떻습니까?"

"그 사람들은 아니에요." 제인이 말했다.

"내 생각도 그렇습니다. 우리 맞은편에 앉았던 여자들은요?"

"호베리 부인 같은 사람이 살인을 할 것 같지는 않아요. 그리고 또 한 사람—커 양이었던가요. 촌스러운 사람 말이에요. 그 여자는 절대로 아니에요. 확신할 수 있어요."

"그녀는 유일하게 관심을 받지 않은 여자였죠? 아마 그 여자는 아닐 겁니다, 제인. 그리고 콧수염을 기른 사람이 있었죠. 배심원들이 가장 혐의를 두었던 것 같은데, 그 사람은 일단 접어 두기로 하죠. 의사는 어떻습니까? 아마 그 사람은 아닐 겁니다."

"만일, 의사가 그녀를 죽였다면 조금도 표시가 나지 않는 방법을 써서 아무도 알아차리지 못했을 거예요."

"아—그럴 겁니다." 노먼이 의심스럽다는 투로 말했다.

"냄새도 맛도 없는 독약이라면 아주 쉬웠겠죠. 하지만, 그런 독약이 있을까요? 대롱을 샀다는 그 작은 남자는 어떻습니까?"

"그 사람이 좀 의심스럽긴 하지만, 인상은 퍽 좋아 보이던데요. 그리고 대롱을 샀다는 걸 말할 필요도 없는데 구태여 말한 걸 보면 그 사람은 아닌 것 같아요."

"그리고 제임스가 있었죠. 아니, 이름이 뭐더라—라이더인가요?"

"예, 아마 그럴 거예요."

"또, 프랑스 남자 두 명은 어떻습니까?"

"사실은 그 사람들이 가장 의심스러워요. 이상한 지방을 여러 군데 다녀왔다고도 하고, 또, 그 사람들은 우리가 잘 알지 못하는 동기를 갖고 있을지도 모르죠. 젊은 사람 쪽은 왠지 불안해하고 우울해 보이는 것 같았어요."

"누구나 살인 혐의를 받게 되면 그렇게 우울해 보일 수밖에 없을 겁니다." 노먼이 정색을 하며 말했다.

"그 아버지는—." 제인이 말했다.

"친절하고 좋은 사람 같아요. 그러고 보니 그 사람들도 범인이 아닌 것 같군요."

"결국 아무런 진전도 없는 셈이네요." 노먼 게일이 말했다.

"살해당한 여자에 대해서 아무것도 모르는 상황에서는 알아내기가 어렵지 않겠어요? 원한관계라든가 재산 상속자 등도 모르는 상태에서는요."

노먼 게일이 생각에 잠겨 말했다.

"이런 것이 쓸데없는 공상이라고 생각합니까?"

"사실 그렇지 않은가요?" 제인이 쌀쌀맞게 말했다.

"그렇지 않습니다."

게일은 잠깐 망설이다가 천천히 말을 이었다.

"나는 매우 바람직한 일이라고 생각하는데요."

제인이 미심쩍은 눈길로 그를 바라보았다.

"살인이란 말입니다―." 노먼 게일이 말했다.

"단순히 희생자와 살인자와의 관계만이 아닙니다. 죄 없는 사람에게도 영향을 끼치죠. 당신이나 나나 죄가 없는 것은 분명하지만, 우리에게도 살인의 그림자가 드리워져 있잖습니까? 그 그림자가 우리 생활에 어떤 영향을 미칠지도 모르는 일이고요."

제인은 냉철한 여자였지만, 그 얘기를 듣자 갑자기 온몸이 떨려왔다.

"그만두세요. 괜히 겁만 주지 마세요." 그녀가 말했다.

"아니, 실은 나는 좀 두렵습니다." 게일이 말했다.

제6장

조사

에르퀼 포와로는 재프 경감을 다시 만났다. 경감이 싱긋 웃으면서 말했다.

"하마터면 감방 신세를 지실 뻔했습니다."

"아마─." 포와로가 정색을 하며 말했다.

"그렇게 됐더라면, 내 일에 커다란 손실이 왔겠지."

재프가 여전히 웃는 얼굴로 말했다.

"탐정이 범죄자인 경우도 종종 있더군요─소설 속에서 말입니다."

지적이지만 우울해 보이는 인상의 키가 크고 야윈 남자가 그들에게 다가왔다.

"프랑스 경찰에서 나온 푸르니에 씨입니다. 우리와 함께 이번 사건을 수사하기 위해 멀리서 오셨죠."

재프 경감이 소개했다.

"몇 해 전인가 만난 적이 있었죠, 포와로 씨."

푸르니에는 인사를 한 뒤 악수를 나누면서 말했다.

"지로 씨에게서도 당신 얘기를 많이 들었습니다."

포와로의 입가에 희미하게 미소가 떠올랐다. 그는 지로(포와로는 그를 인간 사냥개라고 부르곤 했었다)가 자신에 대해서 어떻게 얘기했을지 생각해 보고는 대답 대신 슬그머니 웃음을 지어 보였다.

"두 분 모두 내 방에서 식사합시다." 포와로가 말했다.

"티보 변호사에게도 와달라고 연락해 놓았소. 내 말에 이의가 없겠죠?"

"좋습니다." 재프가 포와로의 등을 다정하게 두드리며 말했다.

"당신이 이번 사건의 중심인물이니까요."

"정말 영광입니다." 프랑스인이 깍듯하게 말했다.

"조금 전에 어떤 아름다운 아가씨에게도 말했듯이 내가 무죄라는 걸 증명해 보여야겠어."

"배심원들이 당신을 좋게 보지 않는 모양이더군요."

재프가 또 싱긋 웃으면서 말했다.

"이런 농담도 꽤 오랜만입니다."

작은 벨기에인이 베푸는 호화판 식사 도중에는 사건에 대해서 한마디도 언급하지 않기로 서로가 묵시적으로 약속해 두고 있었다.

"영국에서도 이렇게 멋진 식사를 할 수 있군요."

푸르니에가 조심스럽게 이쑤시개를 사용하면서 고맙다는 투로 말했다.

"아주 맛있게 먹었습니다, 포와로 씨." 티보가 말했다.

"프랑스식이 조금 섞이긴 했지만, 그런대로 훌륭했습니다." 재프가 말했다.

"식사는 조금 아쉽다 하고 느끼는 정도에서 끝내야지. 너무 많이 먹어서 머리로 아무것도 생각할 수 없을 정도면 곤란해요." 포와로가 말했다.

"나는 여태 위(胃)에 탈이 난 적은 없습니다." 재프가 말했다.

"이런 얘기는 그만하고, 이제 사건에 대해서 생각해 보기로 하시죠. 티보 씨가 약속이 있는 것 같으니 티보 씨부터 말씀해 주시는 것이 좋겠군요."

"좋습니다. 법정에서보다 훨씬 자유롭게 얘기할 수 있어서 좋군요. 사실 심리에 들어가기 전에 나는 재프 경감을 만나서 묵비권을 지키기로 했죠—꼭 필요한 사실들만 말하기로 말입니다."

"그랬었죠." 재프가 말했다.

"비밀을 너무 빨리 누설하시는군요. 그것보다는 지젤이라는 여자에 대해서 아는 대로 말씀해 주시죠."

"솔직히 말해서, 그리 많이 알고 있지는 않습니다. 다른 사람들이 알고 있는 그 정도일 겁니다. 게다가, 그녀의 사생활에 대해서는 전혀 모르고 있습니다. 아마 여기 계신 푸르니에 씨가 나보다 더 많이 얘기해 주실 수 있을 겁니다. 그러나 이것만은 말씀드릴 수 있죠. 지젤 부인은 영국에서 말하는 식으로 하자면 '거물'에 속합니다. 아주 굉장한 여자죠. 그런 여자는 아마 없을 겁니다. 젊었을 때는 꽤 미인이었다는데 천연두 때문에 아름다움을 잃었다고 하더군요. 그 여자는(제가 느낀 인상입니다만), 권력을 즐기는 편이었습니다. 물론 권력도 갖고 있었지요. 그리고 일에 대해서는 어찌나 철저한지 자기 사업의 이해관계에 영향이 있는 일이라면 눈곱만큼의 정(情)도 생각지 않는 냉정한 프랑스 여자였다는군요. 그러면서도 빈틈없고 성실하게 사업을 해나간다는 평판을 받았죠."

그는 동의를 구하는 듯한 표정으로 푸르니에를 바라보았다. 그러자, 푸르니에가 우울해 보이는 얼굴로 고개를 끄덕였다.

"그렇습니다. 그 여자는 나름대로 성실했죠. 하지만, 증거만 갖춰진다면 법은 그 여자를 문책할 수도 있었습니다. 그렇지만—."

그는 힘없이 어깨를 움츠려 보였다.

"꽤 어려운 일이었죠. 인간성에 관계된 문제이니까요."

"그게 무슨 뜻입니까?"

"협박 말입니다."

"협박이라고요?" 재프가 소리쳤다.

"예, 독특하고 전문적인 수법의 협박이었죠. 지젤 부인은 영국에서는 '약속어음'이라고 부르는 것을 받고 손님에게 돈을 빌려주었습니다. 그렇지만 빌려주는 액수와 받는 방법에 대해서는 아주 까다로웠습니다. 다시 말해서, 빌려준 돈을 받는 데에 그녀 특유의 방법을 갖고 있었다는 겁니다."

포와로는 흥미진진한 얼굴로 몸을 앞으로 기울였다.

"티보 변호사도 말했듯이 지젤 부인의 손님은 상류계급이나 전문적인 직업을 가진 사람들이었습니다. 그런 사람들은 특히 여론의 비난을 받기 쉽죠. 지젤 부인은 자기 나름대로 정보체제를 갖고 있어서, 돈을 빌려주기 전에—금액이 클 경우에는 말입니다. 그 손님에 대해서 가능한 한 많은 정보를 수집하는 겁니다. 그런데, 그 정보체제라는 것이 놀랄 만큼 훌륭하답니다. 티보 씨 말대로 지젤 부인은 자기 나름대로는 빈틈없고 성실한 사람이었습니다. 그녀는 자기와의 약속을 잘 지키는 사람에게는 철저히 약속을 지켜 주었죠. 아마 빌려준 돈을 받기 위해서가 아니라면 자기가 알고 있는 비밀을 악용하지 않았을 겁니다."

"그렇다면—그 비밀이라는 것이 그녀의 보안체제였겠군?"

포와로가 말했다.

"그렇습니다. 그러나 비밀을 사용할 때가 되면 인정사정없이 감정이라는 것을 깨끗하게 무시해 버리죠. 아주 가끔 있는 일이지만, 지독한 채무자를 만나면 그 비밀을 흘리기도 한답니다. 고위층 사람들은 대중의 스캔들 없이 돈을 빌리기 위해서는 이런 위험한 거래라도 써야 했죠. 아까도 말했듯이 우리는 그녀의 행동에 대해서 알고 있는 것뿐이지, 그것을 형사상의 문제로 취급할 수는 없었다는 뜻입니다." 푸르니에는 어깨를 움츠렸다.

"그것이 바로 어려운 문제였죠. 인간성이란 어디까지나 개인적인 일이니까요."

"그러면―." 포와로가 말했다.

"아주 가끔 있는 일이라고 했지만, 그녀가 지독한 채무자에게 돈을 받아내기 위해서 구체적으로 어떻게 했습니까?"

"그럴 경우에는―." 푸르니에가 천천히 말했다.

"그녀가 가진 정보를 퍼뜨리거나, 또는 채무자와 이해관계가 있는 사람에게 흘리는 거죠."

잠시 침묵이 흐른 뒤 포와로가 말했다.

"그런 건 금전적으로 그녀에게 이익이 되지 않을 텐데?"

"그렇죠. 직접적으로는 이익이 되지 않죠." 푸르니에가 말했다.

"그럼, 간접적으로는 이익이 된다는 말입니까?"

"간접적으로는―." 재프가 끼어들었다.

"제3자가 그 빚을 갚아준다는 뜻입니까, 그렇습니까?"

"그렇습니다." 푸르니에가 말했다.

"도덕적인 효과라는 면에선 가치가 있는 일이죠."

"부도덕의 효과라는 말씀이군요." 재프가 말했다.

"글쎄―." 그는 코를 문질렀다.

"살인 동기를 캐내는 데 꽤 유력한 선(線)이 되겠군요. 그런데 누가 그녀의 재산을 물려받게 됩니까?"

그는 티보에게 호소하듯이 물었다.

"말씀해 주실 수 있습니까?"

"함께 살지는 않았지만—." 변호사가 말했다.

"딸이 한 명 있습니다. 그녀는 딸을 어렸을 때에 보고는 한 번도 만나보지 못했다고 들었습니다. 하지만, 그녀는 하녀에게 조금 물려줄 것을 제외하고는 모두 딸인 안느 모리소에게 남긴다는 유언장을 오래전에 만들어 놓았죠. 그리고, 그 뒤로 유언장을 고치지 않은 것으로 알고 있습니다."

"그녀의 재산이 엄청납니까?" 포와로가 물었다.

변호사는 어깨를 움츠렸다.

"아마 8백만이나 9백만 프랑 정도 될 겁니다."

그 말에 포와로가 입술을 오므려 휘파람을 불자 재프가 말했다.

"그렇게까지 보지는 않았는데. 그럼, 환산하면—10만 파운드가 넘겠군. 휴!"

"안느 모리소 양은 엄청난 부자가 되겠구먼." 포와로가 말했다.

"그렇지만, 그녀는 그 비행기를 타지 않았습니다." 재프가 냉담하게 말했다.

"그 비행기를 탔더라면, 유산을 차지하려고 어머니를 죽였다는 의심을 받을 뻔했죠. 그녀의 나이가 어떻게 되죠?"

"글쎄—확실하지는 않지만, 스물너댓 정도 됐을 겁니다."

"그녀가 이번 사건에 관련이 있는 것 같지는 않군요. 그 협박에 대해서 조사해 봐야겠습니다. 비행기에 탄 사람들은 모두 지젤 부인을 모른다고 했습니다. 그러니까 적어도 그중 한 사람은 거짓말을 한 거죠. 그게 누구인지 밝혀내야 합니다. 지젤 부인의 개인 서류를 조사해 보았다면 뭔가 꼬투리가 잡힐 만한 것이 나오지 않았을까요, 푸르니에 씨?"

프랑스 남자가 말했다.

"그 소식을 듣자마자 나는 런던경시청에 연락한 뒤 그녀의 집으로 달려갔습니다. 서류는 금고에 들어 있었는데, 모두 태워 버린 뒤였더군요."

"태워 버렸다고요? 누가? 왜 태웠습니까?"

"지젤 부인에게는 엘리스라는 충실한 하녀가 있습니다. 그런데 엘리스는 여주인에게 사고가 생기면 금고를 열고—그녀는 다이얼 조작법을 알고 있죠. 안에 든 것을 모두 태워 버리라는 지시를 받았답니다."

"뭐라고요? 정말 놀라운 일이군!" 재프의 눈이 휘둥그레졌다.

"아시다시피—." 푸르니에가 말했다.

"지젤 부인은 독특한 신조를 가지고 있었습니다. 자기와 약속을 지키는 사람과의 약속은 반드시 지킨다는 거죠. 사실 지젤 부인은 성실하게 거래하는 손님들에게는 약속을 지켜 주었습니다. 무자비한 면도 있긴 했지만, 약속은 철저하게 지키는 여자였습니다."

재프는 아무 말 없이 고개를 갸웃거렸다. 네 명의 남자는 죽은 여자의 이상한 성격을 생각하면서 침묵 속으로 빠져들었다.

티보 변호사가 자리에서 일어났다.

"약속 때문에 그만 가봐야겠습니다. 더 알게 된다면 곧바로 연락을 드리죠. 제 주소는 알고 계시죠?"

그는 깍듯이 악수를 나누고는 방을 나갔다.

제7장

가망성

티보 변호사가 나가고 나자, 세 남자는 의자를 테이블 쪽으로 더 가까이 끌어당겼다.

"자, 그럼, 본론으로 들어갑시다." 재프가 말했다.

그는 만년필 뚜껑을 열었다.

"비행기엔 열한 명의 승객이 있었습니다—뒤쪽 칸에만 말이죠. 아무도 들어오지 않았다고 했으니까—승객 열한 명에 스튜어드 두 사람, 모두 열세 명을 조사해 봐야 합니다. 그러니까 나머지 열두 명 가운데 한 명이 그 여자를 살해한 거죠. 승객 중에는 영국인과 프랑스인이 섞여 있는데, 프랑스인은 푸르니에 씨가 맡아 주시고 영국인은 내가 맡겠습니다. 그리고 파리에서 조사해야 할 것도 있죠. 그것도 당신에게 맡기겠습니다, 푸르니에 씨."

"파리뿐만이 아닙니다." 푸르니에가 말했다.

"여름이면 지젤 부인은 도빌이라든가 르피네, 위므뢰 같은 프랑스의 해변에서도 사업을 했습니다. 또, 남쪽의 앙티브나 니스 같은 곳으로 내려가기도 했죠."

"그렇습니까? 프로메테우스호 승객 가운데 한두 명이 르피네를 들먹였던 것 같은데. 좋습니다, 그것도 하나의 선이죠. 이번엔 살인행위에 대해서 얘기해 봅시다. 대롱을 사용할 수 있는 위치에 있었던 사람들을 살펴보도록 하죠."

그는 비행기 객실의 커다란 평면도를 테이블 가운데에 펼쳐 놓았다.

"자, 그럼 준비 작업을 시작해 봅시다. 먼저 한 사람씩 검토해 가면서 살인을 저지를 만한 사람을 가려내고—더욱 중요한 건, 가망성이 있는 사람을 밝혀내는 겁니다."

"여기 계신 포와로 씨는 제외하겠습니다. 그러면, 열한 명으로 줄어들겠군요."

포와로가 씁쓸한 얼굴로 고개를 저었다.

"자네는 사람을 너무 믿는군. 우리는 아무도 믿어서는 안 되네—절대로 아무도."

"당신이 괜찮다면 그렇게 하죠." 재프가 부드럽게 말했다.

"다음엔 스튜어드들을 보겠습니다. 가망성의 관점에서 보면 두 사람 다 아닌 것 같습니다. 그들이 그런 거액의 돈을 빌렸을 리도 없고, 또 근무 성적도 좋습니다—정중하고 술도 마시지 않는다는군요. 두 사람 다 이 사건과는 무관해 보이지만, 가능성이라는 관점에서 보면 제외시킬 수 없죠. 그들은 객실을 왔다 갔다 했기 때문에 대롱을 사용할 수 있는 위치에(그러니까 오른쪽 말이죠) 있었을 가능성은 큽니다. 하지만, 스튜어드가 승객들이 있는 객실에서 아무에게 들키지 않고 독이 묻은 침을 대롱으로 불어서 쏠 수 있었을까는 좀 의문입니다. 대부분의 사람이 관찰력이 없다고 하긴 하지만 그 정도는 아닐 겁니다. 물론 어떤 의미로는 똑같은 상황이 모든 사람에게 적용되었다고도 할 수 있죠. 그렇지만, 그런 식으로 범죄를 저지른다는 건 미친 짓입니다. 아무렴요, 미친 짓이죠. 그런 행동이 발각되지 않고 성공할 수 있는 건 백에 하나 있을까 말까 하거든요. 그런 걸 해낸다면 악마의 행운을 받은 겁니다. 살인 수법 중에서도 가장 어리석은 짓이죠—."

시선을 한군데 고정시킨 채 조용히 담배를 피우고 있던 포와로가 끼어들었다.

"살인 수법 중에서도 가장 어리석은 짓이라고 했나?"

"그렇습니다. 그건 정말 미친 짓입니다."

"하지만—성공했네! 그래서 우리 세 사람이 여기 모여서 토론하고 있는 거 아닌가? 그래도 누가 저질렀는지 알아내지 못하고 있네. 그러면 성공한 거 아닌가?"

"그건 행운이었습니다." 재프가 대들듯이 말했다.

"범인은 이미 대여섯 번은 잡혔어야 했습니다."

포와로는 불만스런 표정으로 고개를 흔들었다. 푸르니에가 호기심 어린 눈으로 그를 바라보았다.

"그럼 다른 생각이라도 있습니까, 포와로 씨?"

포와로가 말했다.

"내 생각으론, 사건이란 결과에 의해서 판단되는 겁니다. 그런 면에서 보면 이번 사건은 성공이라고 할 수 있지. 내 생각은 그러합니다."

"하지만, 그건 거의 기적적인 일이었습니다." 프랑스인이 신중하게 말했다.

"기적이건 아니건, 사건은 이미 일어났소." 재프가 말했다.

"우리는 의학적인 증거도 갖고 있고, 또 흉기도 있습니다. 누군가 1주일 전에 내게 뱀독이 묻은 독침을 맞고 살해된 여자의 사건을 조사하게 될 거라고 말했다면, 나는 그의 얼굴에 대고 코웃음을 쳤을 겁니다. 그건 모욕적인 말이니까요. 이번 사건이 바로 그런 겁니다—모욕적인 일입니다."

그는 깊게 숨을 내쉬었다. 포와로가 미소를 지었다.

"범인은 변태적이며 유머 감각을 지닌 사람인 것 같습니다."

푸르니에가 조심스럽게 말했다.

"살인자의 심리적인 의식을 알아내는 것이 범죄 사건에서는 가장 중요한 일이죠."

재프는 심리적이란 말에 살짝 코웃음을 쳤다. 그는 그런 말들을 싫어하며 믿지도 않았다.

"포와로 씨가 좋아하시는 말을 하는군요." 재프가 말했다.

"나는 두 사람 말이 모두 좋다네."

"그녀가 그런 방법으로 살해되었다는 게 의심스럽지 않습니까?"

재프가 미심쩍은 듯이 포와로에게 물었다.

"당신의 비뚤어진 마음이야 이미 알고 있지만 말입니다."

"아니, 아니. 그렇지 않네. 나는 그 점에 대해선 확신을 갖고 있어. 사인은 내가 주웠던 독이 묻은 침이야—그건 틀림없네. 하지만, 이번 사건에는 그것 말고 다른 문제가 있어."

포와로는 답답하다는 듯이 고개를 흔들면서 말을 멈췄다.

재프가 계속했다.

"그러면 얘기를 원점으로 되돌립시다. 스튜어드들을 완전히 제외시킬 수는 없죠. 하지만, 내 생각에는 그 두 사람은 사건과는 관계가 없는 것 같습니다. 당신 생각은 어떻습니까, 포와로 씨?"

"오, 그것이라면 이미 말했잖나! 나라면 이 상황에서 아무도 제외시키지 않겠네."

"좋을 대로 생각하십시오. 이제는 승객들인데, 스튜어드들이 드나드는 주방과 화장실이 있는 쪽부터 살펴보겠습니다. 먼저 16번 좌석입니다."

그는 펜으로 평면도를 가리켰다.

"제인 그레이라는 미용사 자리이죠. 경마권이 당첨되어 르피네에 다녀왔답니다. 그런 걸 보면 좀 도박성이 있는 여자 같습니다. 그녀가 돈이 궁해서 지젤 부인에게 돈을 빌렸을 수도 있겠죠—하지만 거액을 빌렸을 리 없고, 또 지젤 부인이 그녀의 약점을 휘어잡았을 것 같지도 않군요. 그리고 왠지 우리가 찾는 먹이치고는 너무 작은 것 같지 않습니까? 또, 한낱 수습 미용사가 뱀독을 손에 넣을 기회가 있었는가도 의문이고요. 그런 것으로 머리 염색이나 얼굴 마사지를 하는 것도 아닐 테니까. 어떤 면에서 보면, 범인이 뱀독을 사용한 건 실수입니다. 그게 수사의 범위를 많이 좁혀 주고 있죠. 그 독에 대해서 알고 있는 사람이나 그런 물건을 손에 넣을 수 있는 사람은 극히 소수에 불과하니까요."

"그것이 적어도 한 가지 사실은 분명하게 해주지." 포와로가 말했다.

푸르니에는 물어보는 듯한 눈길로 재빨리 그를 바라보았다.

재프는 자기 생각에 골몰해 있다가 입을 열었다.

"내 생각은 이렇습니다. 범인은 다음 두 종류 가운데 하나에 속할 겁니다. 첫째, 범인은 미개지를 여러 군데 다녀온 사람입니다. 그러니까 뱀처럼 치명적인 것들이나, 또는 적을 없애기 위해서 독을 사용하는 원주민의 습관 등을 잘 알고 있겠죠. 이것이 첫 번째 종류입니다."

"또 하나는?"

"과학적인 것에 관계되는 겁니다. 곧, 연구죠. 붐슬랭 같은 건 전문적인 연구실에서 실험에 쓰이기도 한답니다. 윈터스푼 씨의 말에 따르면, 뱀독은—좀 더 정확히 말해서 코브라의 독은 약의 재료로도 사용된답니다. 특히, 간질병 치료에는 꽤 많은 양이 필요하다는군요. 또, 뱀에 물린 데에도 사용할 수 있는지에 대해서 과학적인 연구가 진행되고 있답니다."

"흥미롭고 암시적인 얘기군요." 푸르니에가 말했다.

"그렇죠, 계속하겠습니다. 그런데, 그레이라는 여자는 이 두 가지 종류 중 어떤 것에도 해당하지 않습니다. 그녀에게는 동기도 있어 보이지 않고, 그런 독을 손에 넣을 기회가 있었을 것 같지도 않습니다. 또, 대롱을 사용했을 가능성은—거의 불가능합니다. 여기를 보십시오."

세 사람은 평면도 쪽으로 몸을 기울였다.

"여기가 16번 좌석이고—." 재프가 말했다.

"2번 좌석은 여깁니다. 지젤 부인과는 많은 사람을 사이에 두고 앉았었죠. 그러니까 그레이 양이 그녀의 자리로 가지 않고서는 지젤 부인의 목을 향해서 침을 쏜다는 건 불가능한 일입니다. 게다가, 모두 그녀가 자리를 뜨지 않았다고 했습니다. 이런 점으로 보아, 그레이 양은 사건에서 제외시켜도 좋을 것 같습니다. 다음에는 맞은편의 12번 좌석을 살펴보겠습니다. 그 자리엔 노먼 게일이라는 치과의사가 앉아 있었죠. 그도 마찬가지로 특별한 사항은 없습니다. 뱀독을 손에 넣을 기회가 그녀보다 많기는 하겠지만—."

"치과의사들은 주사는 잘 사용하지 않지. 또, 사용한다고 해도 치료보다는 신경을 죽이는 데에 많이 쓰네."

포와로가 중얼거리듯이 말했다.

"치과의사는 환자들에게 장난을 많이 치죠." 재프가 싱긋 웃으면서 말했다.

"그는 모임에서 마취약을 취급하는 사람들과 접촉할 수도 있고, 과학 분야에 친구가 있을 수도 있습니다. 하지만, 가능성이란 점에서 보면 제외됩니다. 게일은 자리를 뜬 적이 있긴 하지만 화장실에 다녀온 것이고—또 화장실은 지젤 부인의 자리와는 반대방향에 있습니다. 돌아올 때도 여기 이 통로 말고는 길이 없죠. 그러니 그가 사망자의 목에 침을 쏘았다면, 직각으로 휘어지는 마술 침을 갖고 있어야겠죠."

"그렇겠군요. 어서 계속하십시오." 푸르니에가 말했다.

"통로를 건너서 17번 좌석을 봐주십시오."

"거긴 원래 내 자리였네." 포와로가 말했다.

"그런데, 어떤 여자가 친구와 함께 앉고 싶어하길래 양보해 주었지."

"바로 베니시아 키 양입니다. 그 여자는 어떨까요? 그녀는 거물이죠. 아마지젤 부인에게서 돈을 빌릴 수도 있었을 겁니다. 하지만, 생활이 곤궁한 것 같지는 않더군요. 어쩌면 경마나 뭐 그런 데 돈을 걸었을지도 모르죠. 아무튼 그여자에게 관심을 둬야 할 겁니다. 위치로 봐서도 가능성이 있으니까요. 지젤부인이 창밖을 내다보려고 고개를 살짝 돌렸다면 베니시아 양은 비스듬하게쏠 수는 있었을 겁니다―아니, 입으로 불어서 말입니다. 물론 명중했겠죠. 그렇게 하려면 자리에서 일어나야 했습니다. 베니시아 양은 가을이면 총을 들고사냥을 나서는 그런 여자입니다. 하지만, 총을 쏘는 것과 원주민의 침을 불어서 쏘는 것이 밀접한 관계가 있는지는 모르겠군요. 그건 눈의 문제겠죠. 눈으로 보는 것과 행동으로 옮기는 것과의 관계 말입니다. 그녀는 미개지에 사냥하러 다니는 남자친구가 있다니까, 그를 통해서 원주민의 기묘한 물건을 손에넣었을 수도 있겠죠. 하지만, 모두 쓸데없는 소리입니다! 터무니없는 얘기죠."

"글쎄요. 오늘 심리에서 보았는데 키 양은―."

푸르니에가 말했다. 그는 고개를 흔들었다.

"살인을 저지를 만한 사람은 아닌 것 같았습니다."

"13번 좌석은―." 재프가 말했다.

"호베리 부인인데 꽤 위험한 인물이죠. 그녀에 대해서 알고 있는 게 있어말씀드리는 건데, 그녀가 떳떳하지 못한 비밀을 갖고 있다고 해도 나는 놀라지 않을 겁니다."

"우연히 들은 얘기인데―." 푸르니에가 말했다.

"그녀는 르피네의 바카라 테이블에서 거액을 잃었다는군요."

"그랬을 겁니다. 그리고 그녀는 좀 멍청해서 지젤 부인에게 쉽게 말려들었을 겁니다."

"내 생각도 마찬가지요."

"그럼, 거기까지는 좋다고 칩시다. 하지만, 그녀가 어떻게 죽일 수 있었을까요? 기억하시겠지만, 그녀는 자리를 뜬 적이 없습니다. 그렇다면, 의자 위로올라앉아서 등받이 위로 몸을 내밀어야 합니다―그것도 열 사람이 보는 앞에서요. 제길, 다음으로 넘어가는 게 좋겠군요."

"9번과 10번 좌석입니다."

푸르니에가 손가락으로 평면도를 짚으면서 말했다.

"에르큘 포와로 씨와 브라이언트 박사가 앉았었죠." 재프가 말했다.

"포와로 씨, 하실 말씀이 없습니까?"

포와로는 울적한 표정으로 고개를 흔들었다.

"배가 아파서—." 그는 애처로운 목소리로 말했다.

"위 때문에 아무 생각도 할 수 없었네."

"저도 그렇습니다." 푸르니에가 동정하는 투로 말했다.

"비행기를 타면 나도 속이 울렁울렁하지요."

그는 눈을 감고 의미심장하게 고개를 흔들었다.

"브라이언트 박사를 살펴봅시다. 그는 어떨까요? 명색이 할리가의 거물인데 프랑스의 고리대금업자를 찾아갔을까요? 하지만, 그건 아무도 모르는 일이죠. 의사들이란 조금이라도 이상한 소문이 세상에 알려지면 끝장이니까요! 나는 과학적인 방법으로 생각해 보았습니다. 브라이언트 같은 사람이라면 많은 의학계 사람과 친분관계가 있을 겁니다. 그런 사람이 커다란 연구실에 들렀다가 뱀독이 들어 있는 시험관을 손에 넣는 건 아주 쉬운 일이죠."

"그런 물건들은 까다롭게 다루게 되어 있네." 포와로가 반대했다.

"풀밭에서 미나리아재비를 뽑는 일과는 다르단 말일세."

"까다롭게 다룬다면, 대신 다른 시험관을 놓아둘 수도 있습니다. 브라이언트 같은 사람은 아무런 의심도 받지 않기 때문에 더욱 간단하게 할 수 있겠죠."

"그럴 듯한 생각이군요." 푸르니에가 찬성했다.

"그렇다면 한 가지—왜 그는 그 일에 관심을 그렇게 기울인 걸까요? 그녀가 심장마비나 자연사했다고 말할 수도 있었을 텐데?"

그때 포와로가 헛기침을 했다. 그러자, 두 사람이 궁금해하는 눈으로 그를 바라보았다.

"내 생각엔—." 포와로가 말했다.

"그건 의사의 첫 번째—글쎄, 느낌이라고나 할까? 그녀는 왕벌에 쏘여서 자연사한 것처럼 보였네. 그리고 비행기 안에서 왕벌도 발견되었고—."

"또 왕벌이군요. 당신은 늘 왕벌 얘기입니다." 재프가 말했다.

포와로가 말을 이었다.

"나는 비행기 바닥에서 침을 주웠네. 일단 침이 발견된 이상 살인이라는 것이 분명해진 거지."

"그 침은 눈에 띄게 되어 있었습니다."

포와로는 고개를 흔들었다.

"아니, 범인이 아무도 모르게 주웠을 수도 있잖나."

"브라이언트 박사를 말씀하시는 겁니까?"

"브라이언트 박사일 수도 있고 다른 사람일 수도 있지."

"저—좀 위험한 일일 텐데요."

푸르니에가 반대했다.

"당신은 지금 사망자가 살해당했다는 걸 알고 있기 때문에 그렇게 말하는 겁니다. 하지만, 어떤 여자가 갑자기 심장마비로 죽었을 때 한 남자가 손수건을 떨어뜨리고 몸을 구부려서 줍는다면 누가 그 사람을 거들떠보거나 의심스럽게 생각하겠소?"

"그건 그렇군요." 재프가 인정했다.

"하지만, 어쨌든 나는 브라이언트 박사가 의심스럽습니다. 그 사람은 자기 자리에 앉은 채 고개만 돌리고도 침을 불어서 쏠 수 있었습니다—객실을 가로질러야 했긴 하지만. 그렇다면, 왜 아무도 보지 못했을까? 이 문제는 접어 두기로 합시다. 어차피 아무도 보지 못했으니까!"

"그 점에 대해서는 그만한 이유가 있을 겁니다." 푸르니에가 말했다.

"들은 바에 따르면, 그 이유란 것이 포와로 씨의 흥미를 돋울 심리적인 거라고 하더군요."

"계속하십시오. 재미있는 얘기로군요." 포와로가 말했다.

푸르니에가 계속했다.

"기차 여행 중에 불길에 휩싸인 집을 지나가게 되었다고 생각해 보십시오. 사람들은 즉시 창 밖으로 고개를 돌리고 그곳에 주의를 집중하게 되겠죠. 그런 순간에 어떤 남자가 단검으로 다른 남자를 찌른다고 해도 아무도 그를 보지 못할 겁니다."

"그거야 당연한 얘기지." 포와로가 말했다.

"내가 해결한 어떤 사건이 생각나는군요─그것도 독약 사건이었소만. 거기에서 바로 그런 상황이 일어났습니다. 당신 말대로 심리적인 맹점의 순간이었죠. 프로메테우스호가 비행 중에 그런 순간이 있었다는 게 밝혀진다면─"

"스튜어드와 승객들에게 질문을 해서 그걸 밝혀내야 합니다." 재프가 말했다.

"그렇지. 어떤 심리적 맹점의 순간이 있었다면, 논리적으로 그 순간은 당연히 범인이 만든 것일세. 범인은 그 순간을 유발시킬 수 있는 특별한 효과를 만들었겠지."

"훌륭한 생각입니다. 바로 그겁니다." 프랑스인이 말했다.

"그럼, 그걸 질문할 내용으로 기록해 놓겠습니다." 재프가 말했다.

"다음엔 대니얼 마이클 클랜시가 앉았던 8번 좌석을 봅시다."

재프가 그의 이름을 말할 때 억양을 조금 높였다.

"내 생각엔 그가 가장 유력한 인물인 것 같습니다. 추리작가라고 하면서 뱀독에 관심이 있는 체하며 믿을 만한 화학자에게 조금 얻는 건 쉬운 일일 테니까 말입니다. 그리고 승객 중에서 유일하게 지젤 부인의 자리를 지나갔습니다."

"그렇지. 잊지 않고 있네." 포와로가 강조해서 말했다.

재프가 계속했다.

"그 사람은 당신이 말하는 '심리적인 맹점의 순간'이 없이도 아주 가까운 곳에서 대롱을 사용할 수 있었습니다. 물론 감쪽같이 해낼 수 있었겠죠. 또, 그는 자기 입으로도 대롱에 대해서 잘 알고 있다고 했습니다."

"아마 사람들의 관심을 돌리기 위해서 그렇게 말했을 거세."

"그렇다면 정말 교활한 사람입니다." 재프가 말했다.

"그가 오늘 갖고 나온 대롱이 2년 전에 산 것이라고 하지만 누가 알겠습니까? 내게는 모든 것이 의심스럽게만 보입니다. 늘 범죄나 생각하고 추리소설 따위나 읽는 사람이 정상일 리가 없죠. 머릿속이 공상으로 꽉 차 있을 테니까 말입니다."

"작가가 공상한다는 건 당연한 일이네." 포와로가 말했다.

재프는 비행기의 평면도 쪽으로 몸을 기울였다.

"4번 좌석은 라이더인데—죽은 여자의 바로 앞자리입니다. 그가 범인이라고는 생각지 않지만, 제외시킬 수도 없는 일이죠. 그는 화장실에 갔습니다. 그러다가 돌아오는 길에 침을 한 방 불어댈 수도 있잖습니까. 하지만, 그렇게 했다면 고고학자들에게 들켰을 겁니다. 그 두 사람이 보았을 거라는 말이죠—따라서, 그것도 불가능한 일입니다."

포와로는 생각에 잠겨서 고개를 흔들었다.

"고고학자들에 대해서 잘 모르는 모양이군. 그 두 사람이 정말로 어떤 문제를 토론하는 데 정신이 없었다면—다시 말해서 그들이 토론에 정신을 빼앗기고 있었다면 그 밖의 일에 대해서는 장님이며 귀머거리라네. 그럴 때에 그들은 1935년에 살고 있는 것이 아니라 기원전 5천 년에 살고 있는 거지."

재프는 포와로의 말이 믿어지지 않는 모양이었다.

"그럼, 그 고고학자들을 살펴봅시다. 푸르니에 씨, 뒤퐁 부자에 대해서 말씀해 주시겠습니까?"

"아르망 뒤퐁 씨는 프랑스에서 가장 뛰어난 고고학자입니다."

"그건 우리가 수사하는 데 아무런 도움이 되지 않습니다. 내가 보기에 그들의 자리는 아주 그럴듯하거든요—통로 건너편 지젤 부인보다 약간 앞쪽이니까요. 그리고 그들은 세계 곳곳을 돌아다니면서 미개지에서 유물을 발굴해 냈습니다. 그런 사람들이 원주민의 뱀독을 구하는 건 쉬운 일이죠."

"그건 그렇겠군요." 푸르니에가 말했다.

"하지만, 당신은 그럴 리가 없다고 생각하시는 모양인데?"

푸르니에는 씁쓸하다는 듯이 고개를 설레설레 흔들었다.

"뒤퐁 씨는 자기 일에 거의 미치다시피 한 사람입니다. 그는 이전에 골동품 상인이었는데, 발굴 작업에 전념하기 위해서 번창하던 사업도 포기한 인물입니다. 그들 부자(父子)는 자기의 일에 정열을 쏟고 있다고 봅니다. 나는 그들 부자가 아니라고 생각하지만—그렇다고 단정할 순 없겠군요. 이론적으로는 그렇게밖에 볼 수 없으니까 말이오. 하지만, 그들이 이번 사건에 끼어 있다고는 생각되지 않습니다."

"좋습니다."

재프는 기록한 종이를 들어 올리면서 목청을 가다듬었다.

"지금까지 상황을 말씀드리겠습니다.

제인 그레이; 가망성—희박, 가능성—전혀 없음.

노먼 게일; 가망성—희박, 가능성—역시 없음.

베니시아 커 양; 가망성—거의 없음, 가능성—의문점이 있음.

호베리 부인; 가망성—많음, 가능성—전혀 없음.

포와로 씨; 가망성—범인이 확실함. 승객 가운데 유일하게 심리적인 맹점의 순간을 만들어 낼 수 있는 인물임."

재프는 자기가 한 농담에 큰소리를 내어 웃었고, 포와로는 관대한 미소를 지어 보였으며, 푸르니에는 조심스러운 표정을 지었다. 잠시 후, 경감이 다시 말을 이었다.

"브라이언트 박사; 가망성, 가능성—모두 많음.

대니얼 클랜시; 동기가 매우 의심스럽고, 가망성, 가능성 매우 많음.

제임스 라이더; 가망성은 확실치 않으나 가능성은 꽤 큼.

뒤퐁 부자; 가망성과 동기 모두 희박—뱀독을 손에 넣을 기회는 많음. 가능성—많음.

우리가 할 수 있는 한도 내에서는 어느 정도 요약이 되었다고 생각합니다. 이제부터는 일상적인 질문을 집중적으로 해야 할 겁니다.

나는 먼저 대니얼 클랜시와 브라이언트 박사를 조사해서 그들이 어떻게 지내왔으며, 과거에 경제적으로 곤궁한 적은 없었는지, 또 최근에 근심스러운 일은 없었는지, 그리고 지난해 그들의 활동 등에 대해서 조사해 볼 생각입니다.

제임스 라이더도 똑같이 조사해 보겠습니다. 그렇다고 다른 사람을 완전히 무시하겠다는 건 아닙니다. 그 사람들은 윌슨에게 맡기도록 하겠습니다.

푸르니에 씨는 뒤퐁 부자를 맡아주십시오."

파리경시청에서 나온 인물이 고개를 끄덕였다.

"좋습니다. 이제 사건에 대해서도 어느 정도 파악하게 되었으니까 오늘 밤에 파리로 돌아갈 생각입니다. 지젤 부인의 하녀인 엘리스에게서 좀더 알아낼 수 있을 것도 같거든요. 그리고 지젤 부인의 행적도 자세히 조사해 볼 생각입니다. 그녀가 여름에 어느 곳을 다녀왔는지 알아내면 도움이 되겠죠. 내가 알기로, 그녀는 르피네에도 한두 번 갔습니다. 이 사건에 관계된 영국인 중에 그녀의 고객이 있는지도 알아낼 수 있겠는데요. 아, 정말 할 일이 많아졌습니다."

두 사람은 생각에 잠겨 있는 포와로를 바라보았다.

"당신은 어떻게 하시겠습니까, 포와로 씨?" 재프가 물었다.

포와로는 자리에서 일어나며 말했다.

"푸르니에 씨와 함께 파리로 가겠네."

"정말 멋진 생각이십니다." 프랑스인이 불어로 말했다.

"파리에 가서 무슨 일을 하실 겁니까?"

재프가 호기심 어린 표정으로 포와로를 바라보며 말했다.

"줄곧 가만히 계시더니 갑자기 뭐 그럴 듯한 생각이라도 떠올랐습니까?"

"한두 가지, 한두 가지 생각이 있네—하지만 정말 까다롭군."

"어떤 건지 듣고 싶은데요."

"내가 고민하는 건 대롱이 발견된 위치라네."

"그건 당연한 거죠. 당신이 하마터면 감옥신세를 질 뻔했으니까요."

포와로는 고개를 흔들었다.

"그런 게 아니야. 그 대롱이 내 자리에 쑤셔 박혀 있었기 때문이 아니라, 누군가의 자리에 쑤셔 박혀 있었다는 것 그 자체 때문에 고민하는 거네."

"내 생각은 그렇지 않습니다." 재프가 말했다.

"범인은 그걸 어디에 숨겨야 했습니다. 자신이 발각되는 걸 원치 않았을 테니까요."

"그거야 그렇지. 하지만, 비행기에는 창문이 열리지 않는 대신 창문마다 환기통이 달려 있네. 유리 팬을 돌려서 여닫을 수 있는 작은 구멍이 달려 있지. 바로 그 구멍으로도 대롱을 충분히 집어넣을 수 있었단 말일세. 대롱을 없애려고 했다면 그게 더 간단한 방법이 아닐까? 대롱이 저 아래 땅으로 떨어지면 발견될 일이 없을 테니까."

"그렇게 하는 것이 발각될까 봐 두려웠기 때문이겠죠. 정말로 환기통으로 대롱을 밀어 넣었다면 사람들에게 목격당했을 겁니다."

"그건 그렇겠군." 포와로가 말했다.

"그럼, 범인은 입에 대롱을 대고 침을 쏘는 건 두려워하지 않고, 환기통으로 대롱을 버리는 건 두려워했다는 건가!"

"그것도 이치에 맞지 않는 말이로군요." 재프가 말했다.

"하지만, 사실이 그렇잖습니까? 범인이 의자 뒤에 대롱을 숨겨 놓은 건 피할 수 없는 사실입니다."

포와로가 아무 대답도 하지 않자 푸르니에가 조심스럽게 물었다.

"뭐 좀 짚이는 것이라도 있습니까?"

포와로는 고개를 끄덕였다.

"그것이 내 마음속에 사색을 만들어 주었습니다."

재프가 초조한 듯이 쓰지 않는 잉크스탠드를 약간 비스듬하게 밀어놓자, 포와로는 무심결에 그걸 똑바로 해놓았다.

잠시 뒤, 그는 고개를 번쩍 들어 올리며 이렇게 물었다.

"내가 부탁한 대로 승객들의 소지품 목록을 만들었나?"

제8장

목록

"나는 약속을 지키는 사람입니다." 재프가 말했다.

그는 싱긋 웃으며 주머니에 손을 집어넣어 빽빽하게 타이핑한 종이뭉치를 꺼냈다.

"여기 있습니다. 아주 사소한 것들까지도 기록해 놓았죠! 진기한 물건이 한 가지 있는데, 다 읽고 나시면 설명해 드리겠습니다."

포와로는 그 종이를 테이블 위에 펼쳐놓고 읽어 내려갔다. 푸르니에가 다가와서 포와로의 어깨너머로 따라 읽었다.

<제임스 라이더>
주머니— J라고 표시된 마직 손수건.
돼지가죽 지갑— 1파운드짜리 지폐 일곱 장. 명함 세 장. '차용 문제 해결되기 바람. 그렇지 않으면 우리는 곤궁에 처하게 됨.'이라고 쓰인 동업자 조지 에버먼에게서 온 편지. 내일 저녁 트로카데로에서 만나자는 내용의 모디라고 서명이 된 편지(싸구려 종이에 서툰 필체). 은제 담뱃갑. 종이 성냥. 만년필. 열쇠꾸러미. 원통형 열쇠. 프랑스와 영국 화폐의 잔돈.
서류가방— 시멘트 사업 관계 서류뭉치. 《쓸데없는 컵》이라는 책 한 권(영국에서는 판매 금지). 응급 감기약 한 통.

<브라이언트 박사>
주머니— 마직 손수건 두 장. 20파운드와 50프랑이 들어 있는 지갑. 프랑스와 영국 화폐의 잔돈. 진료예약 노트. 담뱃갑. 만년필. 원통형 열쇠. 열쇠꾸러미.

케이스에 들어 있는 플루트.

벤베누토 첼리니 자서전과 《귓병》이라는 제목의 책.

<노먼 게일>

주머니— 실크 손수건. 1파운드와 600프랑이 들어 있는 지갑. 잔돈. 프랑스 치과기구 제조회사 명함 두 장. 브라이언트 메이 성냥갑(비어 있음). 은제 라이터. 브라이어(석남과 에리카속의 식물) 뿌리로 만든 파이프. 고무로 만들어진 담배 주머니. 원통형 열쇠.

서류가방— 흰색 마직 가운. 치과용 작은 거울 두 개. 치과용 솜.

'라 비 파리젠느', '더 스트랜드 매거진', '더 오토카'.

<아르망 뒤퐁>

주머니— 1,000프랑과 10파운드가 들어 있는 지갑. 케이스에 든 안경. 프랑스 화폐의 잔돈. 면 손수건. 담배 다발. 종이 성냥. 케이스에 들어 있는 명함. 이쑤시개.

서류가방— 왕립아시아협회에 보낼 원고. 독일의 고고학 간행물 두 권. 도자기를 스케치한 것 두 장. 장식용 관(쿠르드산(産) 파이프 축이라고 함). 작은 바구니 세공품. 앨범에 붙어 있지 않은 사진 아홉 장(모두 도자기 사진임).

<장 뒤퐁>

주머니— 5파운드와 300프랑이 들어 있는 지갑. 담뱃갑. 상아제 물부리(담배를 끼워서 빠는 물건). 라이터. 만년필. 연필 두 자루. 휘갈겨 쓴 글씨로 꽉 차 있는 작은 노트. 토트넘 코트 로드 가까이에 있는 레스토랑에서 점심식사를 같이 하자는 내용의 L. 마리너에게서 온 영문 편지. 프랑스 화폐의 잔돈.

<대니얼 클랜시>

주머니— 잉크 자국이 있는 손수건. 잉크가 새는 만년필. 4파운드와 100프

랑이 들어 있는 지갑. 범죄 기사가 실린 최근 신문을 오려낸 것 세 장(하나는 비소 독살 사건이고, 나머지 둘은 횡령 사건). 시골 소유지 명세에 대한 부동산 소개업자에게서 온 편지 두 통. 약속 메모 노트. 연필 네 자루. 주머니칼. 영수증 세 장과 미불 계산서 네 장. 'SS. 미노터'라고 시작되는 고든이라는 사람에게서 온 편지. 반쯤 풀다 만 '타임스'지에서 오려낸 낱말 맞히기. 소설의 구성을 요약해 둔 노트. 이탈리아, 프랑스, 스위스, 영국 화폐의 잔돈. 네이플스에 있는 호텔의 계산서. 커다란 열쇠꾸러미.
오버코트 주머니— <베수비우스 살인사건>의 메모 원고. 대륙 철도안내서. 골프공. 양말. 칫솔. 파리에 있는 호텔의 계산서.

<베시니아 커 양>
화장품 가방— 립스틱. 물부리 두 개. 하나는 상아로 만들어진 것이고, 다른 하나는 비취로 만들어진 것임. 콤팩트. 종이 성냥. 손수건. 2파운드. 잔돈. 신용장 반 장. 열쇠.
옷가방— 상어가죽 제품. 화장품 병, 솔, 빗 등등. 매니큐어 도구. 칫솔, 스펀지, 치약, 비누가 들어 있는 세면가방. 가위 두 개. 영국의 가족과 친구에게서 온 편지 다섯 통. 소설 두 권. 스파니엘 종 개 두 마리의 사진. '보그'와 '굿 하우스키핑'을 갖고 있음.

<제인 그레이 양>
핸드백— 립스틱. 볼연지. 콤팩트. 원통형 열쇠와 여행가방 열쇠. 연필. 담뱃갑. 물부리. 종이 성냥. 손수건 두 장. 르피네에 있는 호텔의 계산서. 불어 단어장. 100프랑과 10실링이 들어 있는 지갑. 프랑스와 영국 화폐의 잔돈. 카지노에서 사용하는 5프랑짜리 패.
여행용 외투— 파리 우편엽서 여섯 장. 손수건 두 장과 실크 스카프. '글레이디스'라고 서명된 편지. 아스피린 병.

<호베리 부인>

화장품 가방— 립스틱 두 개. 볼연지. 콤팩트. 손수건. 1,000프랑짜리 지폐
세 장. 6파운드. 프랑스 화폐의 잔돈. 다이아몬드 반지. 프랑스 우표 다섯
장. 물부리 두 개. 케이스에 들어 있는 라이터.
옷가방— 화장품 도구. 금으로 만들어진 정교한 매니큐어 도구. 잉크로 붕
산가루라고 쓰인 라벨이 붙은 작은 병.

포와로가 그 목록을 다 읽어 갈 때, 재프가 손가락으로 마지막 항목을 가리
키며 말했다.

"제 부하도 꽤 명석합니다. 이것이 다른 내용과는 어울리지 않는다고 생각
했다는군요. 붕산가루라니! 병에 들어 있는 하얀 가루는 붕산이 아니라 코카인
이었습니다."

포와로의 눈이 휘둥그레졌다. 그는 천천히 고개를 끄덕였다.

재프가 말했다.

"물론 이 사건과는 관계가 없겠죠." 재프가 말했다.

"하지만, 코카인에 중독된 여자는 도덕적인 자제심을 잃어버리기 마련입니
다. 그녀는 꽤나 정숙한 체하지만, 자기가 원하는 것을 손에 넣기 위해선 무슨
짓이라도 저지를 여잡니다. 하지만, 그녀가 그런 일을 해낼 능력이 있는지 의
심스럽군요. 솔직히 말해서, 나는 호베리 부인이 저질렀다곤 생각지 않습니다.
모든 것을 고려해 볼 때 불가능한 일이죠."

포와로는 타이핑한 종이를 추려서 다시 한 번 훑어보고 나서는 한숨을 내
쉬며 내려놓았다.

"범인을 분명히 지적해 주고 있군. 하지만, 그 이유라든지 방법은 전혀 짐작
하지 못하겠는걸."

재프가 그를 물끄러미 바라보았다.

"이것을 읽고서 누가 범인인지 알아냈다는 겁니까?"

"알아낼 수 있을 것 같네."

재프는 포와로에게서 종이를 받아들어 대충 훑어보고 나서는 한 장씩 푸르
니에게 넘겨주었다. 그러고는 테이블을 세게 내리치면서 포와로를 쳐다보았

다.

"나를 놀리시는 겁니까, 포와로 씨?"

"천만에!"

프랑스인도 차례로 종이를 내려놓았다.

"당신 생각은 어떻습니까, 푸르니에 씨?"

프랑스인은 고개를 흔들며 말했다.

"내가 멍청해서 그런지 이 목록만 보고서는 알 수가 없군요."

"그것만 보면 그렇죠." 포와로가 말했다.

"이 사건의 어떤 특징과 연관시켜서 생각해 보시오 글쎄, 내가 잘못 생각했을 수도 있자―암, 그럴 수도 있고말고."

"당신 생각을 말해 주시죠." 재프가 말했다.

"일단 당신 얘기를 들어보는 게 좋겠습니다."

포와로는 머리를 흔들며 말했다.

"아니, 이건 자네 말대로 단순히 생각일 뿐이네. 나는 이 목록에 뭔가 나타날 거라고 기대했었는데 역시 나타났구먼. 목록에 나타났단 말일세. 하지만, 그건 다른 방향을 가리키고 있네. 올바른 실마리가 엉뚱한 사람에게서 나온 셈이지. 이젠 할 일이 아주 많아졌어. 사실 애매한 면이 많아서 나로서도 구체적인 방법이 떠오르지 않는군. 하지만, 드러난 사실이 의미심장한 양상으로 나타나는 것 같네. 아직도 무슨 말인지 모르겠나? 우리 각자 자기 방법대로 생각해 보세. 나도 확신을 갖고 있는 것이 아니라 단지 의심스러운 점이 있는 것뿐이니까……."

"그럼, 공연히 큰소리 한번 해보신 겁니까?"

재프가 말하면서 자리에서 일어났다.

"자, 오늘은 이걸로 끝내겠습니다. 나는 런던에서 일을 진행하겠습니다. 푸르니에 씨는 파리로 돌아가셔야죠 포와로 씨는 어떡하시겠습니까?"

"푸르니에 씨와 함께 파리로 갔으면 하네―아까보다 더 가고 싶군."

"아까보다 더 가고 싶다고요―? 도대체 당신의 머릿속에는 어떤 변덕이 들어 있는지 모르겠습니다."

"변덕이라고? 그것참 재미있는 말이군."

푸르니에는 깍듯하게 악수를 나누었다.

"안녕히 계십시오. 호의를 베풀어 주셔서 고맙습니다. 내일 아침 크로이던 공항에서 만나 뵐 수 있겠죠?"

"물론이죠. 그럼 내일 봅시다."

"이번에는 우리가 당하지 않도록 조심해야겠습니다." 푸르니에가 말했다.

형사 두 사람이 나갔다.

포와로는 잠시 동안 생각에 잠겨 있었다. 이윽고, 그는 자리에서 일어나 흐트러진 물건들을 깨끗하게 정리했다—재떨이를 비우고 의자를 제자리에 갖다 놓았다.

그는 벽에 붙어 있는 테이블로 가서 '스케치'지(誌)를 집어 올렸다. 그리고 자기가 찾는 것이 나올 때까지 페이지를 넘겼다.

'두 사람의 태양 숭배자'라는 커다란 글씨의 제목이 나왔다. '르피네에서의 호베리 백작부인과 레이먼드 베러클러프 씨.'

그는 수영복 차림으로 팔을 낀 채 웃고 있는 두 사람의 모습을 들여다보았다.

"음, 그래—." 에르큘 포와로는 중얼거렸다.

"무언가가 나올 것도 같군······. 그래, 나올 것 같아."

제9장

엘리스 그랑디에

다음 날 날씨는 아주 화창했다. 에르퀼 포와로도 자신의 위장 상태에 자신을 가질 수 있겠다고 생각했다.

그들은 8시 45분발 파리행을 타고 있었다. 객실에는 포와로와 푸르니에 말고 예닐곱 명의 승객이 더 있었다.

프랑스인은 여행을 하면서 몇 가지 실험을 했다. 그는 주머니에서 작은 대나무 조각을 꺼내어 서너 차례 어느 방향을 향해서 입술에 갖다댔다. 한 번은 자기 자리의 구석으로 몸을 구부린 채 입술에 갖다댔으며, 한 번은 고개를 약간 비스듬히 돌린 채, 또 한 번은 화장실에 갔다 오면서 그렇게 했다. 그럴 때마다 몇몇 승객들이 조금 놀란 표정으로 그를 바라보았다. 마지막 실험을 할 때는 객실 안의 승객 모두가 그를 빤히 쳐다보았다.

푸르니에는 시무룩한 표정으로 자리에 와서 앉았다. 그런데 포와로까지 깜짝 놀란 표정으로 쳐다보는 바람에 그는 더 의기소침해졌다.

"놀라셨습니까? 하지만, 실험을 해봐야 할 것 같아서요."

"물론이오! 정말 완벽하시군. 눈으로 증명해 보는 것만큼 확실한 것은 없죠. 당신은 대롱을 들고 있는 범인의 역할을 해보였는데, 그 결과는 아주 분명했습니다. 모두가 당신을 쳐다보았으니까 말이오!"

"모두는 아니었습니다."

"그렇게 말할 수도 있겠군. 당신을 쳐다보지 않은 사람도 있으니까. 하지만, 그건 완벽한 살인을 위해선 충분한 것이 아니오. 누구도 당신을 보지 않았다는 걸 당당하게 증명해 내야 한단 말이오."

"하지만, 그건 보통 상황으로는 불가능합니다." 푸르니에가 말했다.

"내 생각으로는 특별한 상황이 있었을 것 같습니다—심리적인 맹점의 순간이 말이죠! 분명히 모든 사람들의 주의가 한곳에 집중되었던 심리적인 맹점의 순간이 있었을 겁니다."

"재프 경감도 그 점에 대해서 꽤 세심하게 조사하고 있을 게요."

"당신은 그렇게 생각하지 않습니까, 포와로 씨?"

포와로는 잠시 망설이다가 천천히 말했다.

"내 생각에는—어느 누구도 살인자를 쳐다보지 않을 만한 심리적인 이유가 있었을 것 같소만……. 하지만, 내 생각은 당신과는 약간 다른 방향으로 움직이고 있습니다. 이번 사건의 경우에도, 겉으로 드러나 있는 사실들은 믿을 만한 것이 못 되는 것 같소. 가만히 눈을 감으십시오. 그리고 육체의 눈이 아니라 머리의 눈을 뜨고 작은 회색 뇌세포를 움직이는 겁니다. 그러면 실제로 무슨 일이 일어났었는지 저절로 알게 될 게요."

푸르니에는 호기심 어린 눈으로 그를 쳐다보았다.

"무슨 말씀인지 이해하지 못하겠군요, 포와로 씨."

"그건 당신이 눈으로 본 것에서부터 추리해 내려고 하기 때문이오. 눈으로 보는 것만큼 사건을 현혹시키는 것도 없다오."

푸르니에는 다시 고개를 흔들며 두 손을 펼쳐보였다.

"손들었습니다. 당신의 말을 조금도 이해하지 못하겠는데요."

"지로가 아마 내 이상한 행동에 대해 신경 쓰지 말라고 했을 텐데요? 그는 '일어나서 행동에 옮기도록' 하고 말했을 거요. '가만히 의자에 앉아서 생각하는 건 이미 전성기가 지난 늙은이의 방법'이라고 하면서 말이오. 하지만, 풋내기 사냥개는 너무 냄새에만 치중하는 바람에 목표물을 지나쳐 버리는 수가 많습니다. 그도 지금 훈제된 청어의 뒤를 쫓고 있는 격이죠. 내 얘기가 아주 좋은 힌트가 될 게요……."

그러고 나서, 포와로는 등을 기댄 채 생각에 잠긴 듯이 눈을 감았다. 하지만, 5분도 채 지나지 않아서 그는 깊은 잠에 빠져들고 말았다.

파리에 도착한 두 사람은 곧장 졸리에트가(街) 3번지로 갔다. 졸리에트가는 센 강의 남쪽에 있었으며, 3번지는 주위의 다른 집들과 별 차이가 없어 보였다. 나이가 많은 수위가 문을 열고 시무룩한 표정으로 푸르니에게 인사했다.

"또 경찰입니까! 이젠 골치가 아픕니다. 이 집의 인상까지 나빠지겠습니다."

그는 투덜거리면서 자기 방으로 들어갔다.

"지젤 부인의 사무실로 좀 갑시다. 2층에 있죠?" 푸르니에가 말했다.

수위는 주머니에서 열쇠를 꺼내며 프랑스 경찰이 영국 측의 심리 결과가 나오기 전까지 문을 자물쇠로 잠가 놓고 봉인까지 했다고 말했다.

수위가 봉인을 뜯고 자물쇠를 열자 두 사람은 안으로 들어갔다. 지젤 부인의 사무실은 숨이 막힐 듯이 좁은 방이었다. 한쪽 구석에는 구식의 작은 금고 하나와 사무용 책상 하나, 그리고 낡아빠진 의자가 몇 개 있었다. 단 하나 있는 창문은 지독히도 더러운데다 지금까지 한 번도 열어 본 적이 없는 것 같았다.

푸르니에는 한 바퀴 휘둘러보고 나더니 어깨를 움츠렸다.

"보셨죠? 아무것도 없습니다. 아무것도—."

포와로는 책상 뒤로 돌아가서 의자에 앉아 책상 너머로 푸르니에를 바라보았다. 그러고는 책상 위쪽과 아래쪽을 손으로 더듬었다.

"여기 벨이 있군." 그가 말했다.

"그건 수위에게 연결되는 겁니다."

"흠, 현명한 방법이로군. 부인의 손님이 난폭한 행동을 할 때도 있었을 테니까."

그는 서랍을 한두 개 열어 보았다. 그 안에는 문방구, 달력, 펜, 연필 등이 들어 있었지만 서류라든가 개인적인 물건은 보이지 않았다.

포와로는 건성으로 한 바퀴 둘러보았다.

"자세히 살펴보지는 않겠소. 찾아낼 것이 있다면 이미 당신이 찾아냈을 테니까." 그는 금고를 바라보았다.

"사용하는 게 아닌 모양이죠?"

"좀 오래된 겁니다." 푸르니에가 말했다.

"비어 있습니까?"

"예, 그 빌어먹을 하녀가 안에 들어 있던 걸 모두 태워 버렸답니다."

"참, 하녀가 있었군. 참으로 충성스러운 하녀요. 그녀를 만나 봅시다. 당신 말대로 이 방 안에는 도움이 될 만한 게 없군요. 하지만, 그것이 중요한 사실인 셈이오. 그렇게 생각되지 않소?"

"중요하다나—그게 무슨 뜻입니까, 포와로 씨?"

"이 방에 개인적인 물건이 한 가지도 없다는 것이 말이오. 참으로 재미있는 사실입니다."

"그녀는 감상적인 성격이 아니었습니다." 푸르니에가 냉담하게 말했다.

포와로가 자리에서 일어나며 말했다.

"어서 그 충성스러운 하녀를 만나 봅시다."

엘리스 그랑디에는 불그스레한 얼굴에 키가 작고 탄탄해 보이는 몸집을 가진 중년 여자였다. 그녀는 약삭빠르게 보이는 작은 눈으로 푸르니에와 그 옆에 있는 포와로의 얼굴을 재빨리 번갈아 쳐다보았다.

"앉으시오, 그랑디에 양." 푸르니에가 말했다.

"고맙습니다, 선생님."

그녀는 조용히 의자에 앉았다.

"포와로 씨와 나는 오늘 런던에서 왔소. 심리가—그러니까 당신 마님의 죽음에 대한 심리가 어제 있었소. 부인은 독살당한 게 분명합니다."

프랑스 여자가 침착하게 고개를 흔들었다.

"끔찍스러운 말씀이군요, 선생님. 마님이 독살당하셨다고요? 도저히 믿어지지 않아요."

"당신이 우리를 도와줘야겠소, 마드모와젤."

"물론이죠, 선생님. 제가 도와 드릴 수 있는 일이라면 당연히 해야겠죠. 하지만 저는 아는 것이 하나도 없어요—아무것도 몰라요."

"부인에게 원한을 가진 사람이 있었소?" 푸르니에가 날카롭게 물었다.

"없었어요. 마님에게 원한을 가진 사람이 있을 리가 있나요?"

"어서 얘기해 봐요, 그랑디에 양." 푸르니에가 냉담하게 말했다.

"사채놀이라는 직업에는 늘 불미스러운 문제가 따르기 마련 아니오?"

"마님의 손님 중에 분별력 없이 행동하는 사람이 있긴 있었어요."

엘리스가 인정했다.

"그 사람들이 소동을 벌이거나 부인을 위협한 적이 있었소?"

하녀는 머리를 흔들었다.

"아뇨, 그렇진 않았습니다. 위협하진 않았어요. 돈을 갚을 수 없다고 흐느끼거나 울먹이며 하소연을 늘어놓았을 뿐이에요."

하녀의 목소리에는 경멸조가 섞여 있었다.

"가끔은 아마, 마드모아젤―" 포와로가 말을 꺼냈다.

"돈을 갚지 못하는 손님들도 있었을 텐데?"

엘리스 그랑디에는 어깨를 움츠려 보였다.

"그렇겠죠. 하지만, 그건 그 사람들 사정이에요. 결국은 모두 갚게 마련이죠."

그녀의 목소리에는 만족해하는 듯한 느낌이 담겨 있었다.

"지젤 부인은 냉혹한 편이었소?" 푸르니에가 물었다.

"마님으로선 그럴 수밖에 없었죠."

"피해자들이 안됐다는 느낌은 들지 않습니까?"

"피해자……피해자들이라뇨―?" 엘리스가 참지 못하고 물었다.

"뭔가 좀 잘못 알고 계시는군요. 자신의 수입을 초과해서 생활하다가 빚을 지고는 돈을 거저 얻어 쓰려 한다는 게 대체 있을 수 있는 일인가요? 그건 도리에 어긋나는 일이에요! 마님은 항상 공정하고 정당했어요. 남에게 빌려준 돈을 돌려받으려 하신 것뿐이니까요. 그건 정당한 일이 아닌가요? 게다가, 마님은 절대로 빚을 지지 않았어요. 지불해야 할 것은 정확하게 지불했고요. 지불하지 않은 계산서는 한 장도 없었습니다. 그리고 마님이 냉혹한 분이라고 말씀하셨는데 그건 그렇지 않아요! 마님은 친절한 분이었어요. 빈민구제자매회에서 나오면 꼭 기부금을 내셨고, 또 여러 자선단체에도 기부금을 내셨습니다. 그리고 수위인 조르즈 노인의 아내가 앓아누웠을 때도 마을에 있는 병원에 가보라고 하며 돈까지 주셨어요."

말을 마친 하녀는 흥분으로 얼굴이 빨개졌다. 그녀는 되풀이했다.

"선생님이 잘못 알고 계시는 거예요. 마님에 대해서 뭔가 오해를 하고 계신 것 같군요."

푸르니에는 그녀의 흥분이 가라앉기를 기다렸다가 말을 꺼냈다.

"부인의 손님들이 결국엔 돈을 갚았다고 말했는데, 그건 부인이 그들에게 어떤 방법으로 강요했다는 뜻이 아니오?"

엘리스는 어깨를 움츠려 보였다.

"저는 그런 것에 대해선 아무것도 모릅니다, 선생님—아무것도요."

"당신은 부인의 서류를 불태워버릴 만큼 충분히 알고 있었잖소?"

"저는 마님이 시키신 대로 따랐을 뿐이에요. 마님은 자신이 사고를 당하거나 병에 걸려서 집이 아닌 다른 곳에서 돌아가시게 되면 사업에 관계되는 서류들을 모두 없애버리라고 말씀했어요."

"아래층에 있는 금고의 서류도 말이오?" 포와로가 물었다.

"예, 그건 사업에 관련된 서류들이에요."

"그 서류들이 아래층 금고에 있었단 말입니까?"

포와로가 끈질기게 물고 늘어지자 엘리스의 뺨이 붉어졌다.

"저는 마님의 지시에 따랐을 뿐이에요." 엘리스는 고집스럽게 말했다.

"그건 알고 있소." 포와로가 미소를 지으며 말했다.

"하지만, 금고에는 서류가 들어 있지 않았잖소? 아닙니까? 그 금고는 너무 오래된 것이라서 초보자도 쉽게 열 수가 있을 게요. 따라서, 서류는 어디 다른 곳에 보관되어 있었을 텐데. 부인의 침실이라든지 아니면—?"

엘리스는 잠시 머뭇거리다가 대답했다.

"예, 그건 그래요. 마님은 손님들에겐 서류가 금고에 들어 있는 것처럼 꾸미셨지만, 사실 그 안엔 아무것도 없었어요. 모든 서류는 마님의 침실에 보관되어 있었죠."

"그곳을 보여주겠소?"

엘리스가 일어나자 두 사람도 따라 일어났다. 침실은 꽤 넓은 편이지만, 화려하고 묵직해 보이는 가구들로 가득 차 있어서 움직이기가 불편할 정도였다. 한쪽 구석엔 커다란 구식 트렁크가 있었다. 엘리스는 뚜껑을 열고 실크 속치마가 달린 오래된 알파카 옷을 꺼냈다. 그러고는 그 안쪽에 달린 속이 깊은 주머니를 보여주며 말했다.

"서류는 이 안에 들어 있었어요, 선생님. 봉인을 한 커다란 봉투 속에 있었죠."

"사흘 전에 내가 물어봤을 땐 왜 그런 말을 하지 않았소?"

푸르니에가 날카롭게 물었다.

"죄송합니다, 선생님. 그때 선생님은 금고에 있어야 할 서류가 어디 갔느냐고만 물어보셨잖아요. 그래서, 모두 태워 버렸다고 대답한 거죠. 그건 사실이었어요. 저는 서류가 보관된 장소는 중요하지 않은 모양이라고 생각했거든요."

"좋소." 푸르니에가 말했다.

"하지만, 그랑디에 양, 서류를 태워 없애는 게 아니었소."

"저는 마님의 명령에 따랐을 뿐이에요." 엘리스가 무뚝뚝하게 말했다.

"당신으로서는 어쩔 수가 없었겠군." 푸르니에가 달래듯이 말했다.

"지금 내가 하는 말을 잘 들어봐요, 마드모아젤. 당신 마님은 살해되었소. 부인에게 치명적인 약점을 잡힌 한 사람, 또는 몇 사람에게 살해되었을 가능성이 큽니다. 그런데, 그 약점이 바로 당신이 태워 버린 서류 속에 있었을지도 모릅니다. 한 가지 물어볼 게 있는데, 천천히 잘 생각해 보고 대답해 주시오. 서류에 불을 붙이기 전에 대충 훑어봤을 가능성도 있는 것 아니겠소? 그렇다고 해서 당신을 탓하겠다는 건 아니오. 오히려 당신이 알고 있는 정보가 경찰에 커다란 도움을 줄 수도 있고, 또 범인을 잡는데 중요한 도움이 될 수도 있습니다. 그러니까, 마드모아젤. 두려워 말고 사실대로 대답해 주시오. 서류를 태우기 전에 내용을 좀 훑어보았소?"

엘리스는 거칠게 숨을 몰아쉬었다. 그러고는 몸을 앞으로 구부리면서 힘을 주어 말했다.

"아뇨! 저는 아무것도, 보지도, 읽지도, 않았어요. 그저 봉인한 봉투를 뜯지도 않고 그냥 태워 버렸을 뿐이에요."

검은 수첩

푸르니에는 잠시 그녀를 물끄러미 바라보았다. 그러고는 그녀가 사실대로 말했다고 생각했는지 실망하는 표정을 지으며 말했다.

"안됐군, 당신은 잘못한 게 없소, 마드모아젤. 하지만, 정말 섭섭한 일인데."

"저로서도 어쩔 수가 없네요, 선생님. 죄송합니다."

푸르니에는 자리에 앉아 주머니에서 수첩을 꺼냈다.

"지난번에 내가 질문했을 때, 마드모아젤, 당신은 이곳 손님들의 이름을 알지 못한다고 대답했었소. 그런데, 아까는 손님들이 흐느끼며 하소연했다는 말을 했습니다. 그러면, 결국 당신은 지젤 부인의 손님들에 대해서 알고 있다는 것이 아니오?"

"설명을 드리죠, 선생님. 마님은 손님들의 이름이나 사업 얘기는 절대로 하지 않으셨어요. 하지만, 마님도 역시 사람이니까 가끔 한마디씩 하시곤 했죠. 간혹 중얼거리듯이 제게 말씀하신 적이 있어요."

포와로가 몸을 앞으로 구부리며 말했다.

"예를 들어서 어떤 얘기를 했습니까?"

"글쎄요, 자―편지를 뜯어보시다가 아주 차가운 웃음을 지으며 이렇게 말씀하시는 걸 들은 적이 있어요. '애원하고 울어도 소용없어, 부인. 돈을 갚아야지.' 또 이렇게 말씀하신 적도 있어요. '어리석어! 어리석은 짓이야! 내가 그만한 담보도 없이 그런 거액을 빌려줬을 것 같아? 아는 게 담보야, 엘리스. 아는 게 힘이라고.' 이렇게 말씀하셨어요."

"부인의 손님이 집으로 찾아오기도 했을 텐데, 그들을 보지 못했소?"

"보지 못했어요, 선생님―거의. 그 사람들은 아래층에만 있었고, 또 대개는 어두워진 뒤에야 찾아왔거든요."

"지젤 부인은 이번에 영국으로 가기 전에 파리에 와 있었소?"

"마님은 떠나기 전날 오후에 파리로 돌아오셨어요."

"그럼, 그전에는 어디에 있었습니까?"

"2주일 동안 도빌, 르피네, 파리 플라쥐, 그리고 위므뢰에 다녀오셨어요—9월이면 늘 그렇게 돌아다니시죠."

"잘 생각해 보시오, 마드모아젤, 부인이 사건에 도움이 될 만한 사실을 얘기한 적은 없습니까?"

엘리스는 잠시 생각해 보고는 고개를 내저었다.

"없어요, 선생님. 아무것도 기억나지 않아요. 마님은 기분이 좋으셨어요. 그리고, 사업도 잘된다고 말씀하셨죠. 마님이 여행을 하시면 많은 이익이 있었던 모양이에요. 마님은 제게 유니버설 항공사에 전화를 걸어 다음 날 영국으로 가는 비행기표를 예약해 놓으라고 하시더군요. 하지만, 아침 편은 예약이 다 되어 있어서 12시편에 자리를 예약했죠."

"왜 영국으로 가는지 말하지는 않았소? 혹시 무슨 급한 일이 있었던 것 같지는 않았습니까?"

"오, 그렇진 않았어요, 선생님. 마님은 자주 영국에 가시는 편이었거든요. 그리고 대개는 떠나시기 전날 제게 말씀하시곤 했어요."

"그날 저녁에 부인을 만나러 온 손님은 없었습니까?"

"한 명이 왔었던 것 같은데 확실히는 모르겠어요, 선생님. 아마 조르즈 노인은 알고 있을 거예요. 마님은 제게 아무 말씀도 안 하셨거든요."

푸르니에는 주머니에서 사진을 여러 장 꺼냈다—대부분은 검시법정에서 증인들이 떠날 때 사진기자가 찍은 스냅사진들이었다.

"이 가운데 안면이 있는 얼굴은 없습니까, 마드모아젤?"

엘리스는 사진을 들고 한 장씩 자세히 살펴보고 나서 고개를 저었다.

"없는데요, 선생님."

"조르즈 영감을 만나 봐야겠군."

"그렇게 하세요. 하지만, 불쌍하게도 조르즈 노인은 시력이 좋지 않은 편이에요."

푸르니에는 자리에서 일어났다.

"그럼, 마드모아젤, 그만 마치기로 합시다—더 이상 할 말이 없다면. 혹시 빠뜨린 것은 없소?"

"제가요? 더 이상은 없는데요."

엘리스는 피곤한 표정을 지었다.

"알겠습니다. 아니, 포와로 씨, 뭘 찾고 계십니까?"

포와로는 정말 무엇을 찾는 건지 멍한 얼굴로 방 안을 돌아다니고 있었다.

"보이지 않는 걸 찾고 있소." 포와로가 대답했다.

"보이지 않는 거라뇨?"

"사진—지젤 부인의 친척이나 가족사진 말이오."

엘리스가 고개를 저었다.

"마님은 가족이 없어요. 혼자였어요."

"딸이 하나 있다고 들었는데." 포와로가 날카롭게 말했다.

"아, 그렇군요. 따님이 한 분 있죠."

엘리스는 한숨을 내쉬었다.

"그 딸의 사진도 없습니까?" 포와로가 물었다.

"저, 선생님은 모르실 거예요. 마님에게 따님이 한 분 있는 건 사실이지만, 그건 오래전 일이에요. 마님은 그 따님을 아주 어렸을 때 보고, 그 이후로는 만나지 못한 걸로 알고 있어요."

"무슨 이유로?" 푸르니에가 날카롭게 물었다.

엘리스는 두 손을 활짝 펴보이며 말했다.

"저는 모르겠어요. 그건 마님이 젊었을 때 일이니까요. 그때 마님은 매우 아름다웠다는군요. 하지만, 무척 가난했었나 봅니다. 마님이 결혼을 했는지 안 했는지 그건 모르겠어요. 제 생각이지만 아마 안 했던 것 같아요. 그런데, 아이를 갖게 되셨던 모양이에요. 그리고 마님은 천연두에 걸려서 거의 돌아가실 뻔했다가, 어떻게 병은 나았지만 아름다운 얼굴은 잃어버리게 됐죠. 또, 젊었을 때의 허영기와 낭만도 다 잃어버렸다는군요. 그 뒤로 마님은 오로지 사업에만 열중하게 된 거예요."

"그래도, 부인은 그 딸에게 재산을 물려주었습니다."

"예, 그렇죠." 엘리스가 말했다.

"누가 자신의 혈육이 아닌 사람에게 돈을 물려주려고 하겠어요? 뭐라고 해도 피는 물보다 진하죠. 또, 마님에게는 친구도 없었으니까요. 늘 혼자였어요. 마님은 오로지 돈에만 매달렸죠—좀더 많이 벌려고 말이에요. 게다가, 돈을 굉장히 아껴 써서 사치라는 건 전혀 모르셨어요."

"부인은 당신에게도 유산을 물려주었던데, 알고 있습니까?"

"예, 들어서 알고 있어요. 마님은 늘 제게 후하게 대해 주셨어요. 월급 외에도 해마다 얼마의 돈을 더 주셨죠. 저는 마님에게 많은 은혜를 입었어요."

"그럼—." 푸르니에가 말했다.

"나가 봅시다. 나가는 길에 조르즈 영감과 얘기를 나눠 봐야겠소."

"나는 좀 있다가 나가겠소." 포와로가 말했다.

"좋으실 대로 하십시오."

푸르니에는 방을 나갔다.

포와로는 다시 방을 한 바퀴 돌고 난 다음 자리에 앉아서 엘리스를 빤히 쳐다보았다.

그의 시선에 프랑스 여자는 조금 불안해하는 기색을 보였다.

"좀더 알고 싶으신 게 있는 모양이죠?"

"그랑디에 양—." 포와로가 말했다.

"누가 당신의 마님을 죽였는지 알고 있습니까?"

"몰라요, 선생님. 하느님께 맹세코—." 그녀는 호소하듯이 말했다.

포와로는 탐색하듯이 그녀를 바라보다가 고개를 숙이며 말했다.

"좋습니다. 알겠소. 하지만, 알고 있는 것과 의심하는 것은 다릅니다. 누가 그런 짓을 저질렀는지 짚이는 사람도 없소?"

"전혀 없어요, 선생님. 아까 경찰에서 나온 분에게 말씀드렸다시피 저는 아무것도 몰라요."

"그 사람에게 한 말과 내게 하는 말이 다를 수도 있잖소."

"무슨 말씀이시죠, 선생님? 저는 그런 짓은 하지 않아요."

"그건 경찰에게 정보를 제공해 주는 것과 일반 사람에게 말하는 것과는 차이가 있다는 뜻이오"

"예, 그건 사실이죠." 엘리스는 고개를 끄덕였다.

그녀는 뭔가를 생각하면서 조금 망설이는 눈치였다.

포와로는 그녀를 자세히 바라보고 있다가 입을 열었다.

"한마디 할까요? 그랑디에 양? 나는 직업상 남의 말을 하나도 믿지 않습니다. 그건 증명되지 않으니까 말이오. 나는 처음에는 이 사람, 다음에는 저 사람 하는 식으로 범인을 찾아내진 않는다는 말입니다. 처음부터 모든 사람을 의심하죠. 범죄에 관계되는 사람은 모두 무죄 증명이 될 때까지 용의자로 보는 겁니다."

엘리스 그랑디에는 화난 얼굴로 그를 쏘아보았다.

"그럼 선생님은—제가 마님을 살해했다고 의심한다는 말씀인가요? 그건 터무니없는 생각이에요. 어떻게 그런 끔찍한 생각을 다!"

그녀의 커다란 앞가슴이 흥분으로 출렁거렸다.

"그런 게 아니오, 엘리스!" 포와로가 말했다.

"당신이 부인을 살해했다고 생각하는 게 아니오. 부인을 죽인 사람은 비행기 승객 중에 있습니다. 그러므로, 당신은 절대로 아니죠. 하지만, 사전(事前) 공범일 수는 있지. 당신이 부인의 여행 세부계획을 누군가에게 넘겨주었다면 말이오"

"아뇨, 그러지 않았어요. 맹세코 그러지 않았다고요."

포와로는 잠시 동안 아무 말 없이 그녀를 물끄러미 바라보다가 고개를 끄덕였다.

"나는 당신을 믿습니다." 포와로가 말했다.

"하지만, 당신은 숨기고 있는 게 있어요. 틀림없이 있소! 또 한마디 할까요. 범죄 사건에서 증인을 심문하다 보면 늘 부딪치게 되는 상황이 있습니다. 그건 사람들이 모두 뭔가를 숨긴다는 겁니다. 거의 대부분은 그건 범죄와는 전혀 무관하고, 또 아무런 해도 끼치지 않는 거죠. 그런데도(다시 말하지만), 늘 뭔가를 숨긴단 말입니다. 당신의 경우도 마찬가지인 것 같소. 아니, 그렇지 않다고 할 필요는 없소. 이 에르큘 포와로는 알고 있으니까. 푸르니에 씨가 당신에게 빠뜨리고 말하지 않은 것이 없느냐고 물었을 때 당신은 망설였소. 당신은 얼떨결에 적당히 둘러댔지. 그리고 그건 조금 전에 내가 경찰에게 말한 것에 개의치 말고 사실대로 말해 달라고 했습니다. 그때도 당신은 몹시 망설였습니다. 그렇습니다, 분명히 뭔가가 있어요. 나는 그것이 무엇인지 알고 싶다는 겁니다."

"중요한 건 아니에요."

"그렇지 않을 수도 있소. 당신은 그게 뭔지 말하지 않았으니 말이오."

그녀가 망설이는 듯하자 포와로가 재촉했다.

"다시 말하지만, 나는 경찰이 아니오."

"알고 있어요." 엘리스 그랑디에가 말했다.

그녀는 잠시 머뭇거리다가 말을 이었다.

"선생님, 저는 곤경에 빠져 있어요. 이럴 때 마님이 살아 계신다면 제게 어떻게 하라고 말씀해 주실 텐데요."

"백지장도 맞들면 낫다고 하지 않습니까? 내게 털어놓으십시오. 그리고 함께 생각해 보도록 합시다."

그녀가 아직도 미심쩍다는 표정으로 포와로를 바라보자, 그는 미소를 지으며 말했다.

"아주 충성스럽군요, 엘리스. 하지만, 말하지 않는 것이 정말 돌아가신 당신 마님에게 충성스러운 행동일까요?"

"그렇겠군요, 선생님. 마님은 저를 믿으셨어요. 저는 마님 밑에서 일을 시작할 때부터 마님의 지시를 충성스럽게 따랐죠."

"부인이 당신에게 그만큼 베풀었기 때문에 당신이 더욱 충실했던 게 아니겠소?"

"선생님은 눈치가 꽤 빠르신 분이군요. 예, 그래요. 저는 사기를 당해서 돈을 모두 빼앗기고 아기까지 갖게 되었어요. 마님은 그런 저를 너무도 잘 보살펴 주셨지요. 마님은 그 아기를 어떤 농가로 보내어 키우게 해주셨죠. 그 사람들은 성실하고도 꽤 괜찮은 집안이었어요. 그리고 나서 마님에게도 아기가 있다고 말씀하시더군요."

"그 아기의 나이라든가, 어디에 살고 있으며, 또 그 밖의 다른 말은 하지 않았습니까?"

"그런 말씀은 없으셨어요, 선생님. 마님은 그건 이미 지나가 버린 일이라고 하셨지요. 그렇게 생각하는 게 좋다고 말이에요. 그 아기가 훌륭하게 자라서 직업을 갖게 되었으면 좋겠다고 하시더군요. 그리고 마님이 돌아가시고 나면 그 아기에게 유산을 물려주실 거라고 하셨어요."

"그 아기에 대해서나 아기 아버지에 대해서 자세한 얘기는 하지 않았습니까?"

"그런 말씀은 하지 않으셨어요, 선생님. 하지만, 제 생각에는—."

"말하십시오, 엘리스 양."

"단지 제 생각일 뿐이에요."

"알고 있소. 괜찮습니다."

"제 생각엔 그 아기의 아버지가 영국인인 것 같았어요."

"왜 그런 생각을 하게 되었는지 좀 구체적으로 설명해 주겠소?"

"특별한 이유는 없어요. 단지 마님이 영국인에 대해서 얘기할 때면 목소리가 조금 빈정거리는 듯해서요. 또, 일 관계에서도 영국인에게는 더 모질게 대하시는 것 같았거든요. 하지만, 이건 모두 제 생각일 뿐이에요—."

"알고 있소. 하지만, 꽤 의미가 있는 말이로군. 어떤 가능성을 열어주는 것 같기도 하고……아이가 있었다고 했죠. 엘리스 양? 아들입니까, 딸입니까?"

"딸이에요. 하지만, 그 애는 죽었어요—벌써 5년이 되었답니다."

"저런, 안됐습니다."

잠시 침묵이 흘렀다.

"그럼, 엘리스 양, 지금까지 말하고 있지 않았던 게 뭡니까?"

포와로가 말했다.

엘리스는 자리에서 일어나 방을 나갔다. 잠시 뒤에 그녀는 작고 낡은 검은 수첩을 들고 들어왔다.

"이건 마님 거예요. 어디엘 가시든지 갖고 다녔죠. 이번에 영국으로 가면서도 찾으셨지만 어디에 있는지 보이지 않았어요. 마님이 어디에 두셨는지 잊어

버린 모양이에요. 그런 걸 마님이 떠난 뒤에 제가 찾아냈죠. 침대 머리 뒤쪽으로 떨어져 있더군요. 그래서 마님이 돌아오시면 드리려고 제 방에 갖다 놓았어요. 그런데, 마님이 돌아가셨다는 얘기를 듣자마자 서류를 태우면서 이 수첩은 태우지 않았어요. 이 수첩에 대해서는 아무 말씀도 없으셨거든요."

"부인이 돌아가셨다는 소식을 언제 들었습니까?"

엘리스는 잠시 머뭇거렸다.

"경찰에게서 그 소식을 들었잖습니까?" 포와로가 말했다.

"그 사람들이 이곳에 와서 부인의 방을 조사하고, 금고가 비어 있는 걸 발견했습니다. 그래서, 당신은 서류들을 태워 버렸다고 말했습니다. 하지만, 사실 훨씬 나중까지도 그 서류들을 태우지 않고 있었겠죠."

"맞아요, 선생님." 엘리스가 인정했다.

"경찰이 금고를 조사하는 사이에 저는 트렁크 속에 있는 서류들을 다른 데로 치웠어요. 그러고는 태워 버렸다고 말했죠. 하지만, 결국 그건 거짓말이 아니에요. 나중에 곧 태워 버렸으니까요. 저는 마님의 명령을 따르지 않을 수 없었거든요. 제가 얼마나 괴로운지 아시겠죠, 선생님? 경찰에게는 말하지 마세요. 혹시 일이 심각하게 될지도 모르니까요."

"엘리스 양, 당신으로서는 최선의 방법이라고 생각하고 행동했다고 믿습니다. 그렇지만, 어쨌든 유감스러운 일이오—정말 유감스러운 일입니다. 하지만, 이미 저질러진 일을 후회해 봤자 소용없는 일이고. 그리고, 푸르니에 씨에게 서류를 태워 버린 시간을 정확하게 말할 필요는 없다고 봅니다. 그럼, 그 수첩에 우리에게 도움이 될 만한 것이 적혀 있는지 봅시다."

"그런 건 적혀 있지 않을 거예요, 선생님."

엘리스가 머리를 흔들면서 말했다.

"이건 마님의 비밀 메모예요. 온통 숫자만 적혀 있죠. 서류나 다른 기록들이 없이는 뜻을 알 수가 없어요."

마지못해 하며 그녀는 포와로에게 수첩을 내밀었다. 그는 수첩을 받아들고는 한 장씩 넘겼다. 비스듬하게 연필로 쓰인 낯선 글씨체가 보였다. 모두 같은 글씨체로 되어 있었다. 숫자에 이어서 다음과 같은 글이 쓰여 있었다.

CX 256, 대령 부인, 시리아 주재. 연대 자금.
GF 342, 프랑스 국회의원. 스타비스키(1866~1934; 국제적인 사기꾼)와 관계.

기재는 모두 같은 형식이었으며, 20여 개 정도 되어 보였다. 그 수첩에는 날짜와 주소가 연필로 기록되어 있었다.

르피네, 월요일. 카지노, 10시 30분. 사보이 호텔, 5시. ABC. 플리트가(街), 11시.

어느 것 하나 완전하게 적혀 있는 것이 없었다. 그건 실제 약속이라기보다는 지젤 부인이 기억할 수 있도록 기록해 놓은 암호 같았다.

엘리스는 걱정스러운 얼굴로 포와로를 바라보았다.

"도움이 될 만한 게 없죠, 선생님. 제가 보기에도 없는 것 같았어요. 마님은 모두 아시겠지만, 내용을 모르는 사람들에게는 아무 의미도 없는 거죠."

포와로는 그 수첩을 덮어 주머니에 집어넣었다.

"이건 매우 중요한 자료가 될지도 모릅니다. 보여주길 참 잘했어요. 이제 당신 마음도 안정될 겁니다. 부인이 수첩을 태우라고는 하지 않았다고 했죠?"

"예." 하고 대답하는 엘리스의 얼굴이 조금 밝아졌다.

"아무 지시가 없었다면, 이건 경찰에 넘겨주는 것이 마땅한 겁니다. 푸르니에 씨와 의논해서 당신이 이 수첩을 빨리 내놓지 않은 것에 대해 책임은 묻지 않도록 하겠소."

"고맙습니다, 선생님."

포와로는 자리에서 일어났다.

"이제 그만 푸르니에 씨에게 가봐야겠군. 그전에 하나만 더 물어봅시다. 지젤 부인의 비행기 좌석을 예약했을 때 르아브르 공항으로 전화를 걸었습니까, 아니면 본사 사무실로 걸었습니까?"

"유니버설 항공사 사무실로 했는데요."

"그 사무실은 카푸시느 불바르 대로(大路)에 있죠?"

"맞아요, 선생님. 카푸시느 불바르 대로 254번지에 있어요"

포와로는 부드럽게 고개를 끄덕이며 자기 수첩에다 주소를 적고는 방을 나갔다.

제11장

미국인

푸르니에는 조르즈 노인과 한창 이야기를 나누는 중이었다. 형사는 벌게진 얼굴에 당황한 표정을 짓고 있었다.

"경찰은—" 노인이 굵고 쉰 목소리로 투덜거렸다.

"똑같은 질문을 몇 번이나 하는 겁니까? 도대체 무엇을 알고 싶은 거요? 사실대로 말하지 말고 거짓말을 늘어놓을까요? 당신 마음에 쏙 드는 거짓말, 당신이 기록하기 좋은 거짓말을 할까요?"

"내가 원하는 건 거짓말이 아니라 진실입니다."

"내가 말하는 것도 진실입니다. 마님이 영국을 떠나시기 전날 밤에 어떤 여자가 마님을 만나러 왔습니다. 당신은 사진을 보여주면서 그중에서 그 여자를 골라 보라고 했지만, 내 대답은 똑같습니다—나는 시력이 좋지 않은데다가 그때는 이미 어두워진 뒤였기 때문에 자세히 볼 수 없었단 말입니다. 그래서 그 여자를 보지 못했죠. 그 여자 얼굴을 맞대놓는다고 해도 아마 알아볼 수 없을 겁니다. 빌어먹을! 당신은 벌써 이걸 너덧 번이나 물어보았잖소?"

"그 여자가 키가 컸는지 작았는지, 검은 머리였는지 금발이었는지, 젊었는지 늙었는지도 기억하지 못한단 말입니까? 그 정도도 기억하지 못한다는 건 좀 믿기 어려운데……."

푸르니에는 흥분해서 빈정거리는 투로 말했다.

"그럼, 믿지 마시오. 날 보고 어떻게 하라는 겁니까? 경찰에게 시달리는 것도 이젠 넌덜머리가 나요. 만일, 마님이 비행기가 아닌 다른 곳에서 돌아가셨다면 당신은 아마 나, 이 조르즈가 마님을 독살한 것처럼 꾸몄을 겁니다. 경찰이란 죄다 그렇다더군."

포와로는 화가 나서 대들려는 푸르니에의 팔을 잡으면서 말렸다.

"참으시오." 그가 말했다.

"배가 고픈데, 간단한 식사라도 합시다. 버섯을 곁들인 오믈렛과 노르망디 혀가자미, 그리고 포트 살루트의 치즈에 붉은 포도주를 마십시다. 어떤 포도주를 좋아하시오?"

푸르니에는 시계를 흘끗 보면서 말했다.

"벌써 한 시로군요. 여기서 이 노인과 옥신각신하다 보나―."

그는 조르즈를 노려보았다.

포와로는 그 노인에게 괜찮다는 듯한 미소를 보내며 말했다.

"됐습니다. 그 정체불명의 그 여인이 키가 크지도 작지도 않았고, 검은 머리도 금발도 아니며, 마르지도 뚱뚱하지도 않았다고 합시다. 그렇지만 적어도 이것만은 말해 줄 수 있겠죠. 그 여자는 멋쟁이였습니까?"

"멋쟁이요?" 조르즈는 좀 당황하며 되물었다.

"내가 대답할까요?" 포와로가 말했다.

"그 여자는 멋쟁이였습니다. 그리고 내 생각이지만 그 여자는 수영복을 입으면 더욱 멋지게 보였을 겁니다."

조르즈는 그를 물끄러미 바라보았다.

"수영복이라고요? 수영복이 이 얘기와 무슨 관계가 있습니까?"

"내 생각일 뿐이오. 아름다운 여자가 수영복을 입으면 더욱 매력적으로 보이는 법이잖습니까? 이것을 보십시오."

그는 '스케치'지에서 찢어낸 사진을 노인에게 건네주었다.

잠시 침묵이 흘렀다. 그 노인은 흠칫 놀라는 기색이었다.

"그렇죠?" 포와로가 물었다.

"두 사람이 아주 멋지게 보이는군요."

노인은 사진을 포와로에게 건네주면서 말했다.

"아무것도 입지 않은 것 같은데."

"오―!" 포와로가 말했다.

"그건 최근에 태양이 피부에 좋다고 알려졌기 때문이죠. 아주 편리한 겁니다, 이것은요."

조르즈는 쑥스러운 듯이 쉰 목소리로 낄낄거리며 웃고는, 포와로와 푸르니에가 햇빛이 쏟아지는 거리로 나가자 안으로 들어가 버렸다.

포와로가 얘기했던 음식으로 식사를 하면서 그 자그마한 벨기에인은 검은 수첩을 내밀었다. 푸르니에는 엘리스에게 화가 나 있었던 터라 더욱 흥분했다.

포와로가 위로하듯이 말했다.

"그건 당연한 일이오—아주 당연한 거지. 경찰이란 그런 사람들에게는 무조건 두려운 존재로 인식되어 있으니까 말이오. 그 사람들은 자신도 모르는 일에 공연히 휘말려 들지 모른다는 두려움에 사로잡혀 있는 거요. 그건 어디나 똑같습니다—어느 나라나 마찬가지라오."

"그것이 바로 당신이 노리는 거겠죠." 푸르니에가 말했다.

"사립탐정은 증인에게서 공식적인 절차를 거쳐서 얻는 것보다 더 많은 것을 알아낸다죠. 하지만, 이번에는 사정이 다릅니다. 우리는 공식적인 기록이라든지 명령에 따라 움직이는 커다란 조직을 갖고 있으니까요."

"우리, 힘을 합쳐서 일해 봅시다." 포와로가 미소를 지으며 말했다.

"이 오믈렛 맛이 괜찮은데."

오믈렛을 먹고 나서 혀가자미가 나오기 전에 푸르니에는 검은 수첩을 한 장 한 장 넘겼다. 그러고는, 자기 수첩에다 연필로 기록해 나갔다.

그는 포와로를 건너다보았다.

"이걸 모두 읽어 보셨습니까?"

"그저 대충만 훑어보았을 뿐이오. 그 정도는 괜찮겠소?"

그는 푸르니에에게서 수첩을 받아들었다. 치즈가 나오자 포와로는 수첩을 테이블 위에 올려놓았다. 그때 두 사람의 눈길이 마주쳤다.

"이상한 기록이 있군요." 푸르니에가 말했다.

"다섯 군데 있지요." 포와로가 대꾸했다.

"흠—그런 것 같군요."

그는 자기 수첩에 적힌 것을 읽었다.

"CL 52. 영국 귀족부인. 남편.

RT 362. 의사: 할리가.

MR 24. 모조 골동품.

CF 45. 살인미수. 영국인."

"훌륭합니다." 포와로가 말했다.

"우리 두 사람의 생각이 일치했군요. 그 수첩에 기록된 사항 중에서 그 다섯 가지가 비행기 승객들과 관계가 있는 것 같습니다. 하나씩 차근차근 조사해 봅시다."

"영국 귀족부인, 남편." 푸르니에가 말했다.

"이건 호베리 부인에게 해당하는 것 같군. 내가 알기론 그녀는 도박꾼입니다. 그녀가 지젤 부인에게서 돈을 빌렸다고 해도 이상할 것이 없죠. 지젤 부인의 손님은 대부분 그런 사람들이니까. 남편이라는 말은 두 가지로 생각해 볼수 있습니다. 지젤 부인이 호베리 부인의 빚을 그녀의 남편에게서 받아내려고했을 수도 있겠고, 또 하나는 호베리 부인의 남편이 알아서는 안 되는 비밀을지젤 부인이 알고 있다는 뜻일 수도 있겠죠."

"바로 그렇습니다." 포와로가 말했다.

"그 두 가지 가운데 하나일 게요. 내 생각에는 두 번째일 것 같소만. 그리고, 지젤 부인이 영국으로 떠나기 전날 밤에 찾아왔던 여자도 아마 호베리 부인이라고 생각합니다."

"오, 그렇습니까?"

"그래요. 당신도 같은 생각을 하고 있었을 거라고 봅니다. 그 수위는 기사도정신 같은 걸 갖고 있습니다. 그가 그 방문객에 대해서 아무것도 기억하지 못하겠다고 고집스럽게 말하는 게 좀 이상스럽게 보이더구먼. 호베리 부인은 굉장한 미인입니다. 내가 '스케치'지에 실린 수영복 차림의 그녀 사진을 그에게건네주었을 때—그는 움찔하는 기색을 나타내더군요. 아주 희미하긴 했지만. 그건 그날 밤에 지젤 부인을 찾아온 사람이 바로 호베리 부인이었기 때문이죠."

"그녀는 르피네에서 파리로 지젤 부인을 따라왔습니다."

푸르니에가 천천히 말했다.

"아마 상황이 꽤 절박했던 모양입니다."

"그랬던 모양이오."

푸르니에가 호기심 어린 얼굴로 그를 바라보았다.

"하지만, 당신은 그렇게 생각하지 않는 것 같군요."

"이미 말했듯이, 실마리가 엉뚱한 사람을 향하고 있습니다……앞으로의 일이 막막하군요. 내 실마리가 빗나간 적이 없는데ㅡ."

"그 실마리가 뭔지 말씀해 주실 수 없습니까?"

푸르니에가 넌지시 물었다.

"아니ㅡ내가 잘못 생각하고 있는 건지도 모릅니다. 완전히 잘못 생각할 수도 있지. 그렇다면, 공연히 당신까지 혼란스럽게 만들지 않겠소? 우리 서로 각자의 생각대로 일을 진행합시다. 그 작은 수첩에 나온 문제를 계속 조사해 보는 게 좋은 것 같소."

"RT 362, 의사. 할리가." 푸르니에가 읽었다.

"브라이언트 박사를 말하는 것 같은데, 나로서는 할 말이 없군요. 하지만, 수사의 선을 소홀히 해서는 안 됩니다."

"그건 재프 경감이 해야 할 일 같군요."

"그리고, 내 일이기도 하죠. 나도 관계가 있으니까." 포와로가 말했다.

"MR 24, 모조 골동품ㅡ." 푸르니에가 읽었다.

"구태여 말하자면, 이건 뒤퐁 부자에게 해당되겠군요. 하지만, 믿어지지는 않습니다. 뒤퐁 씨는 세계적으로 명성이 자자한 고고학자이며, 인품도 훌륭한 사람입니다."

"그것이 오히려 그에게 유리한 조건이 될 수도 있잖소?" 포와로가 말했다.

"푸르니에 씨, 아주 지독한 사기꾼도 체포되기 전에는 인품이 고상하고 고결하며, 뭇사람에게 존경받는 몸이랍니다!"

"그렇죠, 그건 그렇습니다." 프랑스인이 한숨을 내쉬며 말했다.

"높은 평판이야말로ㅡ." 포와로가 말했다.

"사기꾼의 제일 조건이라오. 재미있는 사실입니다. 그건 그렇고, 다음을 살펴봅시다."

"XVB 724는 좀 애매하군요. 영국인. 횡령죄."

"별 도움이 안 되겠군." 포와로가 말했다.

"누가 횡령을 했다는 걸까? 변호사? 은행원? 회사에서 신망받고 있는 사람이라면 모두 생각해 볼 수 있겠군요. 소설가나 치과의사, 또 의사 등은 거의 가능성이 없겠지. 제임스 라이더가 유일하게 사업하는 사람인데, 그가 돈을 횡령했을 수도 있고, 또 자신의 비행(非行)이 들통 나지 않도록 하기 위해서 지젤 부인에게서 돈을 빌렸을 수도 있죠. 마지막으로—GF 45. 살인미수. 영국인. 이건 생각할 수 있는 범위가 꽤 넓은데. 소설가, 치과의사, 의사, 사업가, 스튜어드, 수습 미용사, 명문가 출신의 여자—이들 중 누군가가 GF 45가 되겠군. 다만, 뒤퐁 부자는 국적 때문에 제외시켜야 되겠죠?"

포와로는 손짓으로 웨이터를 불러 계산서를 가져오라고 했다.

"이제 어디로 갈 겁니까?" 그가 물었다.

"파리경시청에 가볼 생각입니다. 새로운 소식이 들어와 있을지도 모르니까요."

"좋습니다. 함께 가보도록 합시다. 나중에 내 나름대로 조사할 것이 있는데, 그때 좀 도와줘야겠소."

파리경시청에서 포와로는 안면이 있는 강력 수사반의 반장을 만나게 되었다. 그들은 몇 해 전에 어떤 사건을 함께 수사한 적이 있었다. 질 반장은 친절하고도 공손한 사람이었다.

"당신이 이번 사건에 관심을 갖고 있다니 정말 기쁩니다, 포와로 씨."

"질 씨, 이 사건은 바로 내 코앞에서 일어났습니다. 이건 모욕입니다, 그렇잖습니까? 살인이 일어나고 있는 동안 이 에르큘 포와로가 잠을 자고 있었다니 말이오!"

질은 얼른 고개를 흔들었다.

"그 비행기라는 것이 날씨가 나쁠 때에는 더 많이 흔들리죠. 나도 그런 경우를 당해 본 적이 한두 번 있습니다."

"군대도 위장의 상태에 따라 행진한다고 하지 않습니까?" 포와로가 말했다.

"그리고, 소화기관은 섬세한 뇌의 회전에도 굉장한 영향을 미친다고 합니다. 그래서, 뱃멀미라도 하게 되면 나 에르큘 포와로는 회색 뇌세포도 없고 질서와 이론도 없어져서, 그저 평범하지도 못한 인간이 되어 버리고 말죠! 한심한

노릇이오. 이런 점에서 지로는 어떻게 지내고 있습니까?"

질은 '이런 점'이라는 단어를 무시해 버리고, 지로는 출세가도를 달리고 있다고 대답했다.

"그는 아주 열심이죠. 지칠 줄 모르는 사람입니다."

"항상 그렇지." 포와로가 말했다.

"그는 이리저리 뛰어다니기도 하고, 어떤 때는 네 발로 기어다니기도 할 거요. 여기에 나타났는가 하면 저기에 나타나기도 하고, 잠시도 가만히 앉아서 생각에 잠기는 일이 없는 사람이니까."

"오, 포와로 씨, 그건 당신이 좋아하지 않는 방법이죠. 푸르니에 같은 사람이 당신 마음엔 더 들 겁니다. 그는 늘 심리라는 말을 들먹이는 새로운 타입의 학구적인 사람이니까 당신에겐 그 사람이 맞을 겁니다."

"그렇습니다, 그렇죠."

"그는 영어를 아주 잘하죠. 그래서, 이번에 크로이던 공항으로 보냈습니다. 흥미로운 사건입니다, 포와로 씨. 지젤 부인은 파리에서는 잘 알려진 인물입니다. 그리고 더구나 살인 수법도 놀랍더군요! 비행기 안에서 독이 묻은 침을 불어대다니 말입니다. 그런 일이 정말 일어날 수 있는 겁니까?"

"사실 일어났잖소." 포와로가 외쳤다.

"당신이 말한 대로요. 당신이 잘못 짚는 경우는 없으니까. 오, 푸르니에 씨, 새로운 소식이라도 있는 모양이군요."

우울해 보이는 인상의 푸르니에가 자못 흥분한 표정을 지으며 다가왔다.

"예, 그렇습니다. 그리스 골동품 상인인 지로폴로스가 살인이 일어나기 사흘 전에 대롱과 침을 팔았다고 했다는군요. 그래서, 당장 그 사람을 만나 봐야겠습니다. 반장님—"

그는 자기 윗사람에게 깍듯이 고개를 숙여 인사했다.

"좋아. 포와로 씨와 함께 갈 건가?" 질이 말했다.

"괜찮다면 함께 가보고 싶소" 포와로가 말했다.

"흥미로운 사실인데—정말 흥미롭습니다."

지로폴로스의 가게는 생 오노레가(街)에 있었으며, 고급 골동품을 취급하는 곳이었다. 레이지스의 도자기와 페르시아의 도자기들이 많이 있었다. 또, 루리스탄산(産) 청동상 한두 개와 인도 보석, 세계 각국의 실크와 자수품, 그리고 거의 가치가 없어 보이는 비스 구슬과 값싼 이집트 물건들도 있었다. 그 가게는 50만 프랑짜리 물건에 100만 프랑이라고 써넣기도 하고, 50상팀(1프랑의 100분 1)짜리 물건에 10프랑이라고 써놓기도 하는 곳으로, 주로 미국인 관광객이나 골동품에 지식이 없는 사람들이 드나들었다.

지로폴로스는 키가 작고 뚱뚱한데다 구슬처럼 반짝이는 검은 눈을 갖고 있었다. 그는 수다스럽게 얘기를 늘어놓았다.

"경찰에서 나오셨다고요?"

만나서 반갑다며 그는 자기 사무실로 들어가자고 했다. 그는 대롱과 침을 팔았는데, 그건 남아메리카의 골동품이라고 했다.

"보시다시피, 나는 여러 가지 물건을 팔고 있긴 하지만 내 전문은 따로 있습니다. 페르시아 물건이 바로 내 전문이죠. 뒤퐁 싸―그 훌륭한 뒤퐁 씨가 저에 대해서 잘 알고 있을 겁니다. 그분이 자주 내 물건을 보러 오시죠. 내가 새로 산 물건을 보기도 하고, 이상한 물건이 있으면 감정도 해주죠. 정말 훌륭한 분입니다! 아는 것도 많고, 안목도 높고, 감식력도 대단한 분이죠. 내가 엉뚱한 얘기를 하고 있군요. 나는 전문가들도 알아주는 값어치 있는 물건들을 몇 가지 갖고 있습니다. 그리고―글쎄, 솔직하게 말해서, 선생님, 잡동사니라고 하는 물건들도 있긴 하죠. 외국 잡동사니들은―아시겠지만, 남양, 인도, 일본, 보르네오 등지에서 가져온 겁니다. 그렇습니다! 나는 이런 물건에는 값을 붙여 두지 않지요. 그러다가 손님이 관심을 보이면 값을 생각하고 부릅니다. 하지만, 손님들이 어찌나 값을 깎아대는지 결국에는 내가 부른 값의 반밖에 받지 못합니다. 그 값으로 팔아도 이익이 꽤 남긴 합니다만. 그런 물건들은 대개 선원들을 통해서 굉장히 낮은 가격으로 구입하거든요."

지로폴로스는 숨을 크게 내쉬고 흥에 겨워 얘기를 계속했다. 그는 자신의 말에 스스로 취했는지 쉬지 않고 늘어놓았다.

"그 대롱과 침은 오래전에 구입했던 겁니다―아마 2년 정도 되었을걸요. 조개 목걸이와 인디언의 머리 장식품, 그리고 나무로 새긴 조악한 모양의 상(像)

한두 개, 또 값싼 옥구슬들과 함께 구입했죠. 미국인이 와서 물어보기 전에는 그 물건에 관심을 가진 사람이 한 명도 없었습니다."

"미국인이라고요?" 푸르니에가 날카롭게 물었다.

"예, 맞아요. 미국인이었죠—틀림없는 미국인이었습니다. 하지만, 상류층은 아닌 것 같더군요—귀향하는 길에 가져갈 골동품을 사러 온 안목 없는 사람이었습니다. 이집트에서 나는 구슬을 비싼 값으로 사고, 또 체코슬로바키아에서 만들어진 아주 보잘것없는 갑충석을 사는 그런 종류의 사람이었죠. 나는 얼른 그에게 다가가서 야만 부족의 습관이라든가 그들이 사용하는 치명적인 독에 대해서 적당히 늘어놓았습니다. 그리고 그런 물건은 좀처럼 찾아보기 어렵다고 했죠. 그러자 그가 가격을 물어보길래, 나는 미국인들에게 파는 값을 불렀습니다. 하지만, 터무니없는 값은 아니었습니다—경기가 좋지 않았었거든요. 나는 그가 값을 깎을 거라고 생각했는데 뜻밖에도 군소리 없이 내가 부른 값을 그대로 내더구면요. 깜짝 놀랐죠. 그럴 줄 알았다면 조금 더 비싸게 부르는 건데 말입니다! 그래서 그 대롱과 침을 상자에 넣어 포장해 주었습니다. 그렇게 끝났죠. 그런데, 나중에 신문에서 그 끔찍스러운 살인 기사를 읽고 정말 놀랐습니다. 그래서, 곧 경찰에 연락한 거죠."

"고맙습니다, 지로폴로스 씨." 푸르니에가 부드럽게 말했다.

"그 대롱과 침을—알아볼 수 있겠죠? 그 물건이 지금은 런던에 있지만, 언제 기회를 봐서 당신에게 보여 드리겠습니다."

"대롱은 아주 깁니다." 지로폴로스는 책상 위에 길이를 표시해 주었다.

"그리고, 내가 들고 있는 이 펜처럼 아주 두껍습니다. 엷은 색깔에 뾰족하고 긴 침이 네 개 들어 있죠. 그리고 끝의 색이 약간 바랬고 빨간색 실크로 만들어진 솜털이 달려 있습니다."

"빨간색 실크?" 포와로가 날카롭게 물었다.

"예, 선생님. 분홍빛이 도는 빨간색인데, 조금 바래긴 했죠."

"이상한데." 푸르니에가 말했다.

"혹시 노란색과 검은색이 섞인 실크가 아니었습니까?"

"검은색과 노랑? 오, 아닙니다."

골동품 상인은 고개를 내저었다.

푸르니에는 얼른 포와로를 쳐다보았다. 그 작은 사람의 얼굴에는 호기심과 만족이 뒤섞인 미소가 떠올라 있었다. 푸르니에는 그 이유가 무엇일까 궁금했다. 지로폴로스가 거짓말을 했기 때문일까, 아니면 또 다른 이유가 있는 걸까?

푸르니에는 의심스럽다는 듯이 말했다.

"그 대롱과 침이 이번 사건과 아무 관계가 없을 수도 있습니다. 가능성은 50분의 1 정도라고 할까요. 그건 그렇고, 그 미국인에 대해서 좀더 자세히 설명을 듣고 싶군요."

지로폴로스는 동양인식으로 두 손을 내밀어 보였다.

"그는 그저 미국인일 뿐입니다. 목소리에 콧소리가 섞여 있고, 불어는 전혀 할 줄 몰랐습니다. 그리고 껌을 씹고 있었으며 거북이 등딱지로 만들어진 테의 안경을 썼습니다. 키가 크고, 나이는 그리 많아 보이지 않았습니다."

"금발이었습니까, 검은 머리였습니까?"

"그건 모르겠습니다. 모자를 쓰고 있었으니까요."

"그 사람을 보면 알아볼 수 있겠습니까?"

지로폴로스는 의심스러운 모양이었다.

"뭐라고 대답하기 곤란하군요. 워낙 많은 미국인이 드나들어 놔서. 그는 특별한 점이 없는 사람이었습니다."

푸르니에가 그에게 스냅사진들을 보여줬지만 허사였다. 지로폴로스는 그 사람들 중에는 없는 것 같다고 했다.

"우리가 엉뚱한 녀석을 쫓는 모양입니다."

두 사람이 가게를 나오자 푸르니에가 말했다.

"그럴지도 모르지, 물론—." 포와로가 말했다.

"하지만, 나는 그렇지 않다고 봅니다. 가격표도 같은 모양이었고 지로폴로스의 말에도 한두 가지 흥미 있는 점이 있습니다. 또 한 번 엉뚱한 짓 하는 셈치고 나를 따라서 다른 곳으로 가보겠소?"

"어디로 말입니까?"

"카푸시느 불바르 대로—."

"가만있자, 거기는―?"

"유니버설 항공사 사무실이오."

"그렇군요. 하지만, 우리는 그곳에도 이미 다녀왔는데요. 별로 흥미로운 얘기가 나오지 않은 걸로 알고 있습니다만."

포와로는 가볍게 그의 어깨를 두드리며 말했다.

"하지만, 질문에 따라 대답이 달라지기도 합니다. 당신은 질문을 어떻게 해야 하는지 모르고 있는가 본데?"

"당신은 알고 있습니까?"

"어느 정도는 알고 있소."

그는 더 이상 말하지 않았다. 이내 두 사람은 카푸시느 불바르 대로에 도착했다. 유니버설 항공사의 사무실은 작았다. 말쑥하게 생긴 가무잡잡한 피부의 남자가 잘 닦인 카운터 뒤에 서 있었으며, 열다섯 살 정도 되어 보이는 소년이 타자기 앞에 앉아 있었다.

푸르니에가 신분증을 내보이자, 쥘르 페로라는 남자는 원하는 것은 모두 말해 주겠다고 했다. 포와로의 부탁으로 타이핑을 하던 소년은 저쪽 구석으로 물러났다.

"이제 우리가 할 얘기는 비밀에 속하는 겁니다." 그가 설명했다.

쥘르 페로는 흥미진진해하는 표정으로 그를 바라보았다.

"그렇습니까, 선생님?"

"지젤 부인의 살인사건에 대한 얘기입니다만."

"아, 예, 알고 있습니다. 그 일에 대해서라면 벌써 몇 가지 질문을 받고 대답한 적이 있는데요."

"알고 있습니다. 하지만, 그 사실들을 좀더 자세하게 알아야 할 필요가 있어서요. 지젤 부인의 좌석 예약을 받았다고 했는데―그게 언제였습니까?"

"그 점은 이미 밝혀진 거로 알고 있었는데요. 그분은 17일에 전화로 좌석을 예약했습니다."

"다음 날 12시에 출발하는 비행기였습니까?"

"예."

"하지만, 하녀의 말에 따르면 부인이 좌석을 예약한 비행기는 오전 8시 45분편이라고 하던데요?"

"아니, 아닙니다―그건 이렇게 된 겁니다. 부인의 하녀는 8시 45분편을 원했는데, 그 비행기는 이미 예약이 끝난 뒤였습니다. 그래서, 대신 12시편의 좌석을 예약하게 된 거죠."

"아, 알겠습니다."

"그렇게 된 겁니다, 선생님."

"알았습니다―알긴 알았는데……. 이상한 일이군요, 정말 이상한 일인데."

그 직원이 호기심 어린 얼굴로 그를 바라보았다.

"내 친구 한 명이 급히 영국으로 갈 일이 생겨서 그날 아침 8시 45분 비행기를 탔는데, 자리가 반이나 비어 있었다고 했거든요."

페로는 서류를 넘기면서 콧소리를 내어 말했다.

"아마 선생님 친구 분이 잘못 아신 걸 겁니다. 혹시 그 전날이나 아니면 다음 날이 아닐까요―?"

"그렇지 않아요. 바로 살인이 있었던 날입니다. 그 친구는 그 비행기를 놓쳤다면 하마터면 프로메테우스호의 승객이 될 뻔했다고 말했거든요."

"아, 그렇습니까. 그렇다면 이상한 일이군요. 물론 마지막 시간까지 타지 않는 사람이 있다면 당연히 빈자리가 있게 되죠……. 그리고 가끔 실수도 있을 수 있습니다. 르아브르 공항에 연락을 해봐야겠군요. 늘 정확한 것은 아니니까―."

에르큘 포와로가 슬쩍 미소를 짓자 쥘르 페로는 당황하는 표정을 지었다. 그는 말을 멈추고 시선을 이리저리 움직였다. 이마에는 구슬 같은 땀방울이 솟아나와 있었다.

"그러면, 두어 가지 이유를 둘러댈 수 있겠죠." 포와로가 말했다.

"하지만, 그건 진실이 아닙니다. 사실대로 몽땅 털어놓는 게 좋지 않겠소?"

"무엇을 털어놓으라는 겁니까? 무슨 뜻인지 이해하지 못하겠군요."

"어서 말하시오. 당신은 내 말뜻을 아주 잘 알고 있을 텐데. 이건 살인사건입니다―살인사건이라고요, 페로 씨. 잘 기억하십시오. 만일, 당신이 정보를 쥐고 있다면 그건 당신에게 불리합니다―크게 불리하죠. 경찰이 예사롭지 않은 눈으로 지켜볼 것이며, 공무방해죄가 붙게 될 겁니다."

쥘르 페로는 포와로를 물끄러미 바라보았다. 그의 입술이 벌어지면서 손이 떨렸다.

"어서 얘기하시오."

포와로의 목소리는 위협적이고도 권위가 깃들어 있었다.

"우리는 자세한 정보가 필요합니다. 얼마나 받았으며, 또 누가 주었소?"

"저는 나쁜 일인 줄 몰랐습니다—정말, 꿈에도 생각하지 못했습니다."

"얼마나, 누구에게서 받았소?"

"저—5천 프랑을 받았습니다. 처음 보는 남자였는데……. 나는, 이제 끝장이 겠군."

"말하지 않으면 더욱 불리해집니다. 어서 말하시오, 우리는 이미 최악의 경우를 생각하고 있습니다. 무슨 일이 일어났는지 자세하게 말해 주시오."

쥘르 페로는 이마에 땀을 흘리며 떨리는 목소리로 빠르게 말해 나갔다.

"나쁜 일인 줄은 몰랐습니다……. 맹세합니다. 어떤 남자가 와서는 다음 날 영국으로 갈 예정이라고 했습니다. 자기는 지젤 부인한테 돈을 빌릴 생각인데, 그녀와 자연스럽게 만나고 싶다면서 이번 여행이 더할 나위 없이 좋은 기회라고 하더군요. 지젤 부인이 다음 날 영국으로 갈 것이기 때문에 부탁하는 거라고 하면서 말입니다. 저는 그저 아침 비행기가 만원이라고 얘기하고 프로메테우스호의 2번 좌석을 주면 된다는 거였습니다. 선생님, 다시 말씀드리지만, 저는 그게 나쁜 일이라고는 생각지 않았습니다. 아무 문제도 없을 거라고 여겼죠. 미국인들은 늘 그런 식이잖습니까—상식에서 벗어나는 일을 종종 하지 않습니까."

"미국인들이라니?" 푸르니에가 날카롭게 말했다.

"예, 그 남자가 미국인이었거든요."

"인상을 자세하게 설명해 보시오."

"키가 크고 등이 좀 구부정했으며, 회색 머리칼에 뿔테 안경을 썼고 턱수염을 기르고 있었습니다."

"그 사람도 좌석을 예약했소?"

"그렇습니다, 1번 좌석이었죠—그리고 그다음 자리를 지젤 부인에게 주라고 했습니다."

"이름은?"

"실라스—실라스 하퍼였습니다."

"그런 이름은 비행기에 없었고, 또 1번 좌석에는 아무도 앉지 않았는데?"

포와로는 가볍게 고개를 흔들었다.

"저도 신문을 보고 그런 사람이 타지 않았다는 걸 알았습니다. 그래서, 그 얘기는 하지 않아도 되겠다고 생각했습니다. 그 남자는 비행기를 타지 않았으니까요—."

푸르니에가 차갑게 그를 쏘아보며 말했다.

"당신은 중요한 정보를 경찰에 숨겨 온 거요. 이건 아주 중대한 문제입니다."

그와 포와로가 함께 사무실을 나가는 뒷모습을 쥘르 페로는 겁에 질린 얼굴로 바라보았다.

거리로 나오자 푸르니에는 모자를 벗고 인사했다.

"정말 존경합니다, 포와로 씨. 어떻게 그런 생각을 다 하셨습니까?"

"두 가지 이유 때문이었소. 하나는 오늘 아침에 우리와 비행기를 함께 탄 남자에게서 살인사건이 있었던 날 아침에 비행기를 탔는데, 자리가 거의 비어 있었다는 얘기를 들었습니다. 다른 하나는 엘리스가 유니버설 항공사에 전화를 걸었을 때 마침 빈자리가 없었다고 말한 점입니다. 이 두 가지는 서로 일치하지 않는 얘기입니다. 나는 프로메테우스호의 스튜어드가 지젤 부인을 언젠가 아침 비행기에서 봤다고 말한 것이 떠올랐습니다. 이것은 곧 아침 8시 45분 비행기를 타는 것이 그녀의 습관이라는 걸 말해주는 거죠.

그런데, 누군가가 그녀가 12시 비행기를 타기를 바랐습니다—그 사람은 이미 프로메테우스호로 여행하기로 작정했겠죠. 그러면 항공사 직원이 왜 아침 비행기가 만원이라고 얘기했을까요? 실수였을까, 아니면 고의적인 거짓말이었을까? 나는 후자일 거라고 짐작했는데……그게 맞은 겁니다."

"사건이 점점 어려워져 가는군요." 푸르니에가 외쳤다.

"처음에는 여자를 뒤쫓고 있는가 했더니 이번에는 남자라. 게다가 미국안—"

그는 말을 멈추고 포와로를 쳐다보았다.

포와로가 고개를 살짝 끄덕였다.

"그래요. 미국 사람 행세하기는 아주 쉬운 일 아니오? 더구나 이곳 파리에서는 콧소리가 섞인 목소리에 껌을 씹고, 턱수염을 조금 기르고, 뿔테 안경─전형적인 미국인의 모습입니다."

그는 주머니를 뒤져 '스케치'지에서 찢어낸 사진을 꺼냈다.

"그게 뭡니까?"

"수영복을 입고 있는 백작부인이오."

"그렇다면─? 하지만 그녀는 아닙니다. 그녀는 작고 아름다우며 연약합니다. 그런 여자가 키가 크고 등이 구부정한 미국 사람으로 꾸민다는 건 불가능한 일입니다. 물론 그녀가 연기자 출신이라고는 하지만, 그런 분장을 한다는 건 아무래도 어려운 일이죠. 그렇습니다, 불가능한 입니다."

"나는 그녀라고 말하진 않았소." 에르큘 포와로가 말했다.

그리고 그는 그 찢어낸 사진을 뚫어지게 들여다보았다.

제12장

호베리 부인

호베리 경은 찬장 옆에 서서 멍청하게 콩을 집어먹고 있었다.

스티븐 호베리는 스물여덟 살로, 좁은 이마에 긴 턱을 갖고 있었다. 그는 머리가 뛰어난 사람은 아니었으며, 야외에서 운동을 즐기는 그런 종류의 사람이었다. 또 친절하고 적당히 꼼꼼하고 성실하면서도, 아주 지독스러울 정도로 고집이 있어 보였다.

그는 콩이 가득 담긴 접시를 들고 식탁에 앉아서 먹기 시작했다. 그리고 신문을 펼쳐들더니 이내 이맛살을 찌푸리며 옆으로 내던졌다. 그는 아직 콩이 남아 있는 접시를 옆으로 밀어 치우고 커피를 몇 모금 마시고는 자리에서 일어났다. 잠시 답답하다는 듯한 표정을 지으며 머뭇거리다가는 고개를 살짝 끄덕거리며 식당을 나가 넓은 홀을 가로질러 2층으로 올라갔다. 그는 어떤 방문을 두드리고는 잠시 기다렸다. 방 안쪽에서 높고 맑은 목소리가 흘러나왔다.

"들어오세요"

호베리 경은 안으로 들어갔다.

그곳은 남향으로 자리 잡은 넓고 아름다운 침실이었다. 시셀리 호베리는 웅장하게 조각되어 있는 엘리자베스풍의 참나무 침대에 누워 있었다. 장밋빛 실크 모슬린 잠옷에 곱실거리는 금빛 머리는 더욱 아름다워 보였다. 마시다 만 오렌지 주스와 커피가 놓여 있는 아침식사 쟁반이 옆 테이블 위에 있었다. 그녀는 편지를 뜯고 있었으며, 하녀는 방 안을 이리저리 움직이고 있었다.

어떤 남자라도 이렇게 아름다운 여자 앞에서는 숨소리가 거칠어질 수밖에 없을 것이다. 그런데 그림처럼 매력적인 부인 앞에서 호베리 경은 전혀 동요되지 않은 모습이었다.

3년 전만 해도 그는 시셀리의 숨 막힐 듯한 아름다움에 홀려 온몸이 마비

되는 듯한 상태까지 가기도 했다. 그는 미친 듯이 격렬하고 열정적으로 아내를 사랑했다. 하지만, 이제 모든 게 끝났다. 그때 그는 제정신이 아니었던 것이다. 그러나 그는 이제 이성을 되찾았다.

호베리 부인이 조금 놀란 표정으로 말했다.

"왜 그러세요, 스티븐?"

"당신과 둘이서만 할 얘기가 있어." 그가 무뚝뚝하게 대답했다.

"마들레느—." 호베리 부인이 하녀를 불렀다.

"그냥 두고 나가 있어."

프랑스 처녀가 웅얼거리는 목소리로 대답했다.

"알겠습니다, 마님."

그녀는 호기심에 찬 눈길로 호베리 경을 쳐다보고는 방을 나갔다.

호베리 경은 문이 완전히 닫힐 때까지 기다렸다가 말을 꺼냈다.

"시셀리, 당신이 이곳으로 돌아온 이유가 있을 텐데—무엇인지 알고 싶군."

호베리 부인은 가냘프고 아름다운 어깨를 움츠렸다.

"왜 내가 돌아오면 안 되나요?"

"왜 안 되다니? 내가 보기에는 여러 가지 이유가 있을 것 같은데."

"오, 이유라—." 그의 아내가 작은 목소리로 말했다.

"그래, 이유. 당신도 말했다시피, 우리는 이렇게 우스꽝스럽게 사느니보다는 헤어지는 편이 낫겠다고 했잖아. 당신은 런던 시내에 있는 집과 아주 충분한 재산을 갖기로 되어 있어. 그리고 일정한 범위 안에선 당신 마음대로 행동할 수도 있어. 그런데 왜 갑자기 돌아온 거지?"

시셀리는 다시 어깨를 움츠렸다.

"돌아오는 게 좋겠다고 생각했을 뿐이에요."

"돈 때문인가?"

"당신은 세상에서 가장 비열한 남자예요." 호베리 부인이 말했다.

"비열하다고? 당신의 그 무분별한 낭비벽 때문에 호베리 영지가 저당잡히게 되었는데도 내게 비열하다고 말할 수 있어?"

"호베리! 호베리! 당신은 온통 그것에만 신경을 쓰는군요! 말(馬), 사냥, 곡

식, 게으른 늙은 농부—그것들이 여자들에겐 얼마나 끔찍한 생활인지 알기나 하세요?"

"그런 걸 좋아하는 여자들도 있어."

"물론 있죠. 베니시아 키 같은 여자는 말과 거의 함께 살다시피 할 테니까요. 당신은 그런 여자와 결혼하는 건데 그랬어요."

호베리 경은 창문 쪽으로 걸어갔다.

"그건 때늦은 소리야. 나는 이미 당신과 결혼했잖아."

"하지만, 당신은 나를 쫓아낼 수 없어요." 시셀리가 말했다.

그녀의 웃음소리는 악의에 차 있고 승리감이 넘쳐흘렀다.

"당신은 나를 버리고 싶겠지만 그러지는 못할 거예요."

"우리 둘이 함께 생각해 볼 필요가 있는 문제 아니야?" 그가 말했다.

"하느님 같은 소리만 하는군요. 내 친구들이 지금 당신이 한 말을 들으면 배꼽을 잡고 웃을 거예요."

"웃고 싶으면 웃으라지. 처음에 했던 얘기나 계속하자고. 당신이 여기에 온 이유가 뭐지?"

하지만, 호베리 경의 아내는 남편의 질문에 따라오지 않았다.

"당신은 내 빚에 대해서 책임이 없다고 신문에 광고를 냈더군요. 그렇게 하는 게 신사적인 방법이라고 생각하세요?"

"나도 그런 방법을 쓸 수밖에 없었던 걸 유감스럽게 생각해. 당신도 알겠지만, 나는 당신에게 이미 경고해 두었어. 그리고 두 번이나 빚을 갚아주었지. 하지만, 모든 일에는 한계가 있는 법이야. 당신의 그 도박 근성 때문에—내가 왜 이런 얘기를 하고 있지? 나는 당신이 왜 호베리로 왔는지 그 이유를 알고 싶을 뿐이야. 당신은 이곳을 증오하고, 죽을 것처럼 지루하다고 했잖아?"

시셀리 호베리는 자그마한 얼굴을 찌푸리며 말했다.

"아까 말했듯이 돌아오는 게 좋겠다고 생각했을 뿐이에요."

"돌아오는 게 좋겠다고?" 그는 생각에 잠겨서 아내의 말을 되받아했다.

"시셀리, 그 늙은 프랑스 고리대금업자에게서 돈을 빌렸나?"

"누구요? 누구를 말하는 건지 모르겠군요."

"왜 잘 알 텐데 그래. 파리에서 오는 비행기에서 살해된 그 여자 말이야—당신도 그 비행기를 타고 왔잖아. 그 여자에게 돈을 빌린 적이 있지?"

"아니에요, 없어요. 이상한 생각을 다 하는군요!"

"이 일로 나를 속이려 들지 마, 시셀리. 당신이 그녀에게 돈을 빌렸다면 내게 사실대로 말하는 게 좋아. 사건이 아직 끝난 게 아니니까. 심리 결과는 어떤 한 사람이나 몇 사람에 의한 살인이라고 했지만, 두 나라의 경찰이 수사를 계속하고 있기 때문에 진실이 밝혀지는 건 시간문제라고. 그 여자는 틀림없이 자기 거래관계에 대해서 기록을 남겼을 거야. 당신이 그 여자와 거래를 가졌다는 흔적이 드러날 거라면 미리 손을 써두어야 한단 말이야. 풀크스에게도 상의해야 하고—."

'풀크스, 풀크스, 월브래햄 풀크스'는 대대로 호베리 영지를 관리하는 변호사들이다.

"내가 그 지겨운 법정에서 뭐라고 증언했는지 모르세요? 다시 말하지만, 나는 그 여자를 몰라요."

"그 말은 증명할 수 없어." 그녀의 남편이 차갑게 말했다.

"당신이 지젤이라는 여자와 거래를 했다면 경찰에서 분명히 알아낼 거야."

시셀리는 화를 내며 침대에서 벌떡 몸을 일으켰다.

"당신은 내가 그 여자를 죽였다고 생각하는 모양이군요—비행기 좌석에서 일어나 그 여자에게 침을 불어대기라도 했단 말인가요? 그건 미친 짓이에요!"

"모든 게 미치광이 짓이지." 스티븐이 생각에 잠겨 말했다.

"하지만, 당신의 입장을 생각해 봐야지."

"무슨 입장 말인가요? 내겐 입장 같은 게 없어요. 당신은 내 말을 믿지 않는군요. 정말 지긋지긋해. 그런데, 왜 갑자기 내 일에 대해서 그렇게 걱정을 하는 거죠? 내게 무슨 일이라도 생길까 봐 신경을 다 써주시다니. 당신이 나를 싫어하고 증오한다는 건 이미 알고 있어요. 만일, 내가 내일이라도 죽게 된다면 당신은 환호성을 지를 사람이라고요. 그런데 왜 갑자기 이상한 행동을 하는 거죠?"

"그렇게 과장해서 생각할 필요는 없어. 당신은 낡은 사고방식이라고 비난할지 모르지만, 나는 내 가문의 명예를 소중하게 여기는 사람이야. 그런데, 그 일이 바로 여기에 해당하는 거란 말이야!"

그는 갑자기 몸을 홱 돌려서 방을 나왔다. 골치가 지끈지끈 아팠다. 여러 가지 생각들이 빠르게 머리에 떠올랐다.

'싫어하고 증오한다고? 그래, 그건 사실이야. 그녀가 내일 죽는다면 정말 내가 좋아할까? 그래, 좋아할 거야. 감옥에서 풀려나는 기분이겠지. 인생이란 묘하고도 잔인한 거야! 내가 '지금 하세요'라는 연극에서 처음 그녀를 보았을 때 그녀는 아이 같았어—정말 귀여웠지! 얼마나 아름답고 사랑스러워 보였던지…… 내가 정신이 나갔었던 거야. 그녀에게 홀딱 빠져 버렸지. 그녀의 모든 게 귀엽고 부드럽게만 보였었어. 그때나 지금이나 달라진 건 없어—저속하고 심술궂고 고집이 세고, 거기에다 머리까지 비었지. 하지만, 이제는 아름답다는 느낌이 조금도 들지 않아.'

그가 휘파람을 불자 스파니엘 종 개 한 마리가 달려와서 충성스런 눈빛으로 올려다보았다.

"베시!" 그는 털이 길고 터부룩한 개의 귀를 어루만져 주었다.

그는 속으로 이렇게 생각했다.

'농담 삼아 못된 암컷이라고 불러 볼까. 베시, 내가 지금까지 만난 암컷 중에는 너만 한 암컷도 없어.'

그는 낡은 낚시 모자를 쓰고 개를 데리고 집 밖으로 나갔다. 이렇게 특별한 목적 없이 영지를 돌아다니다 보면 날카로웠던 신경이 저절로 가라앉곤 했다. 그는 좋아하는 사냥개의 목을 쓰다듬어 주고, 마부에게 한마디 건네고 나서 농장으로 가 농부의 아내와 농담을 주고받았다. 그는 베시를 데리고 좁은 길을 걷다가 적갈색의 암말을 타고 오는 베니시아 커를 만났다.

베니시아의 승마복은 그녀에게 아주 잘 어울렸다. 호베리 경은 존경과 다정한 빛을 띤 눈길로 향수에 젖은 듯한 이상한 기분으로 그녀를 올려다보았다.

"안녕, 베니시아."

"안녕하세요, 스티븐."

"어디 갔다가 오는 길이오? 밭에 갔었소?"

"예, 이 말 참 좋아졌죠?"

"훌륭하군. 내가 차티슬리 시장에서 사온 두 살 난 말을 보았소?"

두 사람은 잠시 말(馬)에 대해 얘기를 나누었다.

"그런데 시셀리가 돌아왔소."

"여기, 호베리에요?"

베니시아는 놀란 기색을 나타내지 않으려고 했지만, 목소리에 섞여 나오는 건 어쩔 도리가 없었다.

"그렇소. 지난밤에 왔소."

잠시 침묵이 흘렀다. 이윽고 스티븐이 입을 열었다.

"당신도 심리에 참석했었지. 베니시아? 어떻게, 음—그게 어떻게 진행되었소?"

그녀는 잠시 생각에 잠겼다.

"글쎄, 특별한 얘기를 한 사람은 아무도 없어요. 내 말뜻을 아시겠죠?"

"경찰에서도 아무 얘기를 못 했소?"

"예."

"좀 불쾌했겠군." 스티븐이 말했다.

"그렇죠, 그리 유쾌한 일은 아니었죠. 하지만, 참지 못할 정도는 아니었어요. 검시관이 꽤 점잖은 사람이었거든요."

스티븐은 무심결에 채찍을 휘둘렀다.

"베니시아, 저—누가 범인인지, 음—짚이는 사람이라도 있소?"

베니시아 커는 천천히 고개를 저었다.

"없어요."

그녀는 자기가 하고 싶은 말을 어떻게 하면 멋지고 요령 있게 할 수 있을까 잠시 궁리했다. 그러고는 살짝 미소 지으며 입을 열었다.

"아무튼 시셀리와 내가 아니라는 건 알고 있어요. 그녀는 나를 지켜보고 있었고, 나는 그녀를 지켜보고 있었으니까요."

스티븐은 웃음을 터뜨렸다.

"그러면 됐소." 그는 신이 나서 말했다.

그는 그 말을 농담처럼 흘려버렸지만, 그녀는 그 목소리에서 안도감을 느낄 수 있었다. 그렇다면, 이 사람은 속으로 의심하고 있었던 걸까—.

그녀는 그런 생각을 바꾸기로 했다.

"베니시아, 나는 오래전부터 당신을 알아 왔소." 스티븐이 말했다.

"그렇죠. 우리가 어렸을 때 함께 다니던 그 끔찍한 무용반 때의 일 기억나세요?"

"물론 생각나지. 당신에게는 무슨 일이든지 다 얘기할 수 있을 것 같소—."

"나도 당신이 무슨 얘기를 해도 괜찮아요."

그녀는 머뭇거리다가 조용하고 사무적인 목소리로 말했다.

"시셀리에 관한 거죠?"

"그렇소. 이것 봐요, 베니시아, 시셀리가 지젤이라는 여자와 거래가 있었을까?"

베니시아가 천천히 대답했다.

"모르겠어요. 나는 프랑스 남부에 있었기 때문에 르피네의 소문은 듣지 못했거든요."

"당신 생각은 어떻소?"

"솔직하게 말해서, 거래 관계가 있었다고 해도 나는 놀라진 않을 거예요."

스티븐은 심각한 얼굴로 고개를 끄덕였다.

베니시아가 부드러운 목소리로 말을 이었다.

"걱정스러운 모양이죠? 나는 당신들이 서로 별거하고 있다고 알고 있어요. 그렇지 않은가요? 그리고, 이건 당신의 일이 아니라 그녀의 일이에요."

"그녀가 내 아내인 이상 내 일이기도 하오."

"당신은—이혼하지 않을 건가요?"

"허위로 꾸며서 말이오? 하지만, 그녀가 그걸 받아들이지 않을 거요."

"그럼, 기회가 온다면 이혼할 건가요?"

"그럴 듯한 이유가 있다면 틀림없이 할 거요."

그는 냉랭한 목소리로 말했다.

"내 생각에는—그녀도 그걸 아는 것 같아요." 베니시아가 심각하게 말했다.

"그렇겠지."

두 사람은 침묵을 지켰다. 베니시아는 속으로 생각했다.

'그녀는 고양이 같은 도덕관을 갖고 있어! 나는 잘 알고 있지. 하지만, 그녀는 꽤 신중하게 행동하니까. 빈틈없는 여자야.'

"그래서, 어쩔 도리가 없다는 건가요?" 그녀는 소리 내어 말했다.

그는 고개를 저으며 말했다.

"내가 혼자가 된다면, 베니시아, 나와 결혼해 주겠소?"

베니시아는 말의 귀 사이를 물끄러미 바라보고 있다가 감정을 억제하는 듯한 목소리로 조심스럽게 말을 꺼냈다.

"그럴 수 있을 것 같아요."

스티븐! 그녀는 스티븐을 사랑해 왔다. 그 옛날의 무용반 시절과 새끼 여우 사냥을 하던 때, 그리고 새집을 찾아다니던 시절. 스티븐도 그녀를 사랑했다. 하지만, 영리하고 계산이 빠른 고양이 같은 코러스걸과 열정적이고 미친 듯이 빠진 사랑에서 그를 헤어 나오게 할 정도는 아니었다.

"우리는 아주 잘 살 수 있을 거요……." 스티븐이 말했다.

여러 가지 그림이 그의 눈앞으로 지나갔다. 사냥을 하면서 차와 머핀을 함께 먹고, 축축한 대지와 나뭇잎 냄새, 그리고 아이들……모든 것이 시셀리와는 함께 나눌 수 없으며, 시셀리가 그에게 베풀 수 없는 것들이다. 그의 눈이 흐릿해졌다. 이내 베니시아의 차분한 목소리가 희미하게 들려왔다.

"스티븐, 걱정이 된다면―이렇게 하는 게 어떨까요? 우리가 함께 도망가 버리는 거예요. 그러면 시셀리가 이혼해 주지 않을까요?"

그는 격한 어조로 그녀를 나무랐다.

"내가 당신에게 그렇게 하자고 할 것 같소?"

"나는 개의치 마세요."

"그래도 나는 신경이 쓰여." 그는 딱 잘라서 말했다.

베니시아는 속으로 생각했다.

'바로 그거야. 정말 가여운 사람이야. 철저하게 편견에 사로잡혀 있어. 하지만, 그 점이 좋아. 나는 그가 달라지면 좋아하지 않을 거야.'

"스티븐, 이젠 가봐야겠어요." 마침내 그녀가 소리 내어 말했다.

그녀는 발뒤꿈치로 말 잔등을 살짝 쳤다. 그녀가 돌아서서 스티븐에게 손을 흔들 때 두 사람의 눈이 마주쳤다. 그 눈빛에는 말로 다하지 못한 많은 감정이 담겨 있었다.

좁은 길모퉁이를 돌다가 베니시아는 채찍을 떨어뜨렸다. 그때 길을 지나가던 어떤 남자가 채찍을 주워 주면서 깍듯이 인사했다.

그녀는 고맙다는 인사를 하면서 생각했다.

'외국인이군. 저 얼굴을 어디서 본 적이 있는데.'

그러면서 그녀는 주앙 르팽에서 보낸 여름휴가를 더듬어 보았다. 그러고는, 또 한편으로는 스티븐을 생각하고 있었다.

그녀는 집에 도착하고 나서야 그 얼굴이 기억났다.

'비행기 안에서 내게 자리를 양보해 준 작은 남자야. 심리 때 탐정이라고 했지, 아마?'

이어서 다음 생각이 떠올랐다.

'그런데, 여기에는 무엇 하러 왔을까?'

제13장

앤터니 미용실

제인은 심리가 있던 다음 날 조금 걱정스러운 마음으로 앤터니 미용실로 나갔다. 앤터니는 기분 나쁘다는 듯이 이맛살을 찌푸리며 그녀의 인사를 받았다. 그는 앤터니라고 알려졌지만, 그의 진짜 이름은 앤드루 리치이며 어머니가 유대인이라는 이유로 외국 국적을 고집하는 사람이었다.

브루턴가(街)에선 서툰 영어를 하는 것이 이제 그의 습관이 되어 버렸다. 그는 제인에게 아주 숙맥이라며 화를 냈다. 왜 비행기로 여행했느냐? 도대체 무슨 생각이었느냐? 그녀 때문에 미용실이 막대한 손해를 보았다는 등등—. 그에게 화풀이를 실컷 당하고 나서야 제인은 그 자리를 빠져나올 수 있었다. 그러자, 친구인 글레이디스가 커다랗게 윙크를 했다.

글레이디스는 약간 건방진 성격에 금발을 가졌으며, 희미하고 몽롱한 직업적인 목소리로 얘기하곤 했다. 하지만, 개인적으로 말할 때는 거친 목소리로 우스갯소리도 잘했다.

"걱정하지 마." 그녀가 제인에게 말했다.

"그 늙은이는 담 위에 앉아서 고양이가 어느 쪽으로 뛰어오를 것인가를 감시하고 있지. 하지만, 고양이는 그가 생각하지 않는 방향으로 뛸 거야. 체, 저 노친네가 들어오는군. 저 끔찍한 눈 좀 봐. 저 여자는 마치 열일곱 살 계집애처럼 늘 뾰로통해 있단 말이야. 그 빌어먹을 강아지 좀 데려오지 말았으면 좋겠는데."

잠시 뒤에 글레이디스가 희미한 목소리로 말하는 게 들려왔다.

"안녕하세요, 부인? 왜 그 귀여운 강아지는 데려오지 않으셨어요? 샴푸를 할까요? 그러면 헨리 씨께서 금방 손봐 드릴 수 있을 텐데요."

제인은 곧 옆에 딸린 작은 방으로 들어갔다. 그 방에서는 머리칼을 적갈색으로 염색한 여자가 앉아 순서를 기다리며 거울 속으로 자신의 얼굴을 뚫어지게 바라보더니 옆의 친구에게 말했다.

"오늘 아침 내 얼굴이 엉망이지, 응?"

지루한 표정으로 3주일 전의 '스케치'지를 넘기고 있던 친구는 관심 없다는 투로 대꾸했다.

"그래? 내 눈에는 평상시와 달라 보이지 않는데."

제인이 들어가자 그 친구는 지루한 표정으로 읽고 있던 '스케치'지를 덮으면서 날카로운 눈으로 제인을 뚫어지게 바라보았다. 그러고 나서 입을 열었다.

"바로 그 아가씨로군, 틀림없어."

"안녕하세요, 부인."

제인은 밝고 명랑한 목소리로 말했다. 이제 그녀는 별로 신경 쓰지 않고서도 그 기계적인 인사를 할 수 있게 되었다.

"오랜만에 오셨군요. 저는 부인이 외국에 가신 줄 알았어요."

"앙티브에 갔었자─."

적갈색으로 염색한 여자가 말했다. 그녀는 자기 차례가 되자 더욱 호기심을 갖고 제인을 바라보았다.

"정말 아름다운데요!"

제인은 짐짓 감탄하는 체하며 말했다.

"샴푸하고 나서 세트 하실 건가요, 아니면 염색하실 건가요?"

그 말에 적갈색 머리의 여자가 정신을 되찾았는지 몸을 앞으로 기울이고 자기 머리칼을 주의 깊게 살펴보았다.

"1주일은 더 있어도 될 것 같은데. 어머나, 내 얼굴이 왜 이렇지!"

옆의 친구가 말했다.

"아침 이맘때면 늘 그렇잖아?"

"오, 조지 씨가 잘 손봐 드릴 거예요." 제인이 말했다.

"그건 그렇고─." 그 여자가 다시 제인을 뚫어지게 바라보았다.

"당신이 어제 심리에서 증언했던 바로 그 처녀죠─비행기를 탔던 처녀 말이에요?"

"예, 부인."

"얼마나 끔찍했을까! 그 얘기 좀 해주겠어요?"

제인은 될 수 있는 대로 재미있게 이야기해 주었다.

"예, 부인. 정말 무시무시했어요—."

그녀는 두 사람의 질문에 대답하면서 얘기를 시작해 나갔다. 그 늙은 여자는 어떻게 생겼느냐? 프랑스 형사가 두 명 타고 있었으며, 사건이 프랑스 정부와 관계가 있다는 소문이 사실인가? 호베리 부인이 타고 있었는가? 그녀가 정말 소문대로 그렇게 예쁜가? 제인 생각에는 누가 살인을 저질렀을 것 같은가? 그리고 사건이 정치적인 이유 때문에 비밀에 부쳐지고 있다는 등등이었다.

이 첫 번째 시련은 다음에 이어질 수많은 되풀이의 전조에 불과했다. 사람들은 '비행기에 타고 있었다는 그 처녀'에게 머리를 만져 달라고 했다. 그 사람들은 그 얘기를 친구들에게 전했다.

"정말 믿어지지 않는 일이야. 내가 다니는 미용실 처녀가 바로 그 여자인데……그래, 내가 너라면 그 미용실에 가겠어—머리도 아주 잘 만져……. 이름이 뭐더라……좀 자그마하고 눈이 커다란 처년데. 친절하게만 말을 붙인다면 모든 걸 얘기해 줄 거야……."

그 주말쯤 되어서 제인은 긴장한 탓인지 신경이 날카로워졌다. 더 이상 그 얘기를 되풀이하라고 하면 그녀는 악을 쓰거나 드라이어를 내팽개치고 싶은 심정이었다. 그녀는 마음을 가라앉히는 아주 좋은 방법을 생각해 냈다. 제인은 앤터니를 찾아가서 대담하게 봉급을 올려 달라고 요구했다.

"봉급을 올려달라고? 아주 뻔뻔스럽구나. 나는 네가 살인사건에 휘말려 들었는데도 그냥 여기에 있게 해주었어. 인정없는 사람이었다면 당장 해고시켰을 거다."

"그렇지 않아요." 제인이 차갑게 말했다.

"저는 이 가게에 많은 손님을 끌어들이고 있어요. 그런데 저를 그만두라고 한다면 당장 그만두겠어요. 저는 헨리 미용실이나 메이슨 리쳇에서 쉽게 일자리를 구할 수 있을 거예요."

"손님들이 네가 그곳으로 갔다는 걸 어떻게 알겠니? 중요한 건 네 자신이야.”

“저는 심리에서 기자들을 만났는데—.” 제인이 말했다.

“그 사람들이 제가 미용실을 옮겼다는 걸 선전해 줄 거예요.”

앤터니는 제인의 말이 사실일지도 모른다고 생각했는지 못마땅해하는 표정으로 제인의 요구를 들어주겠다고 했다. 글레이디스도 손뼉을 치면서 좋아했다.

“잘했어.” 그녀가 말했다.

“아이키 앤드루도 그때만큼은 너를 당해 내지 못하던데. 여자라도 스스로 자신을 지키지 못한다면 어떻게 될지 모르는 일이야. 너 정말 대담하구나. 내가 아주 놀랐어.”

“나 자신을 위해서라면 언제든지 싸울 각오가 되어 있어.”

제인이 조그만 턱을 도전적으로 치켜들며 말했다.

“지금까지도 줄곧 그래 왔지만 말이야.”

“어려운 일이야, 그건—.” 글레이디스가 말했다.

“하지만, 너는 아이키 앤드루에게 꺾이지 않았어. 그는 그 점 때문에 너를 더 좋아하게 될 거야. 세상을 너무 온순하게 살아서는 안 돼—하지만 우리는 그 점에 대해선 걱정하지 않아도 될 거야.”

그 뒤에 제인의 얘기는 매일 조금씩 바뀌어서 나중에는 무대에서 연기하는 배우처럼 되었다.

노먼 게일과 약속했던 저녁식사와 극장 구경도 어김없이 실현되었다. 그건 정말 황홀한 밤이었다. 많은 말을 늘어놓고 속생각을 죄다 털어놓으면서 그들은 서로에게 공감대를 느꼈고, 똑같은 취미를 갖고 있다는 걸 알게 되었다.

그들은 개를 좋아했고 고양이는 싫어했다. 그리고 굴을 싫어하고 구운 연어를 좋아했다. 또, 그레타 가르보를 좋아했고 캐서린 햅번을 싫어했다. 그들은 뚱뚱한 여자를 싫어했고 새카만 머리칼을 좋아했다. 그리고 빨간색 매니큐어를 칠한 손톱을 싫어했다. 또 두 사람은 큰소리로 떠드는 것과 시끄러운 레스토랑, 그리고 흑인을 싫어했다. 그들은 지하철보다 버스를 좋아했다.

두 사람이 그렇게 많은 공통점이 있다는 건 거의 기적에 가까운 사실이었다.

어느 날 제인은 앤터니 미용실에서 가방을 열다가 노먼 게일에게서 온 편지를 떨어뜨렸다. 그녀는 살짝 얼굴을 붉히면서 편지를 주워 올리다가 글레이디스에게 들키고 말았다.

"네 남자친구는 어떤 사람이야?"

"그게 무슨 소리니?"

제인은 얼굴을 붉히면서 톡 쏘듯이 말했다.

"속이지 마! 나는 그 편지가 네 친척에게서 온 게 아니란 걸 알고 있어. 나는 어린애가 아니야. 그 사람이 누구지, 제인?"

"응—르피네에서 만난 사람인데, 치과의사야."

"치과의사—." 글레이디스가 싫어하는 표정으로 말했다.

"하얀 치아에 미소를 짓고 있는 사람?"

제인은 억지로 인정하지 않을 수가 없었다.

"갈색 얼굴에 파란 눈을 가진 사람이야."

"누구든지 갈색 얼굴을 가질 수 있어." 글레이디스가 말했다.

"바닷가에서 그을렸거나, 아니면 약국에서 2펜스 11실링에 사온 약의 효력 때문일 수도 있지. 미남은 구릿빛 피부를 가져야 한다는 말이 있잖아. 눈은 그런대로 괜찮은데, 왜 하필이면 치과의사! 그 사람이 키스할 때면, '자, 좀더 크게 벌리세요.' 하고 말하는 것 같지 않니!"

"쓸데없는 소리 마, 글레이디스."

"그렇게 짜증 내지 마. 내가 보기엔 네가 단단히 빠진 것 같구나. 예, 헨리 씨, 곧 가요—. 헨리라면 지겨워! 자기가 마치 하느님이라도 되는 줄 아는 모양이야. 우리에게 말하는 투하고!"

그 편지에는 토요일 저녁식사를 함께하자고 적혀 있었다.

제인은 토요일 점심시간에 자기가 요구한 액수의 봉급을 받아서 기분이 아주 좋았다.

'생각해봐.' 그녀는 속으로 생각했다.

'그날 비행기 안에선 몹시 긴장하고 있었지. 그런데 모든 일이 잘되었잖아……. 인생이란 정말 놀라운 거야.'

주머니가 넉넉해진 그녀는 코너 하우스에서 음악을 들으며 값비싼 점심을 먹기로 작정했다. 그녀는 4인용 테이블에 앉았다.

그곳엔 이미 중년 여자와 젊은 남자가 앉아 있었다. 중년 여자는 곧 점심을 다 먹고 계산서를 가져다 달란 뒤 커다란 짐 꾸러미를 챙겨들고 나갔다.

제인은 식사를 하면서 책을 읽는 것이 습관이었다. 그녀가 책장을 넘기려고 고개를 들어 보니 맞은편에 앉아 있는 젊은 남자가 자신을 뚫어지게 쳐다보고 있는 거였다. 그 순간 그녀도 그 얼굴이 어디선가 본 기억이 있다는 느낌이 어렴풋이 들었다.

그녀가 이런 생각을 하고 있을 때, 그 젊은이가 먼저 그녀에게 눈인사하고 고개를 숙였다.

"실례합니다, 마드모아젤, 나를 모르시겠습니까?"

제인은 좀더 자세히 그를 바라보았다. 그는 소년티가 아직 가시지 않은 얼굴에, 잘생겼다는 것보다는 활기 있어 보이는 것이 매력적이었다.

"우리가 인사를 나누지는 않았지만—." 젊은이가 계속했다.

"검시관에게 증언을 하고, 살인사건에서—."

"어머, 그렇군요." 제인이 말했다.

"내 정신 좀 봐! 어디서 얼굴을 본 기억이 있는 분이라고 생각하고 있었어요. 이름이 어떻게 되셨더라—?"

"장 뒤퐁입니다." 젊은이는 재미있다는 듯이 귀엽게 말했다.

순간 제인의 마음에 글레이디스가 지나가는 말투로 했던 격언 같은 얘기가 떠올랐다.

"누군가 너를 따라다니고 있다면, 곧 다른 사람이 나타날 거야. 이건 자연의 법칙이야. 그건 한 명이 아니라 세 명이나 네 명일 수도 있지."

제인은 가난하고 어려운 생활을 해왔다. 실종된 처녀에 대해서 으레 말하는 —밝고 명랑한 처녀이며 남자친구는 없다는 것처럼, 제인은 정말로 남자친구가 없는 밝고 명랑한 처녀였다. 그런데 갑자기 남자들이 그녀 주위로 꾸역꾸역 모여드는 느낌이었다. 그건 의심할 수 없는 사실이었다. 테이블 건너편에 앉아 있는 장 뒤퐁의 얼굴엔 단순한 호기심 그 이상의 표정이 담겨 있었다. 그는 제인과 마주 앉아 있는 것만으로도 즐거워하는 것 같았다. 즐거워하는 정도가 아니라 넋을 잃고 있는 것 같았다.

　제인은 불쾌한 생각이 들었다.

　'하지만, 이 사람은 프랑스인이야. 프랑스인은 조심해야 한다고 하던데.'

　"줄곧 영국에 있었나 보죠?"

　제인은 이렇게 말하고 나서 말재주가 없는 자신을 저주했다.

　"네, 아버지가 강연 때문에 에든버러에 가셨거든요. 우리는 일행과 함께 머물고 있어요. 하지만, 내일은 프랑스로 돌아갈 겁니다."

　"그러세요."

　"경찰은 아직 범인을 체포하지 못했다죠?" 장 뒤퐁이 말했다.

　"예, 요즘에는 신문에서도 별말이 없어요. 아마 포기한 모양이에요."

　장 뒤퐁이 고개를 흔들었다.

　"아니, 경찰에선 포기할 리가 없습니다. 아마 조용히 수사를 진행하고 있을 겁니다." 그는 의미 있는 몸짓을 했다.

　"아무도 모르게 말이죠."

　"그만 하세요." 제인이 불쾌한 듯이 말했다.

　"소름이 끼쳐요."

　"이해합니다. 살인사건이 일어났을 때 가까이 있었다는 건 기분 좋은 일이 아니죠……." 그는 덧붙여 말했다.

　"나는 당신보다 더 가까이에 있었습니다. 나는 아주 가까운 곳에 있었죠. 가끔 그 생각이 떠오르면 기분이 좋지 않습니다……."

　"당신 생각엔 누구 같아요?" 제인이 물었다.

　"나도 생각해 보긴 했지만―."

　장 뒤퐁은 어깨를 움츠렸다.

　"나는 절대로 아닙니다. 그 여자는 꽤나 못생겼더군요!"

　"글쎄요―." 제인이 말했다.

　"미인보다는 못생긴 여자에게 더 살의를 느끼지 않을까요?"

　"그렇지도 않습니다. 잘생긴 여자라면 자연히 많은 남자가 따르게 되겠죠― 그런데 그 여자가 배신을 했습니다. 그러면 질투심이 일고, 그 질투심에 정신이 나가버리는 거죠. '좋아, 죽여 버리는 거야. 그래야 속이 시원해지겠어.'"

"그러면 정말 속이 시원해질까요?"

"그건 마드모아젤—아직 경험이 없기 때문에 나는 모릅니다."

그는 소리 내어 웃고는 머리를 흔들었다.

"하지만, 누가 지젤처럼 못생기고 늙은 여자를 죽이고 싶은 마음이 생기겠습니까?"

"글쎄, 그건 생각하기 나름이 아닐까요?"

제인은 이맛살을 찌푸리면서 말했다.

"그녀도 한때는 젊고 아름다웠을 거라는 생각을 하니까 소름이 끼치는군요."

"아, 알겠습니다." 그가 갑자기 진지하게 말했다.

"여자들이 늙어 간다는 건 인생의 커다란 비극이죠."

"당신은 여자의 외모에 대해서 관심이 많은 것 같군요." 제인이 말했다.

"당연하죠, 아주 재미있는 문제이니까요. 영국인인 당신에게는 이상하게 보일지도 모르겠지만 말입니다. 영국인들은 먼저 자신의 일부터 생각한다죠—직업 말입니다. 그러고는 스포츠를 생각하고, 마지막으로 자기 부인의 외모에 대해서 생각한다더군요. 그렇죠, 그건 사실입니다. 이런 걸 한번 생각해 보세요. 시리아의 어느 작은 호텔에 영국인 부부가 묵고 있었는데, 그 아내가 앓아누워 있었습니다. 그런데 남편되는 사람은 어느 날까지 이라크의 어느 곳으로 가야 했습니다. 이런 경우를 상상해 보십시오. 남편은 아내를 남겨 두고 시간에 맞춰 책임을 다하기 위해 호텔을 떠났습니다. 그 부부는 그러는 것이 당연한 일이라고 생각했고, 사람들도 그 남편이 고상하고 사심이 없는 사람이라고 칭찬했죠. 하지만, 영국인이 아닌 의사는 그 남편을 무식한 사람이라고 생각합니다. 사람인 부인이 우선순위가 되어야 한다는 거죠. 일이라는 건 사람보다는 덜 중요한 거니까요."

"그런가요? 일이 우선이 되어야 하지 않을까요?" 제인이 말했다.

"왜 그렇죠? 보십시오. 당신도 똑같은 생각을 갖고 있잖습니까? 사람은 일을 해서 돈을 벌고, 그 돈으로 즐기고 여자를 위해서 씁니다—그러니까 여자를 우선으로 하는 것이 합리적이고 이상적인 생각이 아닐까요?"

제인이 소리 내어 웃었다.

"오, 글쎄요—." 그녀가 말했다.

"나는 내가 책임의 대상이기보다는 단순히 즐기고 내 멋대로 하게 내버려 두었으면 좋겠어요. 남자가 의식적으로 나에게 책임을 느끼는 것보다는 스스로 즐거워하며 나를 돌봐 주는 것 말이에요."

"마드모아젤, 당신 같은 사람과 함께 있는 걸 책임이라고 느끼는 사람은 없을 겁니다."

제인은 젊은이의 진지한 목소리에 얼굴을 조금 붉혔다. 그는 빠른 말투로 계속했다.

"나는 영국이 두 번째입니다. 그건 그렇고, 그전에 심리 때 세 명의 젊고 아름다운 여인을 연구할 기회를 얻게 되어 아주 즐거웠습니다."

"세 사람을 어떻게 생각했는지 궁금한데요."

제인이 호기심 어린 목소리로 말했다.

"호베리 부인은, 흠—나는 그런 타입의 여자들에 대해서 잘 알고 있죠. 아주 개성이 강하고 몹시 사치스럽습니다. 당신은 그녀가 바카라 테이블에 앉아 있는 모습을 보았다고 했죠—고운 얼굴에 굳은 표정을 짓고. 그녀가 15년 뒤에는 어떤 모습으로 변해 있을까요? 그녀는 한순간의 기분만을 위해서 사는 사람입니다. 쾌락과 마약에 취해……아무튼 재미없는 여자죠!"

"그리고 커 양은요?"

"오, 그녀는 전형적인 영국인입니다. 리비에라의 상인도 믿고 돈을 빌려줄 여자죠. 프랑스의 상인들은 아주 눈치가 빠르거든요. 그리고 옷차림새가 말쑥하더군요. 하지만, 좀 남성적인 면이 있는 것 같았습니다. 그녀는 이 땅덩이가 모두 자기 것인 양 돌아다녔더군요. 하지만, 그렇다고 해도 자만에 빠지지 않는 전형적인 영국인입니다. 그녀는 사람들이 영국의 어느 지방 출신인지 한눈에 알아맞히더군요. 이집트에도 그런 사람이 있다는 얘기를 들었습니다. 예? 어느 가문 출신이라고요? 요크셔 가문? 오, 시롭셔 가문이라고요."

그는 그럴 듯하게 흉내를 냈다. 제인은 내키지 않았지만 작은 소리를 내어 웃었다.

"그리고 다음엔—나는요?"

"당신 차례로군요. 나는 속으로 '언제 저 여인을 다시 만나게 된다면 좋겠는데.' 하고 생각했습니다. 그런데, 지금 이렇게 마주앉아 있습니다. 때때로 신(神)들도 사람의 마음을 봐주는 때가 있는 모양이죠."

"당신은 고고학자라고 들었는데, 무덤을 파헤치기도 하나요?" 제인이 물었다. 그녀는 장 뒤퐁이 하는 얘기를 주의 깊게 들었다.

이윽고 제인이 짧게 한숨을 내쉬었다.

"그렇게 여러 군데를 돌아다녔다면 많은 것을 구경했겠군요. 아주 재미있을 것 같아요. 이제 나는 아무 데도 가지 못하고 아무것도 구경하지 못할 거예요."

"외국을 돌아다니고 미개척지를 구경하고 싶으세요? 그렇게 되면 머리를 멋지게 꾸밀 수 없다는 걸 생각해 둬야 합니다."

"머리는 나 혼자서도 할 수 있어요." 제인이 웃으며 말했다.

그녀는 시계를 보고 얼른 여종업원에게 계산서를 갖다 달라고 했다.

장 뒤퐁은 조금 당황해서 말했다.

"마드모아젤, 허락해 줄지 모르겠지만—아까 말했듯이 나는 내일이면 프랑스로 돌아갑니다. 오늘 저녁식사를 함께 할 순 없을까요?"

"죄송하지만, 그렇게는 안 되겠군요. 선약이 있거든요."

"오! 괜찮습니다. 파리에 다시 오시겠죠?"

"그렇게 될 것 같진 않은데요."

"나도 언제 다시 런던에 오게 될지 모르는데요! 정말 섭섭하군요!"

그는 제인의 손을 잡고 한동안 서 있었다.

"다시 만나고 싶습니다." 그는 마음에서 우러나오는 목소리로 말했다.

제14장

머스웰 힐에서

제인이 앤터니 미용실을 나갈 즈음 노먼 게일은 직업적인 부드러운 목소리로 얘기하고 있었다.

"조금만 참으세요. 조금만……아프면 말씀하세요ㅡ."

그는 익숙한 손놀림으로 전기 드릴을 다루었다.

"다 됐소, 로스 양?"

로스 양은 그의 옆에서 석판 위에다 미세한 백색 혼합물을 젓고 있었다.

노먼 게일은 충전재(充塡材)를 다 집어넣고 나서 말했다.

"그럼, 다음 화요일에 다른 이를 치료하러 오셔야겠습니다."

환자는 열심히 입속을 가셔내고는 빠른 말투로 얘기했다. 미안하지만 여행을 떠나게 되어 다음 약속을 취소해야겠다며, 돌아온 다음에 다시 연락을 하겠다는 말이었다. 그리고 그녀는 급하게 방을 빠져나갔다.

"그럼ㅡ오늘은 끝이군." 노먼 게일이 말했다.

로스 양이 말했다.

"히긴슨 부인이 전화를 걸어서 다음 주 예약을 취소해야겠다고 했어요. 다음 약속은 정할 수 없다더군요. 아, 그리고, 블런트 대령님도 목요일에 오실 수 없대요."

노먼 게일은 긴장된 표정으로 고개를 끄덕였다.

매일 일어나는 일이었다. 전화를 걸어 예약을 취소한다. 이유도 가지각색이다ㅡ여행을 떠나고, 외국에 나가고, 감기에 걸려 올 수 없다는 것이다.

사람들이 어떤 이유를 둘러대든 그건 문제가 되지 않았다. 노먼 게일은 마지막 환자에게 드릴을 갖다대는 순간 환자의 눈에서 그 진짜 이유를 분명히 보았던 것이다ㅡ갑자기 공포에 질린 표정을……

그는 그 여자가 무슨 생각을 했는지 알 수 있었다.

'오, 그래, 이 사람은 바로 살인사건이 있었던 비행기에 탔었던 사람이야……혹시……갑자기 머리가 돌아 범죄를 저지른다는 소릴 많이 들었는데. 정말 위험해. 이 남자가 살인광일지도 몰라. 그런 사람도 겉으로는 보통 사람과 똑같이 보인다던데. 아무래도 이 사람의 눈빛이 이상하단 말이야……'

"그럼―다음 주엔 꽤 한산해지겠군, 로스 양." 게일이 말했다.

"예, 환자들이 많이 빠져나갔어요. 이젠 좀 쉬어야겠네요. 초여름에는 바빴잖아요."

"가을에도 별로 좋아질 것 같지는 않군."

로스 양은 대답하지 않았다. 그때 전화가 울리는 바람에 그녀는 그 곤란한 자리를 모면할 수 있었다. 그녀는 전화를 받으러 밖으로 나갔다.

노먼은 기구를 소독기 속에 집어넣으며 생각했다.

'어떻게 해야 하나? 잘 생각해 봐야지. 이번 사건 때문에 치과의사로서 나는 끝장난 거야. 재미있는 일이군. 제인은 덕을 보았다는데. 사람들이 일부러 그녀를 찾아온다지. 무엇이 문제일까―내게 오면 누구나 입을 벌려야 하자―그걸 싫어하는 거야! 하지만, 치과에 오면 불쾌한 기분이 드는 건 어쩔 수 없는 일이야. 치과의사가 미친 듯이 흥분하여 날뛰기라도 한다면……살인이란 묘한 사건이지! 아주 간단한 문제라고 생각하겠지만―실은 그렇지가 않아. 그건 사람들이 미처 생각하지도 않았던 일에까지 영향을 끼치게 되거든. 현실적으로 생각해 보자. 치과의사로서 나는 이제 끝난 거야……호베리라는 여자가 범인으로 체포된다면 어떻게 될까? 내 환자들이 우르르 다시 돌아올까? 그건 뭐라고 대답할 수 없는 문제야. 한번 일이 꼬이기 시작하면―아, 그럼 무엇이 문제일까? 신경 쓰지 말아야지. 그래, 제인이 있어―제인은 사랑스러운 여자야. 나는 그녀가 필요해. 하지만, 그녀는 아직 내 사람이 아니야……빌어먹을, 골치 아픈 일이군.'

그는 미소를 지었다.

'모든 것이 잘될 거야. 그녀가 있으니까……그녀는 기다려 줄 거야. 제기랄, 캐나다로 갈까―그래, 그거야. 그곳에서 돈을 버는 거야.'

그는 슬그머니 웃음을 지었다.

로스 양이 다시 방으로 들어왔다.

"로리 부인이에요. 미안하지만, 그녀도—"

"팀북투(아프리카의 도시)에 가겠다는 얘기겠지."

노먼이 얘기를 되받아서 끝맺었다.

"모두 쥐새끼처럼 빠져나가는군! 당신도 다른 일자리를 찾아보는 게 좋겠어, 로스 양. 배가 침몰한 꼴이야."

"오, 게일 씨, 저는 선생님 곁을 떠난다고 생각해 본 적이 없어요."

"말만 들어도 고맙군. 로스 양 마음은 알겠어. 하지만, 나로서는 심각한 문제야. 지금의 이 상태가 계속된다면 병원 문을 닫아야 해."

"틀림없이 좋아질 거예요!" 로스 양이 힘차게 말했다.

"경찰은 뭘 모르는 사람들이에요. 그 사람들은 노력도 하지 않고 있잖아요."

"경찰은 애는 쓰고 있을 거야." 노먼이 웃으며 말했다.

"누군가가 나서서 무슨 일이든 해야 해요."

"맞아. 나도 뭔가를 해보려고 생각하긴 했지만, 워낙 아무것도 모르니……."

"오, 게일 씨, 저라면 해보겠어요. 선생님은 머리가 좋으시잖아요!"

'나를 영웅으로 생각하는군.' 노먼 게일은 속으로 생각했다.

'저 여자라면 내 일을 기꺼이 도와주겠지. 하지만, 내 눈앞에는 이미 동반자가 나타나 있어.'

바로 그날 저녁에 그는 제인과 식사를 함께했다. 그는 거의 무의식적으로 기분 좋은 척 꾸미고 있었지만, 민감한 제인은 금방 눈치챘다. 그는 갑자기 멍한 표정을 짓기도 하고 이맛살을 찌푸리는가 하면 문득 입을 오므리기도 했다. 이윽고 그녀가 입을 열었다.

"노먼, 일이 잘 안 되는 모양이죠?"

그는 얼른 그녀를 쳐다보고는 얼굴을 돌렸다.

"그리 걱정할 정도는 아니오. 해마다 안 되는 때가 있지."

"어리석은 소리 마세요."

제인이 날카롭게 말했다.

"제인!"

"난 다 알고 있어요. 당신이 몹시 근심하고 있다는 걸 모를 줄 아세요?"

"그렇게 근심하고 있지는 않소. 단지 괴로워하고 있을 뿐이지."

"환자들이 당신을 꺼린다는 말인가요?"

"자신의 치아를 살인자일지도 모르는 사람에게 보이고 싶어하겠소?"

"당치도 않은 소리예요."

"그렇지. 사실대로 말하면, 제인, 나는 명랑한 치과의사이지 살인자는 아니오."

"불쾌한 일이에요. 누군가가 나서서 무슨 일이든 해야 해요."

"간호사인 로스 양도 오늘 아침에 똑같은 말을 하더군!"

"어떻게 생긴 여자예요?"

"로스 양 말이오?"

"그래요."

"글쎄, 뭐라고 말해야 하나? 뼈마디가 굵직굵직하고 목마 같은 코에—그렇지만 유능한 여자요."

"꽤 좋은 여자인 모양이군요."

제인이 정색을 하며 말했다.

노먼은 정책상 이렇게 꾸며댄 것이다. 사실 로스 양은 정상적인 체격보다 그리 큰 편이 아니었으며, 아주 매력적인 붉은 머리칼을 갖고 있었다. 하지만, 그는 제인에게 사실대로 말하지 않는 게 좋을 것 같다고 생각했다.

"나도 무슨 조치를 취하고 싶소." 그가 말했다.

"책에 나오는 젊은이라면 실마리를 찾아낸다든가, 아니면 누군가를 미행하고 있을 텐데."

그때 제인이 갑자기 그의 옷소매를 잡아당겼다.

"저기 좀 보세요, 클랜시 씨예요—소설가 말이에요. 저기 벽 옆에 혼자 앉아 있잖아요. 우리 저 사람을 미행해 보면 어떨까요?"

"아니, 영화관에 가기로 했잖소?"

"영화관은 무슨 영화관이에요? 이건 중요한 일이라고요. 당신도 누군가를 미행하고 싶다고 말했잖아요. 아무도 모르는 일이에요. 우리가 뭔가를 알아낼 수도 있잖겠어요?"

제인의 열의에 설득된 노먼은 마침내 그 계획에 찬성하고 말았다.

"당신 말대로 아무도 모르는 일이지." 그가 말했다.

"식사는 어느 정도 했소? 나는 고개를 돌려야만 볼 수 있어서 말이야. 정면으로는 보고 싶지 않소."

"우리와 비슷한 속도예요." 제인이 말했다.

"우리가 조금 서둘러서 먹고 계산을 마치면 그가 식사를 끝내기 전에 준비할 수 있을 것 같아요."

두 사람은 그렇게 하기로 했다. 이윽고 자그마한 몸집의 클랜시는 자리에서 일어나 딘가(街)로 들어갔다. 노먼과 제인은 아주 가까이에서 그의 뒤를 따랐다.

"택시를 잡아탈지도 몰라요." 제인이 말했다.

하지만, 클랜시는 택시를 타지 않았다. 그는 외투를 팔에 걸친 채(가끔 땅에 끌리기도 했다) 런던 거리를 천천히 거닐었다. 때로는 활기차게 걷는가 하면, 어떤 때는 거의 멈춰 설 정도로 천천히 걷기도 했다. 한번은 길을 건너는데 한쪽 발을 보도의 가장자리에 올려놓은 채 멈추어 서 있기도 해서 마치 슬로비디오를 보는 것 같았다.

클랜시가 걸어가는 방향은 몹시 불규칙했다. 한번은 계속 오른쪽 모퉁이로만 도는 바람에 똑같은 거리를 두 번씩이나 지나가기도 했다.

제인은 신바람이 난 모양이다.

"보셨죠?" 그녀는 흥분된 목소리로 말했다.

"저 사람은 미행당하는 걸 겁내고 있어요. 우리를 따돌리려고 애쓰고 있잖아요."

"그렇게 생각하오?"

"당연하죠. 그렇지 않다면 누가 저렇게 뱅글뱅글 맴돌겠어요?"

"글쎄!"

그들은 너무 빨리 모퉁이를 돌다가 하마터면 클랜시와 부딪칠 뻔했다. 그는 정육점 앞에 멈춰 서서 어느 곳을 물끄러미 바라보고 있었다. 그 가게 문은 닫혀 있었는데도 클랜시의 시선은 1층의 어느 곳에 고정되어 있었다.

"완벽해, 바로 그거야. 정말 행운인데!"

그가 큰소리로 말했다.

그는 수첩을 꺼내어 뭔가를 아주 조심스럽게 적어 넣었다. 그러고는 콧노래를 흥얼거리며 다시 활기찬 걸음으로 걸어갔다.

클랜시는 이제 블룸스베리로 향하고 있었다. 가끔 그가 고개를 뒤로 돌릴 때 뒤에 있는 두 사람은 그의 입술이 움직이는 걸 볼 수 있었다.

"무슨 일이 있는 모양이에요." 제인이 말했다.

"굉장히 고통스러워하는 얼굴이잖아요. 그리고 자신도 모르게 혼잣말을 중얼거리고 있어요."

클랜시가 신호등에 걸려서 기다리고 있는 동안에 노먼과 제인은 그와 나란히 서 있게 되었다.

클랜시는 정말 혼자 중얼거리고 있었다. 그의 얼굴은 긴장으로 새하얗게 질려 있었다. 노먼과 제인에게도 몇 마디가 들렸다.

"그 여자는 왜 말하지 않는 걸까? 거기엔 분명히 이유가 있어……."

신호등이 파란색으로 바뀌었다. 클랜시는 길을 건너고 나서 중얼거렸다.

"이제야 알겠어. 그래, 그 여자의 입을 다물도록 하는 거야!"

제인이 노먼 게일을 세게 꼬집었다.

클랜시가 벌써 성큼성큼 저만치 걸어가고 있었다. 자그마한 몸집의 소설가는 자기 뒤를 따르고 있는 두 사람에겐 조금도 신경 쓰지 않고 활기찬 걸음으로 걸었다.

이윽고 갑자기 어느 집 앞에 멈춰 서서는 열쇠로 문을 열고 안으로 들어갔다. 노먼과 제인은 서로 마주 보았다.

"자기 집인 모양이군." 노먼이 말했다.

"캐딩턴 스퀘어 47번지—심리 때 말한 바로 그 주소요."

"오, 그럼—." 제인이 말했다.

"그 사람은 곧 다시 나올 거예요. 우리는 이상한 말을 들었잖아요. 누군가—어떤 여자의 입을 다물도록 한다느니, 또 어떤 여자는 말을 하지 않으려 한다고 했어요. 무슨 무시무시한 추리소설 같은데요."

그때 어둠 속에서 어떤 목소리가 들려왔다.

"안녕하십니까?"

그 목소리의 주인공이 앞으로 걸어나오자 가로등 불빛에 멋진 콧수염이 보였다.

"미행하기에는 아주 좋은 밤이죠?" 에르퀼 포와로가 말했다.

제15장

블룸스베리

두 젊은이는 깜짝 놀랐다. 잠시 뒤, 노먼 게일이 먼저 정신을 가다듬고 말했다.

"당신이군요, 포와로 씨. 아직도 결백을 증명해 보이려고 애쓰고 계신 모양이죠?"

"아, 아직도 그 얘기를 기억하고 있소? 그건 그렇고, 당신들은 가엾은 클랜시 씨를 의심하는 건가요?"

"선생님도 마찬가지 아닌가요?" 제인이 날카롭게 말했다.

"그렇지 않다면 여기에 오실 이유가 없잖아요?"

포와로는 잠시 동안 생각에 잠긴 눈으로 그녀를 바라보았다.

"살인에 대해서 생각해 봤습니까, 마드모아젤? 이론적으로 말입니다―냉정하고 침착하게."

"최근까지는 별로 생각해 본 적이 없어요." 제인이 말했다.

에르큘 포와로는 고개를 끄덕였다.

"예, 그런데 이제 직접적으로 살인사건에 접촉하게 되었으니 생각해 봐야겠죠. 하지만, 나는 오랫동안 범죄 사건을 다루어 온 사람입니다. 그래서, 내 나름대로 생각을 갖고 있죠. 살인사건을 해결할 때 가장 명심해 둬야 할 게 뭐라고 생각합니까?"

"살인자를 찾아내는 일이죠." 제인이 대답했다.

"나는 정의라고 생각합니다." 노먼 게일이 끼어들었다.

포와로는 고개를 내저었다.

"살인자를 찾아내는 것보다 중요한 일이 있습니다. 그리고 정의라는 것도 좋은 말이죠. 하지만, 무엇이 정의인지 정확하게 결론 내리기 곤란한 때가 종종 있습니다. 나는 무죄를 증명해 내는 것이 가장 중요한 일이라고 생각합니다."

"오, 그거야ㅡ." 제인이 말했다.

"말할 필요도 없죠. 죄 없는 사람이 고발당한다면ㅡ."

"그렇게 고발까지 당하지는 않더라도 말입니다. 아무튼 누가 범인이라는 것이 증명되기까지는 그 범죄에 관계된 사람 모두가 고통을 받기 마련이죠. 그 정도가 조금씩은 다르겠지만."

"그건 사실입니다." 노먼 게일이 힘을 주어서 말했다.

"우리도 아는 얘기예요."

포와로는 두 젊은이를 번갈아 쳐다보며 말했다.

"그렇겠죠. 두 사람 다 이미 경험을 해보았을 테니까 말이오."

그는 갑자기 활기찬 목소리로 말했다.

"그건 그렇고, 나도 조사해 볼 것이 있습니다. 결국 우리의 목적은 같은 셈이니까 우리 세 사람이 함께 행동해 보면 어떻겠소? 나는 재주가 많은 클랜시를 만날 생각인데, 아가씨가 내 비서인 체 꾸미고 나와 함께 갔으면 좋겠군요. 마드모아젤, 여기에 속기할 연필과 노트가 있습니다."

"저는 속기할 줄 몰라요."

제인이 숨을 거칠게 쉬며 말했다.

"아, 괜찮습니다. 노트에 그럴 듯한 부호를 적당히 적어 넣으십시오. 됐습니다. 그리고 게일 씨는ㅡ그러니까, 한 시간 뒤에 우리와 만나도록 합시다. 몽세니에뢰의 2층이 어떻습니까? 좋아요! 그때 서로 정보를 교환하는 겁니다."

그러고는 그는 앞으로 걸어가서 벨을 눌렀다. 제인은 조금 멍청한 표정으로 노트를 꽉 쥔 채 그를 따라갔다. 게일은 대들기라도 할 듯이 입을 열었다가 곧 좀더 생각해 보기로 마음먹었는지 입을 다물었다.

"좋습니다, 한 시간 뒤에 몽세니에뢰에서 만납시다."

잠시 뒤에 좀 까다로워 보이는 인상에 검은 옷을 입은 중년 여자가 문을 열어주었다.

"클랜시 씨는 안에 계십니까?" 포와로가 말했다.

중년 여자가 뒤로 물러서자 포와로와 제인은 안으로 들어갔다.

"성함이 어떻게 되시죠?"

"에르퀼 포와로라고 합니다."

그 무뚝뚝한 여자는 계단을 올라가서 1층의 어느 방으로 들어갔다.

"에어 쿨 플롯 씨가 오셨습니다." 그녀가 말했다.

포와로는 크로이던 공항에서 클랜시가 자기는 깔끔하지 못한 사람이라고 한 말이 떠올랐다. 약간 큼직한 그 방의 한쪽에는 창문이 세 개 나 있고, 다른 쪽에는 선반과 책장이 놓여 있었는데 정말 혼란스러워 보였다. 온갖 서류가 흐트러져 있고, 마분지로 만든 상자, 바나나, 이상한 도자기, 에칭, 그리고 여러 개의 만년필이 굴러다녔다. 이렇게 복잡한 가운데서 클랜시는 사진기와 필름 한 통을 들고 씨름을 하고 있었다.

"이런─."

클랜시는 손님이 왔다는 소리에 고개를 들었다. 그가 사진기를 내려놓자 필름이 바닥으로 떨어지면서 저절로 풀렸다. 그는 손을 내밀면서 앞으로 나왔다.

"어서 오십시오."

"나를 기억하겠습니까?" 포와로가 말했다.

"이쪽은 내 비서인 그레이 양입니다."

"처음 뵙겠습니다, 그레이 양."

그는 제인과 악수를 나누고는 포와로 쪽으로 얼굴을 돌렸다.

"예, 물론 기억하고말고요─그러니까, 그게 어디에서 만났죠? 스쿨 크로스본즈 클럽에서였던가요?"

"우리는 운명적인 사건이 있었던 날 파리에서 같은 비행기를 타고 왔죠."

"아, 그랬었군요." 클랜시가 말했다.

"그레이 양도 함께 있었죠! 하지만, 그녀가 당신의 비서인 줄은 몰랐습니다. 어디 미용실인가─그런 데서 일한다고 들은 것 같은데요."

제인은 근심 어린 눈으로 포와로를 쳐다보았다.

포와로는 그런 상황을 적당히 얼버무리는 데는 도통한 사람이었다.

"그렇습니다. 그레이 양은 유능한 비서이기 때문에 경우에 따라서 일시적으로 여러 가지 직업을 갖게 되죠. 무슨 뜻인지 아시겠죠?"

"오, 알겠습니다." 클랜시가 말했다.

"내가 깜빡 잊고 있었군요. 당신은 탐정이었죠. 런던경시청에 근무하는 형사가 아니라 사립탐정이라고 들었던 것이 기억나는군요. 앉으세요, 그레이 양. 아니, 그곳은 안 됩니다. 그 의자 위에 오렌지 주스가 있을 겁니다. 이 서류를 들고서—오, 지금은 모든 게 엉망입니다. 신경 쓰지 마십시오. 당신은 여기에 앉으십시오, 포와로 씨—그렇죠? 포와로 씨가 맞죠? 그 의자 등받이는 부서진 것이 아니라 단지 뒤로 기댈 때마다 조금씩 삐걱거리는 것뿐입니다. 아마 너무 세게 기대지 않는 게 좋을 겁니다. 예, 내 소설 속에 등장하는 윌브래험 라이스도 사립탐정이죠. 독자들이 윌브래험 라이스를 무척 좋아한답니다. 그는 손톱을 물어뜯는 버릇이 있고 바나나를 아주 많이 먹죠. 내가 왜 처음에 그가 손톱을 물어뜯게 했는지 이유를 모르겠어요—별로 좋은 습관이 아닌데 말입니다. 하지만, 어떻게 하다 보니 그렇게 되어 버렸습니다. 처음에 손톱을 물어뜯은 것 때문에 이제는 모든 책에서 손톱을 물어뜯어야 하니 지겹습니다. 바나나를 먹는 건 괜찮죠—그게 좀 우습답니다. 범인이 바나나 껍질에 미끄러지곤 하거든요. 나도 바나나를 먹으면서 그런 걸 생각해 내죠. 하지만, 손톱을 물어뜯는 습관은 없습니다. 맥주 좀 드시겠습니까?"

"고맙지만, 사양하겠소."

클랜시는 한숨을 내쉬며 자리에 앉아서 진지한 표정으로 포와로를 바라보았다.

"찾아오신 이유를 알 것도 같습니다—지젤 부인 사건 때문이죠? 나도 그 살인사건에 대해서 곰곰이 생각해 봤습니다. 비행기 안에서 독이 묻은 침과 대롱을 사용한다는 건 놀라운 일이죠. 전에도 말씀드렸듯이 그건 내가 소설에서 이용한 수법입니다. 아주 충격적인 일이죠. 그렇지만, 포와로 씨, 솔직히 말해서 그때는 온몸이 부들부들 떨렸습니다."

"그 사건이 당신의 직업적인 호기심을 자극했나 보군요, 클랜시 씨?"

클랜시는 대답 대신 얼굴 가득 밝은 미소를 지어 보였다.

"그렇습니다. 그런데 누구도—심지어 경찰까지도 그걸 이해하려 들지 않더군요! 내가 경감과의 대화와 심리에서 얻은 것은 혐의뿐입니다. 내 딴에는 정의의 편에 서서 도와주려고 했는데, 그 대가는 터무니없는 혐의뿐이었단 말입니다!"

"하지만—." 포와로가 미소 지으며 말했다.

"그 문제가 당신에게 큰 영향을 주진 않을 겁니다."

"오—!" 클랜시가 말했다.

"하지만, 내게는 내 나름대로 방법이 있는 겁니다, 왓슨 당신을 왓슨(셜록 홈스의 친구)이라고 불러도 괜찮을까요? 나쁜 생각은 전혀 없습니다. 그런데, 그 어리석은 친구가 집착하는 방법이 어찌나 재미있는지요. 내 생각에는 셜록 홈스가 과대평가되어 있다고 봅니다. 당치도 않은 얘기죠—홈스가 나오는 소설은 정말 놀랄 만큼 터무니없는 얘깁니다. 그런데, 내가 무슨 얘기를 하고 있었죠?"

"당신은 당신 나름대로 방법을 갖고 있다고 했습니다."

"아, 그렇죠." 클랜시는 몸을 앞으로 기울였다.

"나는 그 경감을—이름이 뭐였더라……재프? 그렇죠, 나는 그 사람을 이번 작품 속에 등장시킬 겁니다. 윌브래험 라이스가 그를 어떻게 다루는지 보십시오."

"바나나 사이를 방황하게 할 건가요?"

"바나나 사이를 방황한다—그거 괜찮은 생각인데요, 좋습니다."

클랜시는 킬킬 웃었다.

"당신은 작가라는 커다란 이점이 있습니다, 선생." 포와로가 말했다.

"인쇄된 글자를 보고 마음을 달래 볼 수도 있겠죠. 또, 적에 대해서 펜이라는 힘도 갖고 있잖습니까?"

클랜시는 의자에 등을 기대고 몸을 흔들며 말했다.

"사실 이번 살인이 내게는 행운이라고 생각합니다. 나는 그때 일어난 일을 그대로 쓰고 있죠—물론 가공의 이야기이긴 하지만요. 제목은 《여객기의 비밀》이라고 붙일 생각입니다. 승객들도 모두 그대로 등장시키고요. 내가 제때에 작품을 끝내기만 한다면 아마 불티나게 잘 팔릴 겁니다."

"명예훼손이나 뭐 그런 문제가 일어나진 않을까요?" 제인이 물었다.

클랜시가 밝은 얼굴로 그녀를 돌아보았다.

"아니, 그건 걱정하지 않아도 됩니다. 물론 승객 한 사람을 살인자로 만든다면—그때는 내가 책임을 져야겠죠. 하지만, 그것이 전체적으로 가장 중요한 부분입니다. 전혀 예상하지도 않았던 해결 방법이 마지막 장에 나타나게 되죠."

포와로는 몸을 앞으로 기울이고 진지하게 물었다.

"그 해결 방법이란 게 어떤 건가요?"

클랜시는 또 킬킬 웃었다.

"교묘한 거죠. 교묘하고도 놀라운 방법입니다. 조종사로 가장한 어떤 처녀가 르아브르 공항에서 비행기에 올라타 지젤 부인의 좌석 밑에 몸을 숨깁니다. 그 처녀는 최신식 가스가 들어 있는 앰플(주사액이 들어 있는 작은 유리병)을 갖고 있습니다. 그녀가 가스를 내보내자 3분 만에 사람들은 정신을 잃고, 그녀는 좌석 밑에서 기어 나와 독침을 쏩니다. 그리고 나서 객실 뒷문을 통해 낙하산을 타고 뛰어내리는 겁니다."

제인과 포와로는 깜짝 놀랐다. 제인이 먼저 입을 열었다.

"그 여자는 가스를 마시고도 왜 정신을 잃지 않는 거죠?"

"가스마스크가 있지 않습니까?"

"그 여자는 영불해협에 떨어지게 되나요?"

"그건 상관없습니다—내 계획으론 프랑스 해변에 떨어지게 할 생각입니다."

"하지만, 좌석 밑에는 사람이 숨을 수 없습니다. 그럴 만한 공간이 없어요."

"내 작품 속에서는 공간을 만들 겁니다." 클랜시가 단호하게 말했다.

"놀라운 생각입니다." 포와로가 말했다.

"그러면, 그녀의 범행 동기가 있을 텐데요."

"그걸 아직 결정하지 못했습니다."

클랜시는 생각에 잠긴 목소리로 말했다.

"지젤 부인이 그녀의 애인을 파멸시키자, 그 애인이 자살했다든지……."

"그리고 그녀는 어떻게 독을 구했습니까?"

"그게 아주 재미있습니다." 클랜시가 말했다.

"그 처녀는 뱀을 길들이는 사람입니다. 그래서, 자기 마음에 드는 뱀에서 그 독을 빼내는 거죠."

"저런!" 에르퀼 포와로가 탄성을 질렀다.

"좀 충격적인 방법이라고 생각되지 않습니까?"

"너무 충격적인 내용은 쓸 수 없죠." 클랜시가 단호하게 말했다.

"특별히 남아메리카 인디언의 화살 독을 주제로 해서는. 나는 그것이 진짜 뱀독이라는 걸 알고 있죠. 하지만, 원리는 똑같은 겁니다. 어차피 추리소설이 실제 생활처럼 될 수는 없는 거 아닙니까? 신문에 나는 기사들을 보세요ㅡ진부할 대로 진부한 내용이죠."

"그럼, 당신은 우리가 사건을 다루는 것이 진부하다는 겁니까?"

"아니, 그게 아니라ㅡ." 클랜시가 말했다.

"나는 가끔 이번 사건이 실제로 일어났다고 믿어지지 않을 때가 있습니다."

포와로는 삐걱거리는 의자를 집주인 곁으로 더 가까이 끌어당기며 목소리를 낮추어 은밀하게 말했다.

"클랜시 씨, 당신은 머리도 좋고 상상력도 풍부한 사람입니다. 당신 말처럼 경찰은 당신에게 혐의를 두고 당신의 충고는 들으려고도 하지 않습니다. 하지만, 나 에르퀼 포와로는 당신의 얘기를 듣고 싶군요."

클랜시는 기쁜 듯이 얼굴을 붉혔다.

"그렇게 말씀해 주시니 정말 고맙습니다."

그는 너무 기쁜 나머지 당황스러운 표정을 지었다.

"당신은 범죄학을 연구하시니까 좋은 생각을 갖고 있을 것이라고 봅니다. 당신은 이번 사건에서 누구를 지목하고 있는지 무척 궁금하군요."

"글쎄요ㅡ."

클랜시는 머뭇거리더니 기계적으로 손을 바나나 쪽으로 뻗어 집어먹었다. 그러더니, 갑자기 얼굴에서 생기가 사라지며 고개를 흔들었다.

"포와로 씨, 이건 완전히 다른 겁니다. 소설을 쓸 때는 아무나 범인으로 내세울 수가 있죠. 하지만, 실제에서는 그 인물이 정말 존재하는 겁니다. 이건 어쩔 도리가 없는 거죠. 나는 진짜 탐정만큼 능력 있는 사람은 아니거든요."

그는 씁쓸한 얼굴로 고개를 흔들고는 바나나 껍질을 창문 쇠창살 밖으로 내던졌다.

"하지만, 함께 사건을 생각해 보는 것도 재미있는 일 아니겠소?"

포와로가 넌지시 말했다.

"오, 그거야 그렇죠."

"먼저 당신 생각대로라면 누구를 고르겠습니까?"

"글쎄, 나는 그 두 프랑스 남자 중 한 사람일 것이라고 생각하고 있습니다."

"그렇게 생각하는 이유가 뭡니까?"

"그 여자가 프랑스인이라서 그런지 그럴 것 같다는 생각이 드는군요. 그리고 그 두 사람은 희생자와 가까운 자리에 앉아 있었습니다. 하지만, 이건 내 추측일 뿐이지 사실은 모릅니다."

"그건—동기에 따라 달라지겠죠."

포와로가 생각에 잠긴 목소리로 말했다.

"그거야 물론 그렇죠. 당신은 모든 동기를 과학적으로 분석해서 표를 작성해놓은 걸로 알고 있는데요."

"내 방법은 구식입니다. 나는 '그 범죄로 이익을 얻는 사람을 찾아라'라는 오래된 격언에 따라 행동하죠."

"아주 훌륭한 방법입니다." 클랜시는 말했다.

"하지만, 이번 사건에서는 적용하기가 곤란하군요. 희생자의 딸이 유산을 물려받는다니까요. 그렇지만, 승객 가운데 이익을 보게 되는 사람이 있을지도 모르죠—그녀에게 돈을 빌려 쓴 사람이 있다면 돌려주지 않아도 될 테니까요."

"맞는 말입니다." 포와로가 말했다.

"그리고, 다른 방법도 생각해 볼 수 있죠. 지젤 부인이 뭔가를—그걸 살인미수라고 해둡시다. 승객 중 누군가에게 살인미수죄가 있다는 걸 알고 있었다고 생각해 봅시다."

"살인미수죄?" 클랜시가 외쳤다.

"왜 하필이면 살인미수죄입니까? 거 참, 재미있는 생각인데요."

"이런 종류의 사건에서는—." 포와로가 말했다.

"모든 경우를 생각해 봐야 합니다."

"오!" 클랜시가 말했다.

"그건 좋은 생각이 아닙니다. 그것보다는 뭔가 확실한 것을 알아내는 것이 중요하죠."

"그거야 당연한 얘기죠—당연한 말입니다. 그게 바로 관찰력에 관계되는 문제죠." 잠시 뒤 포와로가 다시 말을 이었다.

"당신이 샀다는 그 침을 불어서 쏘는 대롱에 대해서 다시 묻겠습니다—."

"빌어먹을 대롱 같으니라고—." 클랜시는 투덜거렸다.

"그것에 대해선 다시 입에 담고 싶지도 않습니다."

"그걸 차링크로스 거리에서 샀다고 했는데, 그 가게 이름을 기억할 수 있겠습니까?"

"글쎄요—, 앱솔름이나 미첼 스미스였던 것 같기도 한데 잘 모르겠습니다. 그것에 대해선 이미 그 끈질긴 경감에게 모두 털어놓았습니다. 아마 지금쯤이면 정밀 조사를 마쳤을 겁니다."

"아니, 나는 다른 이유 때문에 물어보는 겁니다. 나도 그것을 구입해서 간단한 실험을 해보려고요." 포와로가 말했다.

"그렇습니까? 하지만, 그것과 똑같은 물건을 구할 수 있을지 모르겠군요. 똑같은 물건을 몇 개씩 준비해 두지는 않을 텐데요."

"찾아보도록 해야죠. 그레이 양, 가게 이름을 두 곳 모두 적었겠지?"

제인은 노트를 펼쳐서 얼른 전문적으로 보이는 부호를 길게 휘갈겼다. 그리고는 포와로의 지시가 정말일 경우를 생각해서 뒤쪽에다 가게 이름을 살짝 적어 두었다.

"너무 오랫동안 시간을 빼앗은 것 같군요. 친절하게 대해 주셔서 고맙습니다. 그만 가보겠습니다." 포와로가 말했다.

"천만에요. 바나나를 좀 드셨으면 좋을 텐데요." 클랜시가 말했다.

"아니, 됐습니다. 고맙소."

"사실 오늘 밤에는 기분이 좋습니다. 쓰고 있던 단편이 중간에 막혀 줄거리도 풀려나가지 않고, 또 범인의 이름도 마땅한 것이 떠오르지 않아 기분 전환이 될 만한 걸 찾고 있었죠. 그런데, 운 좋게도 정육점 이름에서 내가 찾고 있던 걸 발견한 겁니다. '파지터'라는 이름인데, 바로 내가 찾고 있던 거였습니다. 실감 나게 들리는 이름이죠. 그리고 5분 뒤에 나는 또 다른 것을 얻었습니다. 소설을 쓰는 데는 늘 똑같은 난관을 만나게 되는 법이죠—왜 그녀는 말을 하지 않는 걸까? 젊은 사람이 아무리 애를 써도 그녀는 입을 열려고 하지 않습니다. 물론 그녀가 얼른 털어놓지 않는 데에는 특별한 이유가 없습니다. 그러니까 너무 억지스럽지 않은 이유를 생각해 내야 하는 거죠. 또, 불행하게도 그 이유란 게 매번 달라야 합니다!"

그는 제인을 쳐다보면서 부드럽게 미소 지었다.

"작가들만이 겪는 시련이죠!" 클랜시는 그녀를 지나서 책장 쪽으로 걸어갔다.

"당신에게 주고 싶은 게 하나 있습니다."

그는 책 한 권을 꺼내들고 제자리로 돌아왔다.

"《빨간 꽃잎의 증거》라는 겁니다. 내 작품 중에 원주민의 침과 화살 독을 주제로 한 것이 있다고 크로이던 공항에서 말씀드린 기억이 있는데, 바로 이 책입니다."

"고맙습니다."

"천만에요." 클랜시는 제인에게 불쑥 말했다.

"당신은 피트먼식 속기법을 쓰지 않는군요."

제인은 당황해 하며 얼굴을 붉혔다.

포와로가 얼른 그 순간을 모면해 주었다.

"그레이 양은 최신식 교육을 받았지요. 최근에 체코슬로바키아인이 고안해 낸 방법을 사용합니다."

"그렇습니까? 체코슬로바키아는 굉장한 나라입니다. 그곳에선 나오는 물건도 아주 많죠—신발, 유리, 장갑, 그리고 속기법까지지도요. 정말 놀라운 나라입니다."

그는 두 사람과 악수를 나누었다.

"좀 도움이 됐는지 모르겠군요."

어수선한 방에서 야릇한 미소를 지으며 전송하는 그를 남겨두고 두 사람은 밖으로 나왔다.

제16장

작전

클랜시 집에서 나온 두 사람은 택시를 타고 몽세니에뢰로 갔다. 그곳에서는 노먼 게일이 먼저 와서 기다리고 있었다.

포와로는 고기 수프와 구운 닭고기를 주문했다.

"어떻게 됐습니까?" 노먼 게일이 먼저 말을 꺼냈다.

"그레이 양이─뛰어난 비서라는 걸 확인했소" 포와로가 말했다.

"제가 잘해낸 것 같지 않은데요" 제인이 말했다.

"그 사람은 제 뒤를 지나가면서 제 노트를 슬쩍 넘겨다보았어요. 관찰력이 뛰어난 사람이에요."

"아, 당신도 그런 생각을 했군요. 클랜시라는 사람은 생각처럼 그렇게 멍청한 인물이 절대 아닙니다."

"그 가게 이름이 정말로 필요하셨나요?" 제인이 물었다.

"필요하게 될지도 모르죠─그럼요."

"하지만 만일 경찰이─"

"아, 경찰! 나는 경찰이 질문하는 식으론 물어보지 않습니다. 사실 나는 경찰이 어떤 질문을 했는지도 모릅니다. 그 사람들은 비행기에서 발견된 대롱이 어떤 미국인이 파리에서 구입한 걸로 알고 있습니다."

"파리에서 미국인이요? 하지만, 비행기에는 미국인이 없었어요."

포와로는 그녀를 보고 부드러운 미소를 지었다.

"그렇죠. 그 미국인 때문에 일이 더 까다롭게 되었습니다. 그것이 전부입니다."

"미국인이 남자였답니까?" 노먼 게일이 물었다.

포와로는 좀 의아해하는 얼굴로 그를 쳐다보았다.

"그래요, 남자가 샀다는군요"

노먼 게일은 당황한 표정을 지었다.

"아무튼―." 제인이 말했다.

"클랜시 씨는 아니에요. 그 사람은 이미 대롱을 갖고 있으니까 또 다른 것을 사려고 하지는 않았을 테니까요."

포와로가 고개를 끄덕였다.

"그런 식으로 풀어나갑시다. 사람들을 차례대로 모두 의심해 본 다음 목록에서 한 사람씩 지워 나가는 겁니다."

"지금까지 몇 명이나 제외되었죠?" 제인이 물었다.

"당신이 생각하는 것만큼 많지는 않아요, 마드모아젤."

포와로가 눈을 반짝이며 말했다.

"그건 동기가 무엇이냐에 달려 있죠."

"그럼, 지금까지―."

노먼 게일은 말을 멈추었다가 이내 미안하다는 듯이 덧붙였다.

"공적인 비밀을 캐내려는 건 아닙니다만, 그 여자의 사업에 대한 기록이 발견되지 않았습니까?"

포와로는 고개를 흔들었다.

"기록은 모두 불타 버렸습니다."

"안됐군요."

"그렇죠! 하지만, 지젤 부인은 돈을 빌려주면서 협박도 조금씩 겸했더군요. 그래서, 범위가 좀 넓어진 셈이죠. 예를 들어서, 지젤 부인이 어떤 범죄에 대해서 알고 있다고 가정해 봅시다. 누군가에게 살인미수죄가 있다고 말입니다."

"그렇게 가정해 볼 만한 이유라도 있습니까?"

"아, 그건―." 포와로는 천천히 말했다.

"우리는 이 사건에 대한 증거를 몇 가지 갖고 있거든요."

그는 호기심에 찬 얼굴을 하고 있는 두 사람을 번갈아 쳐다보며 가볍게 한숨을 내쉬었다.

"아, 그래요―." 포와로가 말했다.

"그건 그렇습니다. 이제 다른 얘기를 합시다. 이 비극이 당신들 생활에 어떤 영향을 주었는지 궁금하군요."

"얘기만 들어도 소름이 끼쳐요. 하지만, 저는 잘 이겨낸 것 같아요."

제인은 봉급이 오른 얘기를 했다.

"마드모아젤, 용케 잘 이겨냈군요. 하지만, 아마 그건 일시적인 걸 겁니다. 소문은 잘 잊힌다는 얘기가 있잖습니까?"

"그건 사실이죠." 제인이 웃으며 말했다.

"내 경우에는 곧 잊히지 않을까 봐 두렵습니다." 노먼이 말했다.

그는 자기의 사정을 설명했다. 포와로는 안됐다는 표정으로 그의 얘기에 귀를 기울였다.

"그렇습니다."

포와로는 생각에 잠긴 목소리로 말했다.

"그건 두 달—아니 아홉 달 정도 계속 될 수도 있죠. 충격은 빨리 사라지지만 공포라는 건 아주 오랫동안 지속되는 법이니까요."

"내가 이 일에 계속 매달려 있어야 하나요?"

"다른 계획이라도 있습니까?"

"예—모든 걸 걷어치우고 캐나다나 어디 다른 곳으로 가서 다시 시작하고 싶습니다."

"참, 딱하시군요." 제인이 차갑게 말했다.

노먼 게일이 그녀를 빤히 쳐다보았다.

포와로는 눈치 있게 얼른 정신없이 닭고기를 먹는 체했다.

"나도 떠나고 싶진 않소." 노먼이 말했다.

"내가 지젤 부인을 죽인 범인을 찾아내면 떠나지 않아도 되겠구먼."

포와로가 쾌활하게 말했다.

"범인을 잡아낼 수 있을 것 같나요?" 제인이 물었다.

포와로는 나무라는 듯한 눈길로 그녀를 바라보았다.

"체계적인 순서와 방법으로 해나간다면 별 어려움 없이 해결될 거요. 불가능한 사건이란 없죠."

포와로는 냉담하게 말했다.

"예, 그렇겠죠." 제인은 무슨 뜻인지 알지도 못하면서 이렇게 대꾸했다.

"누가 좀 도와준다면 더 빨리 해결될 텐데." 포와로가 말했다.

"어떤 도움을 말씀하시는 거죠?"

포와로는 잠시 침묵을 지키고 있다가 입을 열었다.

"게일 씨의 도움이 필요합니다. 그리고 나중에는 당신도 도와줘야 할 겁니다."

"어떻게 도와 드리면 될까요?" 노먼이 물었다.

포와로는 곁눈으로 슬쩍 그를 쏘아보면서 경고를 하듯이 말했다.

"당신이 꺼릴지도 모르는 일인데요."

"그게 무슨 일입니까?"

젊은이는 성급하게 다그쳐 물었다.

포와로는 영국인의 비위에 거슬리지 않도록 아주 조심스럽게 이쑤시개를 사용하고 있었다. 잠시 뒤에 그가 말했다.

"사실대로 말해야겠군. 나는 협박할 사람이 필요합니다."

"협박?" 노먼이 외쳤다.

그러고는 믿어지지 않는다는 듯한 눈길로 포와로를 바라보았다.

포와로는 고개를 끄덕였다.

"그렇소, 협박할 사람."

"협박하는 데는 이유가 있을 텐데요?"

"이유야 있죠. 그건 협박하기 위해서입니다."

"누구를, 왜 협박하려는 겁니까?"

"왜 협박하는가 하는 간―." 포와로가 말했다.

"내가 알아서 하는 일이오. 그리고 누구인가 하는 문제는―."

그는 잠시 멈추었다가 조용하고 사무적인 말투로 계속했다.

"내 계획을 대강 설명해야겠군. 당신은 호베리 백작부인에게 편지를 쓰는 겁니다―정확하게 말하면 내가 부르는 대로 받아쓰는 거죠. 그 편지에다 '친전'이라고 표시하며, 그녀와 만나고 싶다고 하십시오. 그리고 그녀가 언제 비행기로 영국에 왔다는 걸 기억해 내도록 한 다음, 지젤 부인과의 거래 서류가 당신 손에 들어와 있다고 쓰는 겁니다."

"그다음에는요?"

"그렇게 해서 그녀를 만나게 된다면 어떤 얘기를 하는 겁니다—그건 내가 가르쳐 주겠소. 그러고는—1만 파운드를 내놓으라고 하십시오."

"정신 나갔군요."

"천만에—. 내가 괴짜이긴 하지만 정신이 나가지는 않았소." 포와로가 말했다.

"호베리 부인이 경찰을 부를 수도 있잖습니까? 그럼, 나는 감옥에 가는 겁니다."

"그녀는 절대로 경찰을 부르지 않을 거요."

"어떻게 그렇게 확신할 수 있죠?"

"내가 모든 걸 알고 있으니까요."

"아무튼 나는 싫습니다."

"그 1만 파운드는 당신이 받는 게 아닙니다—이렇게 말하면 마음이 좀 편해지겠죠." 포와로가 눈을 반짝이며 말했다.

"그렇긴 합니다. 하지만, 포와로 씨, 그건 내 일생을 좌우할 만큼 위험스럽고 엉뚱한 계획입니다."

"아냐—그렇지 않아요. 그 부인은 경찰에 알리지 않습니다. 이건 확실합니다."

"남편에게 말할지도 모르잖습니까?"

"남편에게도 말하지 않을 겁니다."

"그래도 싫습니다."

"그러면, 당신은 환자를 잃어버리고 직업을 포기하고 싶다는 말이오?"

"그렇진 않습니다. 하지만—."

포와로는 그에게 부드러운 미소를 보냈다.

"당연히 그러고 싶지 않겠지, 안 그렇소? 그건 당연한 일이오. 당신은 기사도 정신을 발휘하고 싶겠지만, 호베리 부인은 그런 호의를 받을 만한 여자가 아니에요. 당신 식으로 표현하자면, 그녀는 음란한 사람이죠."

"하지만, 그녀는 범인이 아닙니다."

"그렇게 말할 만한 증거라도 있습니까?"

"증거는—그건 우리가 그녀를 보고 있었다는 겁니다. 제인과 나는 바로 그녀 맞은편에 앉아 있었거든요."

"당신은 선입견에 사로잡혀 있군요. 나로 말하자면 사건을 해결해 내려고 애쓰는 사람이므로, 모든 걸 알아야 합니다."

"그래도 여자를 위협하고 싶지는 않습니다."

"오─그건 말로만 하는 겁니다! 진짜로 협박하는 게 아니란 말이오. 당신은 그저 어떤 효과만 내주면 되는 겁니다. 그 효과가 나타나면 내가 등장해서 마무리하는 거죠."

"만일 내가 감옥에라도 가게 된다면─" 노먼이 말했다.

"아니, 절대로 그렇게 되지 않아요. 나는 런던경시청을 아주 잘 알고 있으니까, 혹시라도 일이 생긴다면 내가 모두 책임지겠소. 하지만, 내가 예상하는 것 이상의 일은 일어나지 않을 겁니다."

노먼은 한숨을 쉬며 승낙했다.

"좋습니다. 그렇게 하죠. 하지만, 내가 좋아서 하는 일은 아닙니다."

"됐습니다. 그럼, 편지를 써야겠군." 그는 천천히 내용을 불렀다.

"됐습니다. 당신이 말할 것은 나중에 알려주겠소. 마드모아젤, 극장에 가봤습니까?"

"예, 자주 가는 편이에요." 제인이 말했다.

"그러면, '밑으로 내려가라.'라는 연극을 보았겠군요?"

"예, 한 달 전에 보았는데 괜찮은 작품이더군요."

"미국인 작품이었죠?"

"예."

"레이먼드 배러클러프가 맡았던 해리 역이 기억납니까?"

"물론이죠. 연기가 아주 훌륭했어요."

"그 사람이 매력적이라고 생각합니까?"

"굉장히 매력적인 사람이죠."

"성적인 매력 말인가요?"

"글쎄요." 제인이 웃으면서 말했다.

"연기력도 좋은 사람이죠?"

"그래요, 연기가 뛰어난 사람이에요"

"나도 가서 구경해야겠군요." 포와로가 말했다.

제인은 의아해하는 표정으로 그를 쳐다보았다.

'이 이상하고 자그마한 사람은—마치 새가 이 가지에서 저 가지로 날아가듯 얘기의 주제를 잘도 바꾸고 있어……!'

포와로는 그녀의 생각을 알아차렸는지 미소를 지으며 말했다.

"내 방법이 맘에 들지 않는 모양이죠, 마드모아젤?"

"너무 비약이 심하신 것 같아요."

"그렇지 않습니다. 나는 체계적인 순서와 방법을 갖고 논리적으로 진행하고 있는 겁니다. 결론에 도달하기 위해서는 격렬하게 비약하는 것보다 하나씩 차근차근 제거해 나가야죠."

"제거한다고요?" 제인이 말했다.

"그럼, 지금도 제거 작업을 하고 계신 건가요?"

그녀는 잠시 무슨 생각을 하다가 말을 이었다.

"알겠어요. 선생님은 클랜시 씨를 제거하셨죠—."

"글쎄—." 포와로가 말했다.

"그리고 우리도 제거하셨어요. 이제 호베리 부인을 제거하려고 하시는 거 아닌가요? 어머!"

그녀는 갑자기 무슨 생각이 떠올랐는지 말을 멈추었다.

"왜 그럽니까, 마드모아젤?"

"살인미수라는 말씀으로 시험하신 거죠?"

"눈치가 빠르군요, 마드모아젤. 예, 그것도 내가 시험하는 과정의 일부입니다. 나는 살인미수라는 말을 하고 나서 클랜시 씨와 당신, 그리고 게일 씨의 표정을 자세히 살펴보았습니다. 그런데 당신들 세 사람은 아무 표정도 나타내지 않더군요. 눈 한번 깜빡거리지도 않더군요. 물론 그 정도로 내가 속지는 않습니다. 살인자는 어떤 공격에도 대처할 준비를 하고 있을 테니까요. 하지만, 작은 수첩에 기록되어 있는 걸 당신들 누구도 알고 있지 못한다는 것, 나는 그걸로 만족합니다."

"선생님은 교묘하고 무서운 분이세요, 포와로 씨."

제인이 목소리를 높여서 말했다.

"저는 선생님이 말씀하시는 뜻을 하나도 모르겠어요."

"아주 간단한 일입니다. 나는 그저 이것저것 알아내고 싶은 것뿐입니다."

"선생님은 그런 것들을 교묘하게 알아내시는 것 같아요."

"글쎄, 아주 간단한 방법인데."

"어떤 방법인데요?"

"사람들에게 얘기하도록 하는 겁니다."

제인이 소리 내어 웃었다.

"사람들이 얘기하지 않으면요?"

"사람들은 누구나 자기 얘기를 하고 싶어하는 법입니다."

"그건 그래요." 제인이 인정했다.

"돌팔이 의사들이 그런 식으로 돈을 벌죠. 환자들이 오면 자리에 앉힌 다음 얘기를 하도록 하는 겁니다. 환자들은 두 살 때 유모차에서 굴러 떨어졌다느니, 엄마가 배를 먹다가 그 즙을 오렌지색 옷에 흘렸다느니, 한 살 때 아버지 수염을 잡아당겼다느니 하는 많은 얘기를 늘어놓죠. 그러고 나면 의사는 환자에게 더 이상 불면증으로 시달리지 않을 거라고 말하며, 2기니를 받는 겁니다. 환자들은 홀가분한 마음으로 집으로 돌아가고—대부분은 아마 잘 자게 될 겁니다."

"우스운 얘기로군요." 제인이 말했다.

"아니, 그건 당신이 생각하는 것처럼 우스운 얘기가 아니오. 인간의 기본적인 욕구에 관계되는 문제죠—얘기하고 싶고, 자신을 드러내놓고 싶은 욕구 말입니다. 마드모아젤, 당신은 어렸을 적 얘기를 하고 싶지 않습니까—아버지나 어머니에 대해서."

"그건 제계는 해당되지 않아요. 저는 고아원에서 자랐거든요."

"오, 그렇다면 얘기가 달라지겠군. 그리 즐거운 기억이 아닐 테니까요."

"우리는 빨간 보닛 모자나 망토를 입고 외출하는 자선 고아들은 아니었어요. 재미있게 지냈었죠."

"영국에 있는 고아원이었습니까?"

"아니, 아일랜드에 있었어요. 더블린 근처였죠."

"그럼, 당신은 아일랜드인이군요. 그래서 검은 머리칼에 파란 눈동자를 가진 모양이죠. 그리고 눈은―."

"거무스름한 손가락으로 찍어 누른 것처럼―." 노먼이 장난기 있게 말했다.

"무슨 말입니까?"

"아일랜드인의 눈은 거무스름한 손가락으로 찍어 누른 것 같다고 했습니다."

"그래요? 점잖지 않긴 하지만 재미있는 표현이군요."

그는 제인에게 고개를 숙여 미안하다는 표시를 했다.

"재미있는 말이죠, 마드모아젤."

제인은 웃으면서 자리에서 일어났다.

"재미있는 말씀을 하시는군요, 포와로 씨. 그만 가봐야겠어요. 저녁은 잘 먹었어요. 노먼이 협박하다가 잡히게 되면 또 한 번 사셔야 해요."

노먼 게일은 무슨 생각이 떠올랐는지 얼굴을 찌푸렸다.

포와로는 두 젊은이와 작별인사를 나누었다.

그는 집으로 돌아와 서랍 속에서 열한 사람의 이름이 적힌 목록을 꺼냈다. 그러고는 네 사람의 이름 위에 가볍게 표시를 했다. 그는 생각에 잠긴 얼굴로 고개를 끄덕였다.

"감이 잡히는군―." 그는 중얼거리듯이 말했다.

"하지만, 확증을 잡아야 해. 계속 지켜봐야겠군."

제17장

완즈워스에서

헨리 미첼이 소시지와 으깬 감자 요리가 차려진 저녁 식탁에 앉아 있는데 손님이 찾아왔다.

놀랍게도 그 손님은 운명의 사건이 일어난 비행기에 탔었던 콧수염을 기른 신사였다. 포와로는 상냥하고 예의 바른 사람이었다. 그는 미첼에게 저녁식사를 계속하라고 말하고는, 입을 벌린 채 그를 뚫어지게 쳐다보고 서 있는 미첼 부인에게 인사를 했다.

그는 권하는 의자에 앉아 날씨가 아주 따뜻하다는 얘기를 꺼낸 다음, 자기가 찾아온 목적을 부드럽게 말했다.

"런던경시청에서는 사건 수사에 진척을 보지 못하고 있는 것 같습니다."

미첼이 고개를 흔들며 말했다.

"놀라운 사건입니다―놀라운 일이죠. 저는 경찰이 무엇을 단서로 수사하고 있는지 모르겠습니다. 탑승객들이 모두 아무것도 보지 못했다고 했는데, 그럼 불가능한 거 아닙니까?"

"그렇죠."

"남편은 그 사건 때문에 몹시 걱정하고 있어요." 그의 아내가 끼어들었다.

"밤에 잠을 이루지 못할 정도예요."

스튜어드가 얼른 설명을 덧붙였다.

"사실 무척 두렵습니다. 그런데 회사에서는 이번 사건에 대해 매우 공정하게 대해 주었습니다. 처음엔 직장을 그만두게 될 것이라고 생각했는데―."

"헨리, 그럴 수는 없어요. 그건 불공평한 일이라고요."

그의 아내가 날카로운 목소리로 말했다. 그녀는 검은색 눈의 포동포동하고 혈색이 좋은 여자였다.

"일이란 게 항상 공정하게 처리되는 것은 아니야, 루스. 이번 일은 내가 생각했던 것보다 훨씬 잘 풀렸어. 회사에서는 내게 책임을 묻지 않았거든. 당신도 알겠지만, 나는 당하는 줄 알았다고 내가 맡고 있었으니까."

"당신 기분은 알 것 같습니다—." 포와로가 안됐다는 듯이 말했다.

"하지만, 지나치게 생각하는 것 같기도 하군요. 사실 당신의 잘못으로 일어난 일은 아니잖습니까."

"제 생각도 바로 그래요." 미첼 부인이 한마디 거들었다.

미첼은 고개를 내저었다.

"저는 그 부인이 죽었다는 걸 빨리 알았어야 했습니다. 만일, 제가 처음 계산서를 돌리면서 부인을 깨웠더라면—."

"상황이 조금 달라졌을지도 모르죠. 죽음이란 아주 순간적인 일이니까요."

"남편은 그것 때문에 계속 걱정하고 있어요." 미첼 부인이 말했다.

"제가 마음을 편안하게 가지라고 아무리 말해도 소용없어요. 외국인들끼리 왜 서로 죽이는지 그 이유를 모르겠어요. 그리고 하필 영국 비행기에서 그런 일이 벌어지다니 불쾌해요."

그녀는 애국심에 격해져서 씩씩거리며 말했다.

미첼이 민망한 얼굴로 고개를 흔들었다.

"솔직히 말해서, 저는 계속 부담스러웠습니다. 비행기를 탈 때마다 그런 기분이 들죠. 그리고 런던경시청에서 나오신 분이 비행 중에 무슨 이상한 일이 없었느냐고 몇 번이나 물어보더군요. 저는 그때마다 뭔가 잊어버린 물건이 있는 것 같은 기분이 든답니다—사실 아무것도 없는데도 말이죠. 아주 평온한 비행이었죠. 그 사건이 일어나기 전까지는 말입니다."

"게다가, 대롱 침을 사용했다니 원시적인 방법이에요." 미첼 부인이 말했다.

"그렇습니다." 포와로는 그녀의 말에 공감하는 표정을 지으며 말했다.

"영국에서는 그런 식으로 살인이 저질러지진 않죠."

"맞아요, 선생님."

"미첼 부인, 당신이 영국의 어느 지방 출신인지 맞혀 볼까요?"

"도싯 출신이에요. 브리드포트에서 멀지 않은 곳이죠."

"그렇습니까? 아름다운 곳이죠." 포와로가 말했다.

"맞아요. 런던과는 비교도 되지 않는 곳이에요. 저희 집안은 200년도 훨씬 전부터 도싯에 정착해서 살아왔어요—그러니까 제게도 도싯의 피가 흐르고 있는 거죠."

"그렇겠군요." 그는 다시 스튜어드에게 몸을 돌렸다.

"당신에게 물어보고 싶은 것이 있습니다, 미첼 씨."

스튜어드는 눈썹을 찌푸리며 말했다.

"제가 알고 있는 건 모두 말씀드리겠습니다—사실대로요."

"아주 사소한 겁니다. 탁자 위의 물건이, 그러니까 지젤 부인의 탁자가 좀 지저분하지 않았습니까?"

"제가 그분을 발견했을 때 말입니까?"

"그래요. 숟가락과 포크, 소금병 같은 것이 흐트러져 있지 않았습니까?"

스튜어드는 고개를 흔들었다.

"탁자 위에 그런 건 없었습니다. 커피잔을 빼고는 모두 깨끗이 치웠으니까요. 그런 건 보지 못했어요. 정말로 보지 못했습니다. 몹시 당황해 있었으니까요. 그런 거라면 경찰이 확실히 알고 있을 겁니다. 그들은 비행기 안을 샅샅이 조사했을 테니까요."

"아, 그렇겠군요." 포와로가 말했다.

"별문제 아니니까 걱정하지 마십시오. 시간이 나면 당신 동료와도 얘기를 나누고 싶은데—데이비스라고 했던가요?"

"그 친구는 요즘 아침 8시 45분 비행기를 타고 있습니다."

"이번 사건 때문에 그도 굉장히 걱정하고 있겠군요."

"그 친구는 아직 젊기 때문인지 오히려 사건을 이용해서 즐기고 있는 것 같더군요. 사람들이 그와 어울려 마시면서 그 사건 얘기를 듣고 싶어한다는군요."

"애인이 있다죠?" 포와로가 물었다.

"그가 그 사건에 관계되어 있다는 것이 그녀에게 어떤 호감을 줄지도 모르겠군요."

"그 사람은 '크라운 피더스'의 존슨 노인의 딸에게 접근하고 있어요."

미첼 부인이 말했다.

"하지만, 그녀는 분별력이 있는 처녀예요—생각이 올바른 사람이죠. 살인사건 따위에 휘말려 드는 걸 좋아할 여자가 아니란 말이에요."

"건전한 사고방식을 가진 처녀인 모양이군요."

포와로는 이렇게 말하면서 자리에서 일어섰다.

"고맙습니다, 미첼 씨, 그리고 미첼 부인. 너무 신경 쓰지 않아도 될 겁니다."

그가 밖으로 나가자 미첼이 말했다.

"심리에서 어떤 멍청한 배심원이 저 사람이 범인이라고 했어. 그런데 알고 보니, 사립탐정이더군."

"그런 사람 뒤에는 늘 뭔가 있다고 하던데요." 미첼 부인이 말했다.

포와로는 시간이 나면 또 다른 스튜어드인 데이비스와 얘기를 나눠야겠다고 말했었다. 그런데 그는 그 말을 한 지 채 몇 시간도 안 되어 '크라운 피더스'라는 술집에서 데이비스를 만났다.

그는 미첼에서 했던 것과 똑같은 질문을 데이비스에게도 했다.

"어수선하진 않았습니다, 선생님. 그릇이 엎어져 있거나 하는 걸 말씀하시는 거죠?"

"탁자에서 없어진 물건이라든지, 아니면 보통 때는 없었던 물건이 있었다든자—그런 걸 말하는 겁니다."

데이비스는 천천히 대답했다.

"그런 거라면 있었습니다. 경찰이 조사를 하고 간 뒤에 뒷정리를 하면서 보았는데—하지만, 선생님이 신경 쓰실 일은 아닐 겁니다. 죽은 부인의 커피 받침접시에 스푼이 두 개 놓여 있더군요. 이건 우리가 서두르다 보면 때때로 일어나는 일입니다. 그래도, 거기에는 좀 미신적인 말이 있기 때문에 눈여겨보았죠. 접시에 스푼이 두 개 놓여 있으면 결혼을 의미하거든요."

"혹시 다른 사람의 접시에서 스푼이 없어지진 않았습니까?"

"아뇨, 제가 본 것 중에는 없었습니다. 미첼과 제가 그렇게 내놓았던 모양이에요. 방금 말씀드렸듯이 서두르다 보면 종종 일어나는 일입니다. 1주일 전에는 생선 나이프와 포크를 두 벌씩 놓은 일도 있었죠. 하지만, 모자라는 것보다야 낫지 않습니까? 모자라면, 나중에 나이프다 뭐다 해서 들고 왔다 갔다 하니까요."

포와로는 한 가지를 더 물어보았다. 그건 좀 우스꽝스러운 질문이었다.

"프랑스 여자에 대해서 어떻게 생각하시오, 데이비스 씨?"

"저는 영국 여자가 더 좋습니다, 선생님."

그러고 나서 그는 뒤쪽에 있는 살이 통통하게 찐 금발 처녀를 쳐다보며 씩 웃었다.

제18장

퀸 빅토리아가(街)

제임스 라이더는 에르퀼 포와로의 명함을 받아들고는 조금 놀란 표정을 띠었다. 귀에 익은 이름 같기는 한데, 어디에서 어떻게 듣게 되었는지 기억이 나지 않았다. 잠시 뒤 그는, '오, 그 친구!' 하고 혼잣말로 중얼거리고는 직원에게 손님을 들여보내라고 했다.

에르퀼 포와로는 말쑥한 차림새에 한 손에는 지팡이를 들고, 윗도리에는 꽃을 꽂고 있었다.

"방해를 해서 죄송합니다." 포와로가 말했다.

"지젤 부인 살인사건 때문에 찾아왔습니다."

"예?" 라이더가 말했다.

"그게 어쨌다는 겁니까? 아무튼 앉으십시오. 시가 태우십니까?"

"아, 됐습니다. 나는 궐련을 피우죠. 이걸 한 대 피워 보겠습니까?"

라이더는 미심쩍은 눈빛으로 포와로의 작은 궐련을 바라보았다.

"나도 내 것을 피우겠습니다. 자칫 잘못해서 꿀꺽 삼켜 버리기라도 하면 큰일이니까요" 하고는 큰소리로 웃었다.

"며칠 전 재프 경감이 다녀갔습니다."

라이더는 라이터로 담배에 불을 붙이면서 말했다.

"솔직하게 말해서 귀찮았습니다. 그런 친구들은 늘 그 모양이죠. 자기 일에만 신경 쓰면 좋을 텐데 말입니다."

"아마 정보를 얻으려고 그랬을 겁니다." 포와로가 부드럽게 말했다.

"그래도 그렇게까지 무례한 행동은 삼가야죠."

라이더는 내뱉듯이 말했다.

"사람은 누구나 감정을 갖고 있습니다. 그리고 그 사람이 하는 일에 어떤 영향을 끼칠 것인가도 생각해 봐야 하고요."

"좀 예민하신 편인 모양이군요."

"나는 지금 난처한 위치에 있습니다." 라이더가 말했다.

"바로 그녀 앞자리에 앉아 있었거든요. 의심받을 만한 사실이죠. 내가 앉았던 자리만은 어쩔 도리 없는 일이니까 말입니다. 그녀가 살해당한다는 걸 알았더라면 나는 그 비행기를 타지도 않았을 겁니다. 아니, 어쩌면 탔을지도 모르겠군요."

그는 잠시 생각에 잠겼다.

"선(善)은 악(惡)에서 나오는 걸까요?" 포와로는 미소를 지으면서 물었다.

"재미있는 말씀이군요. 그렇다고 할 수도 있고, 그렇지 않다고 할 수도 있죠. 나는 걱정도 많이 했고, 괴로움도 많이 받았습니다. 그리고 왜 하필이면 나를 의심하는 겁니까? 허바드 박사는—브라이언트 박사 말입니다. 왜 괴롭히지 않는 거죠? 의사들은 잘 알려지지 않은 무시무시한 독을 쉽게 손에 넣을 수 있는 사람들이라고요. 내가 어떻게 뱀독을 구한단 말입니까? 내가 묻고 싶은 건 바로 이겁니다!"

"방금 괴로움을 많이 받았다고 말씀하셨죠?" 포와로가 물었다.

"아, 예, 물론 이익을 보기도 했죠. 신문사에서 짭짤하게 돈을 받았거든요. 목격자의 증언으로 말입니다. 내가 본 것보다는 기자의 상상력이 더 많은 비중을 차지하긴 했지만, 그건 별 차이가 없는 거죠."

"재미있는 얘기군요." 포와로가 말했다.

"범죄 사건이 사람들에게 끼치는 영향이 말입니다. 예를 들어 당신만 해도 생각지도 않았던 돈을 벌게 되지 않았습니까? 그 돈은 당장에 요긴하게 쓰였겠죠."

"돈이란 언제나 환영받는 거 아닙니까?" 라이더가 말했다.

그는 포와로를 날카롭게 쏘아보았다.

"돈이 절박하게 필요할 때가 가끔 있긴 합니다. 그런 이유 때문에 사람들이 돈을 횡령하고, 장부에 허위 기재를 하는 거죠—."

그는 손을 휘휘 내저었다.

"또, 그래서 복잡한 일들이 벌어지기도 하는 거고요."

"우울한 얘기는 그만 합시다." 라이더가 말했다.

"좋습니다. 왜 이런 얘기를 하게 됐지. 아무튼 그 돈은 당신에게 아주 유용했겠군요. 파리에서 자금 문제로 곤란을 겪고 있었으니까요ㅡ."

"아나ㅡ누가 그런 얘기를 했습니까?" 라이더가 화가 나서 소리쳤다.

에르퀼 포와로는 미소를 지으며 말했다.

"그거야 사실이잖습니까?"

"그렇긴 합니다. 하지만, 나는 그 사실을 다른 사람에겐 알리고 싶지 않았습니다."

"나는 신중한 사람이니까 믿으십시오."

"이상하게도ㅡ." 라이더는 우물거리며 말을 이었다.

"퀴어가(街)에서는 몇 푼 안 되는 돈 때문에 사람이 심한 궁지에 몰리곤 하지요. 약간의 돈을 준비하느냐 못 하느냐에 따라 그 사람이 위기를 넘기느냐 못 넘기느냐가 달려 있습니다. 그리고 만일, 그 사람이 그 약간의 돈을 준비하지 못한다면 신용은 땅바닥에 떨어지고 말죠. 정말 기묘한 일입니다. 돈과 신용이란 미묘한 겁니다. 그런 식으로 보면, 결국 인생 자체가 이상한 것이 되죠!"

"옳은 말입니다."

"그건 그렇고, 나를 찾아온 용건이 무엇입니까?"

"그것도 좀 미묘한 문제입니다. 수사 중에 내 귀에 들어온 얘기인데ㅡ당신은 물론 부인했지만, 죽은 지젤 부인과 거래 관계가 있었다는군요."

"누가 그런 말을 했습니까! 거짓말이오! 나는 그 여자를 본 적도 없어요."

"그렇다면 이상하군요!"

"정말 이상하군요. 그건 명예훼손이오."

포와로는 심각한 얼굴로 그를 쳐다보면서 말했다.

"하지만, 나는 그 문제를 조사해야 할 입장이오."

"그게 무슨 말입니까? 도대체 무엇을 조사하겠다는 건지 모르겠군요."

포와로가 고개를 흔들며 말했다.

"그렇게 화내지는 마시오. 실수일 수도 있잖습니까?"

"아마 뭔가 잘못 아신 모양입니다. 내가 그렇게 오만한 상류사회의 고리대금업자에게 말려들 것 같습니까. 도박으로 빚을 지게 된 상류계급의 여자들이 관계하는 그런 사람하고—."

포와로는 자리에서 일어났다.

"내가 잘못 안 모양입니다." 그는 문 앞에서 잠깐 멈추었다.

"궁금한 게 한 가지 있는데—아까 왜 브라이언트 박사를 허바드 박사라고 불렀죠?"

"나도 모르겠습니다만. 글쎄—오, 그렇군요. 그 플루트 때문에 그렇게 불렀던 것 같습니다. 이런 동요가 있잖습니까. '늙은 엄마 허바드의 개'라고—그녀가 돌아올 때면 그는 플루트를 불었죠. 이상하게도 이름이 혼동되는군요."

"오, 플루트 때문에……흥미 있는 얘기로군요. 심리적으로—."

라이더는 심리적이라는 말에 코웃음을 쳤다. 그는 그 단어가 정신분석을 말하는 것이라고 생각했던 것이다.

그는 의심스러운 눈길로 포와로를 쳐다보았다.

제19장

로빈슨의 등장과 퇴장

　호베리 백작부인은 그로스베너 스퀘어 315번지에 있는 그녀의 집 침실 화장대 앞에 앉아 있었다. 그녀 방에는 황금색 솔빗과 상자, 크림병, 분통 등 아름답고 화려한 물건들이 놓여 있었다. 호베리 부인은 그런 화려한 분위기와는 하나도 어울리지 않는 모습으로(뺨에는 볼연지를 더덕더덕 바르고 입술은 까칠해진 채), 앉아 있었다.

　그녀는 그 편지를 벌써 네 번째 읽는 것이었다.

　호베리 백작부인

　죽은 지젤 부인에 관한 일입니다. 나는 지젤 부인이 소유하고 있던 서류를 가지고 있습니다. 부인이나 레이먼드 배러클러프 씨가 이 일에 관심을 두고 있다면 부인을 찾아가서 의논드리고 싶습니다. 내가 이 일로 당신의 남편과 접촉하는 걸 원하지 않으시리라 믿습니다.

　　　　　　　　　　　　　　　　　　　　　　　존 로빈슨

　똑같은 것을 읽고 또 읽다니 정말 바보 같은 짓이야―그렇다고 단어의 뜻이 바뀌지도 않는데.

　그녀는 편지 봉투 두 개를 집어들었다. 첫 번째 것에는 '친전'이라고 쓰여 있었으며, 두 번째 것에는 '친전, 극비'라고 적혀 있었다.

　"친전, 극비라니……."

　짐승만도 못한 사람……이건 짐승만도 못한 짓이야…….

　그 거짓말쟁이 프랑스 할망구. 자기에게 갑자기 일이 생기더라도 손님들이 피해를 당하지 않도록 모든 준비를 해놓았다고 약속해 놓고서. 빌어먹을 여자……지옥이야, 인생은 지옥이야—.

'오, 제기랄! 짜증스러워. 불공평해, 불공평한 일이야.' 시셀리는 생각했다.

그녀는 떨리는 손으로 황금빛 뚜껑의 병을 집어들었다.

"이것이 있으면 괜찮아질 거야. 편안해지겠지."

그녀는 병에 코를 갖다대고 냄새를 맡았다.

됐어, 이젠 생각이 나겠지! 어떻게 할까? 물론 그 남자를 만나 봐야지. 하지만, 어디에서 돈을 구하자─칼로스가(街)의 그곳에 가면 멋지게 한판 할 수 있을 텐데……. 아무튼 생각할 시간은 충분히 있으니까. 그 남자를 만나서─그 사람이 알고 있다는 게 뭔지 알아내야지.

그녀는 책상으로 가서 서툰 글씨체로 큼직하게 휘갈겨 썼다.

존 로빈슨 씨 안녕하십니까?
내일 오전 11시에 찾아와 주시면 만날 수 있겠군요…….

"이 정도면 됐습니까?" 노먼 게일이 물었다.

포와로가 놀란 눈으로 물끄러미 바라보자 그는 얼굴을 좀 붉혔다.

"저런─" 에르퀼 포와로가 말했다.

"무슨 코미디를 하려고 그러는 거요?"

노먼 게일은 얼굴을 새빨갛게 붉히면서 웅얼거리듯이 말했다.

"조금 변장을 하는 게 좋다고 말씀하셨잖습니까?"

포와로는 한숨을 내쉬고는 젊은 남자의 팔을 끌고 거울 쪽으로 데려갔다.

"잘 보시오." 그가 말했다.

"잘 살펴보란 말이오! 마치 어린애들을 웃기는 산타클로스 같군. 수염이 하얀색이 아니라 검은색이라는 걸 빼고는 말이오. 검은색은 악인의 색깔이지. 도대체 그 수염이 뭐요─하늘로 치솟아 있는 모양하고! 아주 서툴고 어색해 보입니다. 그리고 그 눈썹은 또 세상에! 가짜 털을 다는 데 취미가 있는 모양이오? 그 알코올 고무 냄새는 아주 멀리서도 지독하게 풍길 거요. 치아 하나에 회반죽을 붙인 것 정도로 사람들이 알아보지 못할 거라고 생각한다면 그건 오산이오. 한마디로 이건 당신의 역할에 어울리는 분장이 아니오—절대로 아니란 말입니다."

"한때는 나도 아마추어 극단에서 연기를 제법 한다는 칭찬을 들었는데요."

노먼 게일이 뻣뻣하게 말했다.

"믿어지지가 않는군. 그렇지만, 당신이 그 엉터리 같은 분장을 하도록 내버려 두진 않았을 거요. 관객들이 그 이상하고 어설픈 모습엔 웃음을 참지 못했을 테니까. 게다가 환한 대낮에 그로스베너 스퀘어에서는—."

포와로는 말을 끝맺지 않고 살짝 어깨를 움츠려 보였다.

"안 됩니다—." 그가 말했다.

"당신은 코미디언이 아니라 협박꾼이오. 그 부인이 당신을 보는 순간 겁을 집어먹어야지 웃음을 터뜨려서는 안 된다는 겁니다. 내 말이 너무 심했다면 용서하시오. 하지만, 지금은 진실이 필요한 때입니다. 이것은 떼어내고 이것은—."

그는 여러 개의 병을 끌어당겼다.

"화장실에 가서 이 촌스러운 분장을 말끔히 지워 버려요."

기가 죽은 노먼 게일은 순순히 포와로의 말에 따랐다.

15분 뒤에 그는 붉은 벽돌색의 생기 있는 얼굴로 나타났다. 그러자, 포와로가 만족스럽다는 듯이 고개를 끄덕였다.

"됐소. 이제부터는 장난이 아니라 중요한 일을 시작하는 겁니다. 작은 수염을 붙이는 것도 괜찮겠군. 내가 붙여 주지. 그리고 머리칼을 다른 쪽으로 넘겨 보시오. 아, 됐소. 그럼, 당신이 대사를 잘 외웠는지 봅시다."

그는 주의 깊게 듣고 나서 고개를 끄덕였다.

"좋습니다, 어서 가시오—잘 될 거요."

"그렇게 되길 나도 진심으로 바라고 있습니다. 혹시 화가 난 남편과 경찰을 만나게 되는 건 아닌지 모르겠습니다."

포와로가 그를 안심시켰다.

"걱정하지 마시오. 모든 일이 놀랄 정도로 잘 될 테니까."

"누구나 말로는 안 되는 일이 없죠—." 노먼 게일이 반항하듯이 중얼거렸다.

풀이 죽은 그는 아주 내키지 않는다는 표정으로 나갔다.

그로스베너 스퀘어에 도착한 그는 1층의 어느 작은 방으로 안내되었다. 잠시 뒤에 호베리 부인이 그 방으로 들어왔다.

노먼은 정신을 가다듬었다. 그녀에게 이런 일이 처음이라는 걸 보여줘서는 안 된다—절대로 안 된다.

"로빈슨 씨인가요?" 시셀리가 물었다.

"그렇소" 노먼이 대답하고는 고개를 숙여 인사했다.

'제기랄, 백화점 판매 감독 같군.' 그는 화가 나서 속으로 중얼거렸다.

'두려워하고 있는 건가?'

"편지를 받았어요." 시셀리가 말했다.

노먼은 마음을 가라앉혔다.

'그 노인은 내가 연기를 할 수 없다고 말했지.' 그는 속으로 코웃음을 쳤다.

노먼 게일은 약간 거들먹거리며 큰소리로 말했다.

"그렇소—어떻게 하시겠소, 호베리 부인?"

"무엇을 말하는 건지 잘 모르겠어요."

"아, 그래요? 그럼, 좀 자세히 설명을 드려야겠군. 누구나 바닷가에서 주말을 즐겁게 보내고 싶어합니다. 하지만, 남편들은 좀처럼 그렇게 하려 들지 않지. 호베리 부인, 당신도 그 증거라는 것이 무엇인지 알고 있으리라고 생각합니다. 지젤은 정말 놀라운 여자였소. 항상 확증을 갖고 있었으니까. 호텔 증거 같은 건 제1급에 해당하거든. 문제는 그걸 필요로 하는 사람이 누구냐 하는 거요—당신일까, 아니면 호베리 경일까? 그게 문제이지."

그녀는 부들부들 떨면서 서 있었다.

"나는 그 증거를 팔려는 사람이오—." 노먼이 말했다.

로빈슨의 역할에 점점 몰두해 가면서 그의 목소리는 더욱 거칠어졌다.

"그런데, 문제는 당신이 그 증거를 살 사람이냐 하는 겁니다."

"어떻게 손에 넣었죠? 그 증거라는 것 말이에요."

"그건—호베리 부인 좀 얘기가 빗나가는군. 중요한 건 내가 그 증거를 갖고 있다는 게 아니겠소?"

"믿을 수 없어요. 보여주세요."

"오, 그건 안 되지." 그는 교활하게 곁눈질을 하면서 고개를 흔들었다.

"지금은 갖고 있지 않소. 나를 그런 풋내기로 보지 마시오. 하지만 우리가 의견을 같이 하게 된다면, 그때야 경우가 달라지지. 부인이 돈을 건네주기 전에 보여 드리겠소. 정당하고 솔직한 거래를 해야죠."

"얼마면 되겠어요?"

"1만 파운드—달러가 아닙니다."

"불가능해요. 그렇게 많은 돈은 구할 수 없어요."

"노력한다면 가능한 일입니다. 보석은 제값에 팔리지 않겠지만, 진주만은 그렇지가 않지. 부인에겐 특별히 8천 파운드로 깎아 드리겠소. 그 이하는 안 됩니다. 이틀간 생각하실 여유를 드리지요."

"다시 말하지만, 그런 거액은 구할 수가 없어요."

노먼은 한숨을 내쉬고는 고개를 흔들었다.

"그렇다면, 호베리 경에게 자초지종을 알리는 수밖에 없겠군. 그리고 그런 식으로 이혼하게 된 여자는 위자료를 한 푼도 못 받는다고 알고 있소. 또, 배러클러프 씨는 젊고 유망한 배우이긴 하지만 아직 그렇게 많은 돈을 만지지는 못할 거요. 더 이상은 말하지 않겠소. 잘 생각해 보시오, 진심으로 하는 말이오."

그는 잠시 멈췄다가 다시 덧붙였다.

"지젤 부인이 진지했던 것처럼 나도 진지하게 말하는 겁니다."

그러고는 그 불쌍한 여자에게 대답할 시간을 주지 않고 재빨리 그 방을 나왔다.

"후유!" 노먼은 밖으로 나오자마자 이마의 땀을 닦아냈다.

"무사히 끝나서 다행이야."

그로부터 한 시간도 채 지나지 않아서 호베리 부인은 또 명함 한 장을 받았다.

"에르큘 포와로—?"

그녀는 명함을 한쪽으로 치우면서 말했다.

"누군지 모르겠는데⋯⋯, 만나지 않겠어요."

"부인, 저─레이먼드 배러클러프 씨의 부탁으로 왔다는데요."

"오─." 그녀는 잠깐 말을 멈추었다.

"그래요? 들여보내 주세요."

집사는 나갔다가 이내 다시 들어왔다.

"에르큘 포와로 씨입니다."

아주 멋진 옷을 말쑥하게 차려입은 포와로가 들어오더니 고개를 숙여 인사했다. 집사가 나가고 문을 닫자 시셀리가 몇 걸음 앞으로 나왔다.

"베러클러프 씨가 보낸 사람이라고요─?"

"앉으십시오, 부인." 그의 목소리는 부드러웠지만 명령조였다.

그녀는 기계적으로 자리에 앉았다. 그는 그녀 가까이로 의자를 끌어당겼다. 그러고는, 상대방이 위압감을 느끼지 않도록 부드러운 태도를 보였다.

"부인, 나를 친구라고 생각해 주십시오. 부인에게 충고를 해 드리려고 찾아온 겁니다. 나는 부인이 곤경에 빠져 있다는 걸 알고 왔습니다."

"그렇지 않아요─." 그녀는 가느다란 목소리로 웅얼거렸다.

"내 말을 잘 들어보십시오, 부인. 나는 비밀을 말해 달라고 하지는 않겠습니다. 이미 다 알고 있기 때문에 그런 건 필요 없으니까요. 무엇을 알아낸다는 건 훌륭한 탐정이 되기 위해서는 기초 조건이죠."

"탐정이라고요?" 그녀의 눈이 휘둥그레졌다.

"혹시 비행기에 타셨던 분이 아닌가요, 바로─?"

"그렇습니다, 바로 납니다. 부인, 이제 본론을 말씀드리죠. 방금 말했듯이 모든 걸 털어놓으라고 강요하지는 않겠습니다. 즉, 처음부터 낱낱이 말하지 않아도 된다는 겁니다. 그럼 내가 먼저 말해 볼까요. 오늘 아침─한 시간쯤 전에, 어떤 사람이 당신을 찾아왔습니다. 이름이 아마 브라운인가 그랬죠?"

"로빈슨이라고 했어요." 시셀리가 작은 목소리로 말했다.

"브라운, 스미스, 로빈슨─모두 똑같은 사람입니다. 이름을 번갈아 가면서 바꿔 쓰죠. 그 사람은 여기에 와서 부인을 협박했습니다. 부인과─그러니까 무분별한 행동에 대해서 어떤 증거를 갖고 있다고 했죠? 지젤 부인이 갖고 있던 건데 지금은 자기 손에 들어 있다고 말입니다. 그리고 부인에게 7천 파운드를 요구했습니다."

"8천이에요."

"아, 8천이군요. 하지만, 그런 액수의 돈을 구하기는 쉽지 않을 텐데요?"

"나는 구할 수 없어요—정말이에요. 나는 이미 빚을 지고 있는데, 어떻게 해야 좋을지 모르겠어요……."

"진정하십시오, 부인. 그래서, 내가 도와주러 이렇게 오지 않았습니까?"

그녀는 그를 물끄러미 바라보았다.

"그걸 어떻게 알아내셨나요?"

"부인, 그건 간단합니다. 내가 에르퀼 포와로이기 때문이죠. 두려워하지 마시고 모든 걸 내게 맡기십시오. 내가 로빈슨이라는 사람과 흥정하겠습니다."

"오—." 시셀리가 날카로운 목소리로 말했다.

"그럼, 당신은 얼마를 원하시죠?"

그 말에 에르퀼 포와로는 고개를 숙였다.

"나는 단지 사진 한 장만—아름다운 부인이 세 분 들어 있는 사진만 있으면 됩니다."

그녀가 울음 섞인 목소리로 말했다.

"오, 나는 정말 어떻게 해야 좋을지 모르겠어요……. 두려워요—미칠 것만 같아요."

"괜찮습니다. 이제 모든 게 잘될 겁니다. 에르퀼 포와로를 믿으십시오. 그런데, 부인, 나는 진실을 알고 있어야 합니다—모든 진실을. 내게는 감추지 마십시오. 그렇지 않으면, 내 손이 꽉 묶이게 되는 겁니다."

"나를 이 고통 속에서 구해 주시겠다는 건가요?"

"다시는 로빈슨 얘기를 듣지 않도록 해 드리겠습니다. 맹세할 수 있습니다."

"좋아요, 모두 말씀드리겠어요." 그녀가 말했다.

"됐습니다. 당신은 지젤 부인에게 돈을 빌렸습니까?"

호베리 부인이 고개를 끄덕였다.

"그게 언제였습니까? 언제부터 돈을 빌리기 시작했느냐는 겁니다."

"1년 반 전부터였어요. 곤경에 빠져 있었거든요."

"도박 때문이었습니까?"

"예, 지독하게도 운이 나빴어요."

"그래서, 그 여자는 당신이 필요하다는 액수를 모두 빌려주었습니까?"

"처음에는 그러지 않았어요. 아주 조금밖에 빌려주지 않았죠."

"누가 그 여자에게 가보라고 하던가요?"

"레이먼드 배러클러프 씨가 그 여자가 상류계급의 여자들에게 돈을 빌려준다는 얘기를 들었다고 하더군요."

"그럼, 나중에는 더 많이 빌려주었습니까?"

"예—필요한 대로 모두 주었어요. 그 당시에는 기적 같다는 생각이 들었죠."

"지젤 부인의 기적 같은 일이죠." 포와로가 냉담하게 말했다.

"그전부터 배러클러프 씨와는 아는 사이였습니까?"

"그래요."

"그럼, 당신 남편이 눈치채지 못하도록 무척 신경을 썼겠군요?"

시셀리가 화를 내며 소리쳤다.

"스티븐은 깐깐한 남자예요. 내게 싫증을 내고 다른 여자와 결혼하고 싶어한다고요. 그는 어떡하면 나와 이혼할까, 그 생각에만 몰두하고 있단 말이에요."

"부인은 이혼을 원하지 않나 보군요?"

"예, 나는—"

"지금의 위치도 괜찮고, 또 돈을 넉넉하게 쓸 수도 있으니까. 그렇죠. 또, 여자들은 모두 자신을 돌보려고 하잖습니까? 그리고, 보상 문제도 있으니까요."

"그래요—나는 돈을 받을 수 없어요. 그러면, 그 늙은 악마가 화를 냈을 거예요. 그녀는 나와 레이먼드의 관계를 알고 있었어요. 장소와 날짜 등 모든 걸 알고 있었죠—어떻게 알아냈는지 모르겠어요."

"그녀는 자기 나름대로 방법을 갖고 있었습니다." 포와로가 차갑게 말했다.

"그리고, 그녀는 호베리 경에게 모든 증거를 보내겠다고 위협했겠군요?"

"그래요, 내가 돈을 갚지 못하면—."

"당신은 갚지 못했습니까?"

"예."

"그럼, 그녀의 죽음이 당신에겐 행운이었겠군요?"

"놀라운 일이었어요." 시셀리 호베리는 진지하게 말했다.

"오, 그건 당연한 말이죠—놀라운 일입니다. 하지만, 당신은 꽤 신경이 쓰였을 텐데요?"

"신경이 쓰였을 거라고요?"

"그렇습니다, 부인. 비행기 승객 중에 당신만이 그녀가 죽기를 바라는 동기가 있었으니까요."

그녀는 갑자기 숨을 들이마셨다.

"그건 그래요. 두려웠어요. 견디기가 어려웠죠."

"그 전날 밤 파리에서 그녀를 만나러 갔다가 약간의 소동을 벌인 다음부터는 더욱 그랬겠죠?"

"악마예요! 그녀는 꿈쩍도 하지 않았어요. 도리어 즐기고 있는 것처럼 보였죠. 정말 그녀는 짐승 같은 사람이에요! 나는 넝마처럼 늘어져서 돌아왔죠."

"그런데, 부인은 왜 심리에서는 그녀를 본 적이 없다고 말했습니까?"

"내가 어떻게 사실대로 말할 수 있겠어요?"

포와로는 심각한 표정으로 그녀를 쳐다보았다.

"하긴 사실대로 말할 수가 없었겠죠."

"너무 무서워서—거짓말을 한 거예요. 그 지독한 경감이 몇 번이나 여기에 와서 끈질기게 물어보았죠. 하지만, 그래도 나는 안전할 것이라고 생각했어요. 그 경감은 단지 형식상 그러는 것뿐이라는 느낌이 들었거든요. 그 사람은 아무것도 모르고 있어요."

"의심을 할 때는 확신을 가지고 의심을 해야 합니다."

"그러고 나서—." 시셀리는 생각을 더듬어 가면서 계속했다.

"만일 모든 것이 탄로 난다면, 아니 벌써 죄다 탄로 난 게 아닐까 하는 생각에 초조하게 지냈죠. 그래도 어제 그 끔찍한 편지를 받기 전까지는 안전할 것이라고 생각하고 있었는데."

"그동안은 두렵지 않았다는 말입니까?"

"아뇨, 물론 두렵긴 했어요!"

"무엇이 두려웠습니까? 비밀이 탄로 날까 봐, 아니면 살인죄로 체포되는 것이 두려웠습니까?"

그녀의 뺨이 하얗게 질렸다.

"살인이라뇨—난 아니에요! 난 그 여자를 죽이지 않았어요. 난 죽이지 않았단 말이에요!"

"부인은 그녀가 죽기를 바랐죠—."

"그러긴 했지만, 죽이지는 않았어요……. 나를 믿어 주세요—정말이에요. 나는 자리를 뜬 적이 없다고요. 나는—."

그녀는 말을 멈추고는, 아름다운 푸른 눈에 애원하는 빛을 띠고 그를 뚫어지게 쳐다보았다.

에르큘 포와로가 위협하듯이 고개를 끄덕였다.

"부인, 나는 두 가지 이유 때문에 당신을 믿습니다—첫째는 당신이 여자라는 점, 둘째는 벌 때문이죠."

그녀는 물끄러미 그를 쳐다보았다.

"벌?"

"그렇습니다. 당신은 알지 못하겠지만 나는 알고 있죠. 자, 이제 쉬운 문제부터 차근차근 해결해 나갑시다. 나는 로빈슨이라는 사람과 타협을 볼 겁니다. 그러면, 내가 약속한 대로 부인은 절대로 그 사람을 다시는 보지 않아도 되며, 그의 목소리도 듣지 않게 될 겁니다. 그와—그 말을 잊어버렸는데, 그의 이익을 박탈시킬까요? 이익이 아니라 제물이겠군. 그 대신 두 가지만 더 물어보겠습니다. 살인사건이 일어나기 전날 배러클러프 씨는 파리에 있었습니까?"

"예, 우리는 함께 저녁을 먹었어요. 그는 그 여자에게 나 혼자 찾아가는 것이 좋겠다고 했어요."

"아, 그렇습니까? 그럼, 부인, 한 가지만 더 물어보겠습니다. 부인이 결혼하기 전에 무대에서 사용하던 이름이 시셀리 블랜드라고 했는데, 그건 본명입니까?"

"아니에요. 내 본명은 마사 젭이에요. 하지만—."

"예명으로 더 많이 알려졌단 말이죠. 그리고 고향은 어디입니까?"

"돈캐스터예요. 그런데, 그건 왜 물어보시는 거죠?"

"단지 알고 싶었을 뿐입니다. 실례했습니다. 그리고 호베리 부인, 몇 마디 충고를 드리고 싶군요. 남편과 합의이혼을 하십시오."

"그래서, 그가 그 여자와 결혼하게 해주라는 건가요?"

"그렇습니다. 남편이 그 여자와 결혼하게 해주시오. 당신은 아량 있는 사람이잖습니까, 부인. 그것이 안전합니다ー오, 절대로 안전하죠. 남편이 당신에게 위자료를 지급하게 될 테니까."

"그리 많은 액수는 아니겠죠."

"부인도 자유로운 몸이 되면 백만장자와 결혼할 수 있잖습니까?"

"요즘에도 그런 일이 있을까요?"

"아, 그런 식으로 생각지 마십시오, 부인. 지금은 2백만 달러를 갖고 있지만, 과거에는 3백만 달러를 갖고 있었던 남자가 얼마든지 있으니까요."

시셀리가 소리 내어 웃었다.

"설득력이 아주 좋으시군요, 포와로 씨. 그럼, 그 끔찍한 사람이 정말 다시는 나를 찾아오지 않을까요?"

"일단 에르퀼 포와로가 그렇게 하겠다고 말한 건 믿으셔도 좋습니다."

그는 진지하게 말했다.

제20장

할리가에서

재프 경감은 활기찬 걸음으로 할리가를 걸어가다가 어떤 문 앞에서 멈춰 섰다. 그는 브라이언트 박사를 찾았다.

"약속하셨나요?"

"안 했소. 지금 몇 자 적어 드리지."

그는 명함 위에다 이렇게 적었다.

'*잠시만 시간을 내주면 고맙겠습니다. 오래 걸리지 않을 겁니다.*'

그는 명함을 봉투 속에 넣어서 집사에게 건네주었다. 그는 대기실로 안내되었다. 거기에는 여자 둘과 남자 한 사람이 기다리고 있었다. 재프는 '펀치'지(誌)를 빼들고 자리에 앉았다.

집사가 그에게로 가로질러와서 조용한 목소리로 말했다.

"잠깐만 기다리시면, 박사님이 만나시겠답니다. 박사님이 오늘 아침에는 무척 바쁘시거든요."

재프는 고개를 끄덕였다. 그는 기다리는 게 조금도 기분 나쁘지 않았다―사실 그는 기다리는 편이 오히려 더 좋았다. 여자 두 명이 얘기하기 시작했다. 그들은 브라이언트 박사의 실력이 뛰어나다고 칭찬했다. 환자들이 몇 명 더들어왔다. 브라이언트 박사가 정말 유능하긴 한 모양이었다.

'꽤 잘 벌겠군.' 재프가 생각했다.

'저 정도라면 돈을 빌릴 필요가 없겠는데. 하지만, 오래전에 빚을 졌을 수도 있지. 아무튼 환자가 꽤나 많군. 하지만, 소문에 휘말려 들면 타격이 크겠지. 그런 건 환자들에겐 최악일 테니까.'

15분쯤 뒤에 집사가 다시 다가와서 말했다.

"박사님이 선생님을 만나시겠답니다."

재프는 브라이언트 박사의 진찰실로 들어갔다—건물의 뒤쪽에 자리 잡고 있는 커다란 창문이 달린 방이었다.

의사는 책상 앞에 앉아 있다가 일어서서 경감과 악수를 나누었다. 잔주름이 진 그의 얼굴은 피로해 보이긴 했지만 경감이 찾아온 걸 귀찮아하는 기색은 아니었다.

"어떻게 오셨습니까, 경감님?"

그는 다시 자리에 앉아서 재프에게 맞은편 의자를 권했다.

"진찰시간에 뵙자고 해서 미안합니다. 하지만, 그리 오래 걸리지는 않을 겁니다."

"괜찮습니다, 비행기 살인사건 때문에 오신 건가요?"

"그렇습니다. 수사를 계속하고 있거든요."

"무슨 결과라도 나왔습니까?"

"그게 뜻대로 잘되지 않는군요. 살인 수법에 대해서 몇 가지 물어볼 것이 있어서 찾아왔습니다. 뱀독 문제가 아무래도 풀리지 않아서요."

"나는 독극물 전문가가 아닙니다."

브라이언트 박사가 미소를 지으면서 말했다.

"나와는 거리가 먼 얘기죠. 그런 건 윈터스푼 씨가 더 잘 알 텐데요."

"아, 그건 알고 있습니다. 물론 윈터스푼 씨는 전문가죠—당신도 전문가들이 어떻다는 건 잘 알고 있잖습니까. 그 사람들은 보통 사람이 이해하기 어려운 말들만 늘어놓죠. 그리고 내가 알고 있는 한 이 사건에는 의학적인 문제가 끼어 있습니다. 뱀독을 간질병 환자에게 주입한다는 것이 사실입니까?"

"나는 간질병 전문의가 아닙니다." 브라이언트 박사가 말했다.

"코브라의 독이 간질병 치료에 뛰어난 효과를 나타낸다고 하긴 합니다만, 방금 말했듯이 내 전공이 아니라서—."

"알겠습니다—잘 알겠습니다. 그 정도만으로도 충분합니다. 당신도 비행기를 타고 있었기 때문에 관심을 갖고 있을 겁니다만, 그 사건에 대해서 내게 도움이 될 만한 생각이 있으면 말씀해 주시죠. 아무것도 모르고서 전문가를 찾아가 봤자 별 소득이 없지 않겠습니까?"

브라이언트 박사가 미소를 지었다.

"당신의 말에도 일리가 있군요, 경감님. 가까운 곳에서 살인사건을 경험한 사람치고 아무런 영향도 받지 않고 지낼 수 있는 사람은 없을 겁니다……사실 나도 관심이 있으니까. 그 사건에 대해서 내 나름대로 여러 가지 생각을 해보았습니다."

"그래 어떤 생각을 해보셨습니까?"

브라이언트 박사는 천천히 고개를 저었다.

"끔찍한 일입니다—모든 일이 거의 불가능하죠. 그리고 살인 수법도 놀라운 거고 살인자가 드러나지 않는다는 건 백에 하나 있을까 말까 한 일입니다. 결국, 범인은 엄청난 위험을 무릅쓰고 범행을 저지른 겁니다."

"그렇죠."

"또, 뱀독을 사용한 것도 놀라운 일이죠. 범인이 그런 물건을 어떻게 구했는지도 의문이고."

"내 생각도 마찬가지입니다. 믿어지지 않는 일이죠. 붐슬랭이라는 것을 알고 있는 사람은 천 명 중 한 사람도 되지 않을 것이고, 또 뱀독을 손에 넣기란 거의 불가능한 일일 겁니다. 당신도 의사이긴 하지만—그런 걸 가져 본 적이 없을 것이라고 생각합니다만."

"사실 그렇습니다. 내 친구 중에 열대지방을 연구하는 사람이 한 명 있는데, 그 친구의 연구실에 가면 뱀독 표본이 여러 가지 있습니다. 물론 코브라의 독도 있죠. 하지만, 붐슬랭이라는 건 못 본 것 같군요."

"도움을 주실 것 같아 말씀드리는 건데—"

재프는 종이를 한 장 꺼내어 의사에게 건네주었다.

"윈터스푼 씨가 이렇게 세 사람의 이름을 적어주면서—이 사람들에게서 정보를 얻을 수 있을 거라고 하더군요. 이 중에 아는 분이 있습니까?"

"케네디 교수와는 안면이 있고, 헤이들러와는 아주 잘 아는 사이입니다. 그에게 내 이름을 대면 성의껏 대답해 줄 겁니다. 카미클 에든버러는 개인적으로는 친분관계가 없지만, 꽤 괜찮은 사람이라고 알고 있습니다."

"고맙습니다, 폐가 많았습니다. 그럼 이만."

재프는 할리가를 나와 아주 만족스러운 미소를 지으며 중얼거렸다.

"요령이 최고야."

그는 혼잣말로 중얼거렸다.

"무슨 일을 하든 요령이 있어야 한다고. 내가 무엇을 알아내려고 했는지 그 친구는 조금도 눈치채지 못했을 거야. 다 그렇고 그런 거지 뭐."

제21장

세 가지 실마리

런던경시청으로 돌아온 재프는 에르큘 포와로가 기다리고 있다는 얘기를 전해 들었다.

재프 경감은 진심으로 포와로를 반겼다.

"포와로 씨, 혼자서 웬일이십니까? 새로운 소식이라도 있습니까?"

"자네에게 새로운 소식을 물어보러 왔네, 재프"

"당신답지 않은 말씀이군요. 하지만, 이쪽에서도 알아낸 게 별로 많지 않습니다. 파리의 상인이 그 대롱이 동일한 물건이라는 걸 확인했습니다. 푸르니에는 그 '심리적인 맹점의 순간'인가 뭔가 하는 것을 알아보려고 파리에서 나를 계속 다그치고 있고요. 그래서, 나는 스튜어드들에게 넌더리가 나도록 캐물어 보았지만 끝까지 그 '심리적인 맹점의 순간'이라는 건 없었다고 하는군요. 또, 비행 중에도 놀랄 만한 일이나 이상한 사건이 벌어지지 않았답니다."

"두 사람이 모두 앞쪽에 있었을 때 벌어졌을 수도 있지요."

"그래서, 승객들도 모두 조사해 보았습니다! 거짓말을 한 사람은 한 명도 없습니다."

"어떤 사건에서는 모든 사람들이 거짓말을 한 적도 있네."

"그런 일도 있었습니까! 솔직히 말해서, 포와로 씨, 나는 별로 내키지 않습니다. 아무리 조사를 해도 나오는 게 없으니까요. 이제는 부장까지도 차가운 눈길로 쳐다봅니다. 그러니 내가 어떻게 하겠습니까? 다행스럽게도 외국인이 관련된 사건이라서 우리는 프랑스 쪽으로 밀어붙일 수 있죠—그러면 파리에서는 영국인의 짓이라며 우겨댑니다."

"자네는 정말 프랑스인의 짓이라고 생각하나?"

"사실은 그렇지 않습니다. 고고학자란 그런 사람들이 아니니까요. 그 사람들은 땅바닥을 파헤쳐 놓고는 몇 천 년 전에 무슨 일이 벌어졌다는 등 큰소리를 치죠—나는 그걸 어떻게 알아냈느냐고 묻고 싶지만, 차마 그러진 못하겠더군요. 아마 누구도 그들에게 반박하지 못할 겁니다. 또, 썩어빠진 구슬 줄을 가지고 5,320년 전의 것이라고 한다 해도 감히 누가 나서서 그렇지 않다고 할 수 있겠습니까? 그들은 거짓말쟁이입니다—자신들은 그렇게 생각지 않겠지만, 악의는 없는 거죠. 얼마 전에 여기에서 갑충석을 훔친 노인을 붙잡았습니다. 성품이 나쁜 사람 같지는 않은데 아무튼 굉장하더군요—어린아이처럼 굴어서 손을 쓸 수가 없었죠. 우리끼리니까 얘기지만, 나는 그 프랑스 고고학자들이 범인이라고는 정말 생각하지 않습니다."

"그럼, 자네는 누구라고 생각하나?"

"저—그야 클랜시 아닐까요? 그는 이상한 면이 많이 있습니다. 혼자 걸으면서 웅얼거리기도 하고, 아무래도 냄새가 나는 것 같습니다."

"아마 새 작품을 구상하느라고 그랬을 거네."

"그럴지도 모르죠—그러나, 그렇지 않을 수도 있습니다. 하지만, 동기면에서는 아무것도 잡아내지 못하겠더군요. 그리고 검은 수첩의 CL 52는 호베리 부인인 것 같은데 그녀에게서도 아무것도 알아내지 못했습니다. 내가 보기엔 꽤나 억센 여자 같더군요."

포와로가 그 말에 슬그머니 미소를 지었다. 재프가 계속했다.

"그 스튜어드들이 지젤 부인과 거래를 했다는 흔적이 없습니다."

"브라이언트 박사는?"

"그 사람에게서는 뭔가 나올 것도 같습니다. 그 사람이 어떤 여자 환자와 가깝게 지내고 있다는 소문이 떠돌고 있습니다. 꽤 아름다운 여잔데, 남편이 난폭하다는군요. 마약을 복용하고 있다는 소리도 들리던데. 그 친구가 계속 그런 식으로 나간다면, 의료협회에서 제명을 당할지도 모릅니다. 이런 점으로 본다면 브라이언트 박사는 RT 362에 꼭 들어맞죠. 게다가, 그는 뱀독을 구할 수 있는 정확한 출처를 알고 있을 겁니다. 내가 찾아갔을 때, 그는 그 점에 대해서 얘기하는 걸 꽤 꺼리는 눈치였으니까요. 하지만, 이것들이 모두 추측일 뿐 사실은 아닙니다. 이 사건은 쉽게 풀릴 것 같으면서도 그렇지가 않군요. 라이더는 정직하고 분명한 사람 같습니다—그는 파리에 자금을 융통하러 갔지만 잘 안 되었다고 하면서 이름과 주소를 가르쳐 주더군요. 그래서, 모두 조사해 보았죠. 그 회사는 1~2주일 전까지만 해도 퀴어가에서 간신히 지탱하고 있는 형편이었는데, 이제는 어느 정도 고비를 넘긴 모양입니다. 역시 만족할 만한 소식은 아니죠. 도대체 뭐가 뭔지 온통 혼란스러울 뿐입니다."

"혼란스러움이란 있을 수 없네. 단지 분명하지 않다는 것뿐이자—혼란스러움이란 정돈되지 않은 머릿속에서나 존재하는 걸세."

"뭐라고 말씀하셔도 괜찮습니다. 결과는 마찬가지이니까. 푸르니에도 역시 쩔쩔매고 있습니다. 당신은 대충 끝낸 것 같은데, 하지만 얘기하고 싶진 않겠죠!"

"나를 놀리는 건가! 나는 아직 끝내지 못했어. 지금 차근차근 차례대로 한 걸음씩 나아가고 있지만, 아직도 멀었네."

"그런 말을 들으니 기분이 좋은데요. 그 방법에 대해서 말씀해 주겠습니까?" 포와로는 미소 지으면서 말했다.

"나는 목록을 하나 만들었네."

그는 주머니에서 종이 한 장을 끄집어냈다.

"내 생각으론—살인이란 어떤 결과를 갖기 위해서 저지르는 행위이네."

"천천히 다시 한 번 말씀해 주시죠."

"어려운 게 아니지."

"그렇습니까—?"

"매우 간단한 걸세. 만일 자네가 돈이 궁색한 처지에 놓여 있다고 생각해 보세—그런데, 자네 아주머니가 죽으면 자네 손에는 돈이 들어오게 되네. 그래서, 자네는 어떤 행위를 하는 거지. 다시 말해서 아주머니를 죽이는 거야—그리고 결과를 얻는 거네. 돈을 물려받게 된단 말일세."

"그런 아주머니라도 있으면 좋게요." 재프가 가볍게 한숨을 쉬었다.

"어서 당신 계획이나 말씀해 보시죠. 당신 얘기는 동기가 있어야 한다는 거 아닙니까?"

"나는 이런 식으로도 생각해 보았네. 어떤 행위가 벌어졌어—살인이라는 행위가 말일세. 그럼 그 행위의 결과가 무엇일까? 그 결과를 여러 가지 측면에서 연구하면 우리는 문제에 대한 해답을 얻게 될 거네. 한 가지 행위에 대한 결과는 아주 다양하자—그 행위가 수많은 사람에게 영향을 끼치게 되는 거야. 나는 사건이 일어난 지 3주일이 지난 오늘에서야 그 결과를 열한 가지 경우로 나누어서 조사해 보았네."

포와로는 종이를 펼쳤다. 재프는 관심 있는 태도로 몸을 앞으로 기울여 포와로의 어깨너머로 훔쳐보았다.

제인 그레이 양; 결과— 일시적으로 향상. 수입 증가.

게일; 결과— 나쁨. 환자가 줄어듦.

호베리 부인; 결과— 좋음. 만일 CL 52인 경우.

커 양; 결과— 나쁨. 지젤 부인의 죽음으로 호베리 경이 부인과 이혼할 증거를 손에 넣기 어렵게 되었음.

"흠―." 재프가 그 목록을 자세히 들여다보았다.

"커 양이 백작을 좋아한다고 생각하시는 모양이군요. 아무튼 당신은 연애 사건을 들춰내는 데도 명수니까요."

포와로가 미소 지었다. 재프 경감은 다시 그 목록 쪽으로 몸을 구부렸다.

클랜시 경; 결과— 좋음. 이번 살인사건을 주제로 책을 써서 돈을 벌게 될 것으로 기대.

브라이언트 박사; 결과— RT 362라면 좋음.

라이더; 결과— 좋음. 살인사건에 대한 기사를 써서 돈을 받았음. 그 돈으로 회사의 어려운 고비를 넘김. 라이더가 XVB 724라면 역시 좋음.

아르망 뒤퐁; 결과— 아무 영향 없음.

장 뒤퐁; 결과— 아버지와 똑같음.

미첼; 결과— 영향 없음.

데이비스; 결과— 영향 없음.

"이것이 무슨 도움이 된다고 생각합니까?" 재프가 의심스럽다는 듯이 물었다.

"'모르겠음. 모르겠음. 말할 수 없음.'이라고 써서는 아무 소용이 없죠"

"분명하게 구분이 되잖나." 포와로가 설명하기 시작했다.

"네 가지 경우—곧 클랜시, 그레이 양, 라이더, 그리고 호베리 부인은 좋은 쪽의 결과가 있지. 그리고 게일과 커 양은 나쁜 쪽으로 결과가 있네. 네 가지 경우 중에 결과가 없는 경우도 있지. 브라이언트 박사만은 결과가 없거나 아니면 분명한 이득이 있을 거네."

"그래서요?" 재프 경감이 물었다.

"그래서—계속 조사해 봐야 한다는 거지." 포와로가 말했다.

"아무 근거도 없이 말입니까?" 재프 경감이 시무룩하게 말했다.

"사실 파리에서 알아내고 싶은 것에 대한 연락이 오기 전까지 우리는 수사를 지연시킬 수밖에 없습니다. 조사해야 할 사람은 지젤 부인이니까요. 나 같으면 그 하녀에게서 푸르니에보다 더 많은 걸 알아냈을 겁니다."

"글쎄—그랬을까. 이 사건에서 가장 중요한 건 죽은 여자의 성격일세. 친구도 없고, 친척도 없고—말하자면 개인적인 생활이 전혀 없는 여자. 젊어서 사랑에 빠졌다가 상처를 입고는, 단단한 손으로 마음의 창문을 닫아 버린 여자. 그러고는 끝이었네. 사진도 없고, 유품도 없고, 패물 한 가지 없는 여자. 마리 모리소가 지젤 부인이라는 고리대금업자로 변신한 거네."

"그녀의 과거에서 실마리를 찾아낼 수 있을 거라고 생각하십니까?"

"찾아낼 수도 있지."

"그럼, 그걸 한번 조사해 보시죠. 이 사건에는 실마리라고는 한 가지도 밝혀지지 않았으니까요."

"오, 이보게, 왜 실마리가 없다는 건가?"

"물론—대롱이 있긴 하죠"

"아니, 대롱 말고—."

"그럼, 무슨 실마리가 있다는 겁니까?"

포와로는 미소 지으면서 말했다.

"클랜시의 소설 제목 같은 이름을 붙여 볼까:《왕벌의 실마리》,《승객 소지품 속의 실마리》,《여분의 커피 스푼의 실마리》."

"아주 많은 궁리를 하셨군요." 재프는 부드럽게 말했다.

"《여분의 커피 스푼의 실마리》란 게 도대체 뭡니까?"

"지젤 부인의 커피 받침접시에 스푼이 두 개 있었던 걸 말하는 걸세."

"그건 결혼을 뜻하는 건데요."

"이 사건에서는―장례식을 말해 주는 걸세." 포와로가 말했다.

제22장

제인의 새로운 직업

'협박 사건'을 끝낸 뒤 노먼 게일과 제인, 그리고 포와로는 함께 저녁식사를 했다. 노먼은 더 이상 '로빈슨' 역할을 하지 않아도 된다는 말에 한숨을 돌렸다.

"그 선량한 로빈슨은 죽었소." 포와로가 잔을 들어 올리면서 말했다.

"그의 명복을 위해서ㅡ."

"편히 잠드소서." 노먼이 웃으면서 말했다.

"어떻게 되었어요?" 제인이 포와로에게 말했다.

그는 그녀에게 미소를 지어 보였다.

"내가 알고 싶은 걸 알아냈습니다."

"그녀가 지젤 부인과 관계가 있었나요?"

"그렇습니다."

"그녀와 얘기해 본 결과 더욱 분명해졌죠." 노먼이 말했다.

"그렇지." 포와로가 말했다.

"하지만, 나는 좀더 자세한 얘기를 듣고 싶었습니다."

"그래서 알아냈습니까?"

"알아냈소."

두 사람이 호기심 어린 표정으로 포와로를 쳐다보자, 그는 귀찮다는 얼굴로 직업과 인생과의 관계에 대해 얘기를 늘어놓았다.

"사람들이 흔히 얘기하는 것처럼 자기가 현재 직업에 맞지 않는다고 하는 생각은 잘못된 것 같습니다. 남들이 뭐라고 하든 많은 사람이 자신이 원하는 직업을 선택하니까요. 사무실에 근무하는 사람 중에는 이렇게 말하는 사람이 있습니다. '나는 먼 나라로 가서 거친 생활을 하는 탐험가가 되고 싶어.' 하지만, 그는 그런 얘기를 다룬 소설을 읽기 좋아할 뿐, 사실은 안전하고 적당히 안락한 사무실의 의자에 앉아 있는 걸 더 좋아합니다."

"선생님 말씀대로라면—." 제인이 말했다.

"제가 외국여행을 하고 싶어하는 건 진심이 아니고—여자들의 머리나 매만 져주는 게 제 천직이라는 거 아닌가요, 예?"

포와로는 그녀를 보며 미소 지었다.

"당신은 아직 젊습니다. 젊은 사람들은 이것저것 해보려고 애쓰죠. 하지만, 결국에 가선 어떤 일에 정착하게 되고, 그것이 그 사람이 선택한 인생이 되는 겁니다."

"제가 부자가 되고 싶어한다면요?"

"오, 그건 좀 어려운 일인데요!"

"나는 그렇게 생각하지 않습니다." 게일이 말했다.

"내가 치과의사가 된 건 우연이었으니까요—내가 선택한 것이 아니죠. 우리 아저씨가 치과의사였는데, 그분은 내가 자기와 함께 일하기를 바랐습니다. 하 지만, 나는 세계 곳곳을 돌아다니며 모험을 하고 싶었습니다. 그래서, 치과의 사 공부를 그만두고 농사를 지으러 남아프리카로 갔었죠. 그런데, 거기에도 문 제가 있더군요—나는 농사 경험이 없었으니까요. 그래서 할 수 없이 다시 돌 아와서 아저씨의 뜻에 따라 치과의사가 되었죠."

"그런데, 또 치과병원을 집어치우고 캐나다로 떠날 생각입니까? 혹시 영토 확장병에라도 걸린 게 아닙니까?"

"이번에는 어쩔 수 없이 그렇게 해야만 하는 상황입니다."

"아, 그래요, 사람들은 자신이 하고 싶은 일인데도 억지로 해야 하는 경우가 종종 있죠."

"저한텐 여행이 힘들지 않아요." 제인이 바라기라도 하듯이 말했다.

"여행이라도 하게 되면 정말 좋겠어요."

"좋습니다. 그렇다면, 지금 이 자리에서 내가 한 가지 제안을 하죠. 나는 다 음 주에 파리로 가는데, 괜찮다면 내 비서로 동행해 주지 않겠소? 보수는 넉 넉히 드리지."

제인은 고개를 흔들었다.

"저는 앤터니 미용실을 그만둘 수 없어요. 좋은 일자리거든요."

"내 비서도 아주 좋은 자리요."

"그렇겠죠. 하지만, 그건 일시적인 자리잖아요."

"나중에도 똑같은 일을 하도록 내가 주선해 주겠소."

"고마워요. 하지만, 저는 그런 모험을 하고 싶진 않아요."

포와로가 그녀를 바라보며 야릇한 미소를 지었다.

사흘 뒤 포와로에게 전화가 걸려왔다.

"포와로 씨─." 제인이었다.

"그 일을 아직도 할 수 있을까요?"

"물론이오. 나는 월요일에 파리로 갑니다."

"정말이세요? 그럼 저도 함께 갈 수 있는 건가요?"

"그렇고말고. 그런데, 어떻게 마음이 변했는지 궁금하군요."

"앤터니와 한바탕 했어요. 사실은 제가 손님에게 짜증을 냈거든요. 그 여자는─정말. 글쎄, 전화로는 모든 걸 말씀드리지 못하겠어요. 하여간 참지 못하고 손님에게 마구 퍼부어댔어요. 제가 속으로 생각하고 있던 걸 몽땅 말해 버렸죠."

"넓고 거대한 공간이 열려 있다는 생각에 그렇게 행동한 게 아닐까요?"

"무슨 말씀이세요?"

"당신의 마음이 다른 데에 가 있었다는 말입니다."

"제 마음이 아니라 제 혀가 미끄러졌던 거예요. 그래도 재미있던걸요─그 여자의 눈이 자기가 데리고 다니던 그 고약한 중국산 개의 눈처럼 변하더니, 마치 제 귓속으로 떨어질 것만 같았어요. 조만간 다른 일자리를 구해야 하긴 하겠는데, 먼저 파리에 가고 싶어요."

"좋습니다, 그렇게 합시다. 할 일은 파리로 가면서 말해 주겠소."

제인이 반대했기 때문에 포와로와 그의 새 비서는 비행기를 타지 않았다. 지난번의 불쾌한 여행이 그녀의 신경을 불안하게 만들었던 것이다. 그녀는 색바랜 검은 옷을 입고 축 늘어져 있던 시체의 모습을 다시는 떠올리고 싶지 않았다……

칼레(도버 해협 연안의 프랑스 도시)에서 파리로 가는 도중에 두 사람만이 선실에 있게 되자, 포와로가 제인에게 계획을 설명해 주었다.

"파리에 가면 내가 만나야 할 사람이 몇 명 있소 티보 변호사, 파리경시청의 푸르니에 싸—그는 우울해 보이는 인상이긴 하지만 총명한 사람이지. 또, 뒤퐁 씨 부자도 만나야 하고 제인 양, 내가 아버지 뒤퐁 씨를 만나고 있는 동안 당신은 아들을 맡아야 하오. 당신은 매력적이고 아름다우니까—아마 뒤퐁 씨도 심리에서 당신을 본 걸 기억하고 있을 게요."

"얼마 전에 그 사람을 만났어요." 제인이 약간 얼굴을 붉히면서 말했다.

"그래요? 어떻게 만나게 되었소?"

제인은 좀더 붉어진 얼굴로 코너 하우스에서 두 사람이 만나게 된 상황을 설명해 주었다.

"좋습니다, 아주 훌륭해요. 하, 내가 당신을 파리로 데려오길 잘했구먼. 이제부터 내 얘기를 잘 들어요, 제인 양. 그 젊은이를 만나면 될 수 있는 대로 지젤 부인 사건에 대해서는 얘기하지 말아요. 하지만, 장 뒤퐁이 먼저 얘기를 꺼내면 피할 필요는 없어요. 그리고 직접적으로는 말하지 말고 호베리 부인이 범인으로 의심받고 있다는 걸 전해 주었으면 좋겠소. 또, 내가 파리에 온 이유는 푸르니에 씨와 의논도 하고, 호베리 부인이 죽은 여자와 거래했다는 사실을 특별히 조사하기 위해서라고 말하시오."

"가엾은 호베리 부인—그녀를 구실로 대시는군요!"

"그런 여자는 내가 좋아하는 타입이 아니니까. 좋소, 이번 한 번만 이용하기로 합시다."

제인은 잠시 머뭇거리다가 입을 열었다.

"젊은 뒤퐁 씨에게 혐의를 두고 있는 건 아니겠죠, 설마?"

"아니, 그렇진 않아요. 나는 단지 정보가 필요한 것뿐이오."

포와로는 그러면서 그녀를 날카롭게 바라보았다.

"당신은—그 젊은이에게 매력을 느끼는 모양이로군? 하긴 매력적인 친구죠."

제인은 그 말에 소리 내어 웃었다.

"아니에요, 저는 그렇게 느끼지 않아요. 그는 그저 단순하고 친절한 사람일

뿌이에요.”

“그렇습니까—단순한 사람이라고요?”

“예, 단순한 사람이에요. 그건 아마 그가 세속을 떠나 생활하기 때문이겠죠.”

“그렇지.” 포와로가 말했다.

“그는—말하자면, 남의 치아를 만지지도 않고, 대중의 영웅이 치과용 의자에 앉아 부들부들 떨고 있는 모습을 보고 환멸을 느낀 적도 없을 테니까요.”

제인이 큰소리로 웃었다.

“노먼은 아직 대중의 영웅을 환자로 끌어들이진 못했을 거예요.”

“그가 캐나다로 간다는 건 시간 낭비입니다.”

“이제는 뉴질랜드로 바뀌었어요. 제가 그곳 기후에 잘 적응할 수 있을 거라고 하더군요.”

“여하튼 그는 애국자입니다. 대영제국의 자치령에서 벗어나지 않는 걸 보면 —.”

“저는 그렇게 되지 않았으면 좋겠어요.” 제인이 말했다.

그녀는 호기심 어린 눈으로 포와로를 물끄러미 쳐다보았다.

“이 파파 포와로를 믿는다는 뜻이오? 오—당신에게 약속한 대로 나는 최선을 다할 거요. 하지만, 나는 말입니다, 마드모아젤, 어떤 인물이 아직 주목받고 있지 않다는 느낌이 아주 분명하게 든다오. 아직 연기하고 있지 않은 어떤 역할이 숨겨져 있다는 느낌 말이오.”

그는 이맛살을 찌푸리며 고개를 내저었다.

“마드모아젤, 이 사건에는 우리가 아직 모르고 있는 요소가 있어요. 모든 것이 그걸 가리키고 있지…….”

파리에 도착한 지 이틀째인 날, 에르퀼 포와로와 그의 비서는 작은 레스토랑에서 뒤퐁 부자와 함께 저녁식사를 했다.

제인은 아버지 뒤퐁도 아들 못지않게 매력적인 사람이라는 인상을 받았다. 하지만, 그녀는 그와 얘기를 나눌 기회를 얻지 못했다. 포와로가 처음부터 완전히 그를 독점하고 있었기 때문이다. 장은 런던에서 그녀가 느꼈던 대로 호감이 가는 사람이었다. 매력적이고 소년 같은 성격이 그녀의 마음에 들었다. 그는 역시 단순하고 친절한 사람이었다.

제인은 웃으면서 그와 얘기를 나누면서도 두 노인이 나누는 대화에 귀를 쫑긋 세우고 있었다. 그녀는 포와로가 필요한 정보가 무엇인지 알지 못했다. 그녀가 들은 바론, 두 사람은 살인사건에 대해서는 한마디도 꺼내지 않았다. 포와로는 상대방이 과거의 얘기를 꺼내도록 유도하고 있었다. 페르시아에 대한 그의 고고학자로서의 관심은 아주 심오하면서 진지했다. 뒤퐁은 저녁시간을 아주 즐겁게 보내고 있는 것 같았다. 사실 포와로만큼 총명하고 마음이 맞는 상대를 만나기도 좀처럼 어려운 일일 것이다.

누구의 제안인지 확실하진 않았지만, 두 젊은이는 영화를 보러 나갔다. 두 사람이 나가자, 포와로는 의자를 식탁 쪽으로 바싹 끌어당기면서 고고학 연구에 좀더 구체적으로 관심을 나타내 보였다.

"이해하겠습니다." 포와로가 말했다.

"요즘 같은 불경기 때에 충분한 기금을 모은다는 건 어려운 일이죠. 개인적인 기부도 받으십니까?"

뒤퐁이 웃으며 말했다.

"사실 우리는 그것 때문에 무릎을 꿇고 간청하다시피 한답니다! 발굴 작업이란 게 사람들의 흥미를 끄는 일이 아니니까요. 사람들은 아주 극적인 결과를 원하죠. 특히 금을 좋아한답니다—그것도 아주 많은 양의 금이 나와야 좋아하죠! 도기에 대한 일반인들의 관심은 놀랄 정도로 적습니다. 도기는—도자기엔 인류의 모든 낭만이 나타나 있습니다. 모양이라든가 결로 표현되는 거죠."

뒤퐁은 계속 설명해 나갔다. 그는 포와로에게 B 씨의 허울 좋은 연감과 L 씨의 범죄적인 연대 착오, 그리고 G 씨의 비과학적인 성층(成層)에 현혹되지 말라고 충고했다. 포와로는 이런 저명 학자들의 연감에 절대로 현혹되지 않겠다고 약속했다.

그러고 나서 포와로가 말했다.

"저—5백 파운드를 기부금으로 내도 될까요?"

뒤퐁은 너무 흥분한 나머지 식탁을 엎을 뻔했다.

"당신이—당신이 내시겠다는 겁니까? 우리에게요? 연구보조비로? 오, 정말 놀라운 일입니다! 우리가 받은 개인 기부금으로서는 가장 많은 액수입니다."

포와로가 잔기침을 했다.

"그런데 한 가지—부탁이 있습니다."

"오, 기념품 말입니까. 도기 몇 점을 드릴까요?"

"아니, 그런 게 아닙니다."

포와로는 뒤퐁이 말을 잇기 전에 얼른 말을 꺼냈다.

"내 비서를—방금 여기에 있었던 그 아가씨 말입니다. 당신의 발굴대에 참가시켰으면 하는데요."

뒤퐁은 뜻밖의 부탁이라는 눈치였다.

"글쎄요—." 그는 수염을 어루만지며 말했다.

"아마 가능할 겁니다. 하지만, 아들과 의논해 봐야겠군요. 조카 부부도 함께 가기로 했거든요. 가족으로 이루어진 발굴대인 셈이죠. 아무튼, 장에게 얘기해 보겠습니다."

"그레이 양은 도기에 굉장한 관심을 갖고 있습니다. 과거라는 게 그 처녀에게 커다란 매력을 주는 모양이더군요. 그리고 발굴 작업을 하는 것이 평생의 꿈이라나요. 아마 그녀는 양말을 꿰매고 단추를 다는 일도 아주 잘할 겁니다."

"필요한 인물이군요."

"그렇죠? 이제 스사의 도기에 대해서 설명해 주실 차례로군요—."

뒤퐁은 스사 1과 스사 2에 대한 자기 나름대로의 이론을 신바람이 나서 설명하기 시작했다.

포와로가 호텔에 도착했을 때, 제인과 장은 작별인사를 나누고 있었다.

엘리베이터를 타고 올라가면서 포와로가 제인에게 말했다.

"당신을 위해서 아주 재미있는 일자리를 마련해 놓았소. 봄에 뒤퐁 씨 일행과 함께 페르시아로 가는 거요."

제인이 물끄러미 그를 쳐다보았다.

"머리가 어떻게 되신 거 아니에요?"

"아주 즐거운 표정으로 쾌히 승낙할 줄 알았는데 뜻밖이로군."

"전 페르시아에 가고 싶지 않아요. 그때쯤이면 노먼과 함께 머스웰힐이나 뉴질랜드에 있게 될 거예요."

포와로가 부드럽게 눈을 깜박거리며 말했다.

"이것 봐요, 내년 3월까지는 아직 몇 달이나 남아 있소. 기뻐한다고 해서 꼭 간다는 뜻은 아니오. 사실은 나도 기부금을 낸다고 말하긴 했지만, 아직 수표에 서명하지도 않았소! 어쨌든 내일 아침에 근동지방의 선사시대 도기에 대한 안내서를 구해다 주겠소. 당신이 발굴 작업에 굉장한 관심을 갖고 있다고 말해 놓았거든."

제인은 한숨을 내쉬었다.

"선생님의 비서가 된다는 건 명목만이 아니었군요, 그렇죠? 그밖에 또 무슨 말씀을 하셨죠?"

"단추도 잘 달고, 떨어진 양말도 잘 꿰맨다고 했지."

"그것도 내일 보여줘야 하는 건가요?"

"아마 그래야 할 거요." 포와로가 말했다.

"그 사람들이 내 부탁을 받아들인다면!"

제23장

안느 모리소

다음 날 아침 10시 반쯤 우울한 얼굴로 푸르니에가 포와로를 찾아왔다. 그는 자그마한 몸집의 벨기에인과 다정하게 악수를 나누었다.

그의 태도는 이전에 비해선 훨씬 생기 있어 보였다.

"포와로 씨ㅡ." 푸르니에가 말했다.

"당신에게 할 얘기가 있습니다. 이제야 당신이 런던에서 대롱을 발견했을 때 한 말을 깨달았습니다."

"그렇습니까!" 포와로의 얼굴이 밝아졌다.

"그렇습니다ㅡ." 푸르니에가 의자에 앉으며 말했다.

"나는 계속 당신이 한 말을 생각해 보았습니다. 그러면서 혼잣말로 이렇게 되풀이했죠. '사건은 우리가 생각하는 것처럼 절대로 일어나지 않았어.' 그리고 드디어ㅡ내가 되풀이한 말과 당신이 대롱을 찾아내면서 한 말 사이에서 어떤 연관성을 알아냈습니다."

포와로는 주의 깊게 듣고 있긴 했지만, 아무 대꾸도 하지 않았다.

"그날 런던에서 당신은 이렇게 말씀하셨습니다. '대롱은 환기통으로 버릴 수도 있었을 텐데 왜 발견되었을까?' 나는 이제 그 대답을 알아냈습니다. 그 대롱은 범인이 원했기 때문에 발견된 겁니다."

"훌륭합니다."

"당신 생각도 바로 그거였죠? 좋습니다, 나도 그렇게 생각했습니다. 그러고 나서 한 걸음 더 나아가, '범인은 왜 대롱이 발견되기를 바랐을까?' 하고 생각해 보았죠. 그리고 그 질문에 대한 대답도 얻어냈습니다. '범인이 그 대롱을 사용하지 않았기 때문'이죠."

"훌륭합니다! 정말 훌륭합니다! 내 생각도 바로 그겁니다."

"나는 또 이렇게 생각했습니다. '독이 묻은 침은 사용되었지만 대롱은 사용되지 않았다.' 범인은 다른 도구를 이용해서 침을 공중으로 날려 보냈겠죠—남자나 여자가 정상적인 방법으로 입술에 갖다대어도 주목받지 않을 만한 무언가로 말입니다. 그 순간 나는 당신이 고집스럽게 승객들의 짐과 개인적인 사항에 대해 목록을 작성했던 게 떠올랐습니다. 거기엔 특별히 내 관심을 끄는 사항이 두 가지 있었죠—호베리 부인이 물부리를 두 개 갖고 있었다는 것과 뒤퐁 부자의 탁자에 쿠르드산 파이프가 여러 개 놓여 있었다는 겁니다."

푸르니에는 잠시 말을 멈추고 포와로를 쳐다보았다. 포와로는 대꾸도 하지 않았다.

"이 두 가지 물건은 주위 사람의 시선을 받지 않고서도 자연스럽게 입술에 갖다댈 수 있습니다……그렇잖습니까?"

포와로는 머뭇거리다가 입을 열었다.

"정확하게 생각했군요. 어서 계속 하십시오. 그리고 왕벌이 있었다는 걸 잊지 마십시오."

"왕벌이라고요?" 푸르니에는 깜짝 놀란 표정을 지었다.

"그게 좀 어렵습니다. 그 왕벌이 어디로 들어왔는지 아직 알아내지 못했거든요."

"알아내지 못했다고요? 하지만 그건—"

전화벨이 울리는 바람에 그의 말이 끊어졌다.

포와로는 수화기를 집어들었다.

"여보세요. 오, 안녕하십니까. 내가 바로 에르큘 포와로입니다."

그는 한쪽으로 푸르니에게 말했다.

"티보 변호삽니다—"

"예—예, 그렇습니다. 좋습니다. 당신은? 푸르니에 씨? 오, 그는 벌써 와 있습니다. 지금 여기에 있어요."

그는 수화기를 아래로 내리고서 푸르니에에게 말했다.

"당신을 만나러 경시청으로 가려고 했다는군요. 그런데 사람들이 나를 만나러 여기로 갔다고 말해 준 모양입니다. 어서 받아 보시오. 굉장히 흥분해 있는

데—."

푸르니에가 수화기를 받아들었다.

"여보세요—여보세요. 예, 푸르니에입니다. 무슨 말입니까……뭐라고요……
정말입니까? 예, 그렇습니다. 예……예……함께 가죠. 당장 가겠습니다."

그는 수화기를 내려놓고 포와로를 쳐다보았다.

"딸이 나타났답니다, 지젤 부인의 딸 말입니다."

"뭐라고요?"

"유산을 청구하기 위해서 나타났다는군요."

"지금까지 어디에 있었답니까?"

"미국에 있었던 모양입니다. 티보 씨는 그녀에게 11시 반쯤 다시 와달라고
했답니다. 우리가 그곳으로 와주었으면 하는군요."

"당연히 가야죠. 서둘러 갑시다……그레이 양에게 메모를 남겨 둬야겠군."

그는 이렇게 썼다.

> 몇 가지 일이 있어서 나가 봐야겠소. 장 뒤퐁 씨가 전화를 걸거나 찾
> 아오면 친절하게 대해 주시오. 단추와 양말 얘기는 해도 괜찮지만 선
> 사시대 도기 얘기는 하지 마시오. 그 사람은 당신에게 호감을 갖고
> 있긴 하지만 똑똑한 젊은이니까.
> 나중에 봅시다.
>
> 에르큘 포와로

"어서 갑시다." 포와로는 일어서면서 말했다.

"오랫동안 기다리던 순간입니다—나는 줄곧 그늘 속에 가려진 인물이 나타
날 거라고 기대하고 있었죠. 이제 곧 모든 게 밝혀질 겁니다."

티보는 아주 상냥하게 포와로와 푸르니에를 맞았다. 의례적인 인사가 오고
가고 나자, 변호사는 지젤 부인의 상속녀에 대한 얘기를 꺼냈다.

"어제 편지를 받았는데, 오늘 아침에 그 젊은 여자가 나를 찾아왔습니다."

"모리소 양은 몇 살입니까?"

"모리소 양은, 리처드 부인이라고 하는 게 옳겠군요―결혼했거든요. 스물네 살입니다."

"신원을 증명할 만한 서류를 갖고 왔습니까?" 푸르니에가 물었다.

"틀림없습니다." 그는 옆에 놓여 있는 서류철을 열었다.

"바로 이겁니다."

그건 조르즈 르망과 마리 모리소(두 사람 다 캐나다 퀘벡(캐나다 동부의 주) 출신이었다)의 결혼증명서 사본으로, 1910년으로 되어 있었다. 안느 모리소 르 망의 출생증명서도 첨부되어 있었다. 그리고 그 밖의 여러 가지 서류들이 있 었다.

"지젤 부인의 젊었을 때 생활을 분명하게 해주는 거로군." 푸르니에가 말 했다.

티보가 고개를 끄덕이며 말했다.

"마리 모리소는 이 르망이라는 남자를 만났을 때, 보모나 침모로 일하고 있 었던 모양입니다. 그런데 그 친구는 질이 좋지 않아서 결혼하자마자 그녀를 버렸고, 그래서 그녀는 처녀 때 성을 다시 쓰게 된 것 같습니다.

아이는 퀘벡의 마리 고아원에 맡겨져서 그곳에서 자랐습니다. 마리 모리소 는 곧 퀘벡을 떠나―아마 어떤 남자와 함께였을 겁니다만, 프랑스로 오게 되 었습니다. 그녀는 고아원으로 종종 돈을 보냈으며, 나중에는 아이가 스물한 살 이 되면 주라고 하며 거액의 돈을 보냈답니다. 그때 마리 모리소는 불규칙한 생활을 하고 있었으니까 개인적인 친분관계는 포기해야겠다고 생각했겠죠."

"그런데, 그녀는 어떻게 자기가 유산 상속자라는 걸 알게 되었습니까?"

"우리는 몇몇 신문에 조심스럽게 광고를 냈습니다. 그중의 하나를 마리 고 아원의 원장이 보았던 거죠. 원장은 리처드 부인에게 편지를 쓰거나 전보를 쳤던 모양입니다. 그때 그녀는 유럽에 있다가 막 미국으로 돌아가려던 참이었 다는군요."

"리처드는 어떤 사람입니까?"

"디트로이트 출신의 미국인 아니면 캐나다인인 것 같습니다. 의과용 기구를 제조한다는군요."

"그는 부인과 함께 오지 않은 모양이죠?"

"예, 그는 미국에 있답니다."

"리처드 부인이 자기 어머니의 죽음에 대해 알고 있는 게 없던가요?"

변호사는 고개를 저었다.

"그녀는 자기 어머니에 대해서 아무것도 알지 못했습니다. 고아원 원장에게서 얘기를 듣긴 했지만, 자기 어머니의 처녀 때 성도 기억하지 못하고 있더군요."

푸르니에가 말했다.

"그녀가 나타났다고 해서 사건 해결에 특별히 도움이 되는 것 같지는 않군요. 사실 나는 그녀가 도움을 주리라고는 생각지 않습니다. 내 생각은 그녀와는 아무 관계가 없는 거니까요. 내가 조사한 바로는, 세 사람으로 좁혀져 있거든요."

"네 사람이죠." 포와로가 말했다.

"네 사람이라고 생각하십니까?"

"네 사람이라는 건 내 생각이 아닙니다. 당신이 말한 이론에 따르면, 세 사람으로 제한시킬 수가 없어요." 그는 얼른 손가락으로 세어가면서 말했다.

"물부리개 두 개, 그리고 쿠르드산 파이프와 플루트가 있잖습니까. 플루트도 생각해야죠."

푸르니에는 탄성을 질렀다. 그때, 문이 열리고 나이 많은 직원이 들어와서 우물거리는 목소리로 말했다.

"부인이 오셨습니다."

"오—." 티보가 말했다.

"상속녀가 온 모양입니다. 들어오십시오, 부인. 이쪽은 파리경시청에서 나온 푸르니에 씨입니다. 당신 어머니 사건의 이쪽 나라 수사를 담당하고 있죠. 그리고 이분은 에르퀼 포와로 씨입니다. 이름을 들어보셨는지도 모르겠지만, 우리를 도와주고 계시죠. 그리고 여기는 리처드 부인입니다."

지젤 부인의 딸은 가무잡잡한 피부에 세련된 인상을 주는 젊은 여자였다. 그녀는 평범한 옷차림이었지만 퍽 말쑥해 보였다.

그녀는 작은 목소리로 반갑다는 인사를 하고 나서, 세 사람과 차례로 악수를 나누었다.

"제가 누구의 딸이라는 게 실감 나지 않아요. 지금까지 죽 고아로 자라왔으니까요."

그녀는 푸르니에의 질문에 상냥하게 대답하고는, 마리 고아원의 원장인 안젤리크 수녀에게 감사한다고 말했다.

"그분은 늘 제게 잘해 주셨어요."

"고아원에서는 언제 나왔습니까, 부인?"

"열여덟 살 때였습니다. 그때부터 저는 제 힘으로 벌어서 생활하기 시작했죠. 매니큐어 칠하는 일도 해봤고, 양장점에도 있어 봤어요. 그러다가 니스에서 남편을 만났어요. 그이는 미국으로 돌아가는 중이었어요. 그이는 사업관계로 다시 네덜란드로 갔다가 우리는 한 달 전에 로테르담에서 결혼했어요. 하지만, 불행하게도 다시 캐나다로 가야 한다는군요. 그래서, 저는 지금 기다리고 있는 중이에요—곧 그이에게로 가야죠."

안느 리처드의 불어는 유창했다. 그녀는 영국인이라기보다 프랑스인이었다.

"그 슬픈 소식은 어떻게 듣게 되었습니까?"

"신문에서 읽었어요. 하지만, 저는, 그것이—그 사건의 희생자가 제 어머니라는 건 전혀 알지 못했어요. 나중에 파리에 계신 안젤리크 수녀님이 보내주신 편지를 받고서, 티보 변호사의 주소와 어머니의 처녀 때 성도 알게 되었죠."

푸르니에는 생각에 잠겨 고개를 끄덕였다.

그들은 좀더 얘기를 나누었다. 하지만, 리처드 부인은 범인을 찾아내는 데 조금도 도움을 주지 못한다는 사실이 더욱 분명해졌다. 그녀는 자기 어머니의 생활이나 사업관계에 대해서 아무것도 알지 못했다.

그녀가 묵고 있는 호텔 이름을 물어보고 나서, 포와로와 푸르니에는 그녀와 작별인사를 나누었다.

"실망하신 모양이군요, 포와로 씨." 푸르니에가 말했다.

"그녀에게 뭔가 기대하고 계셨죠? 안느 모리소가 사기꾼일 것이라고 의심하셨습니까? 아니, 아직도 사기꾼이라고 의심하고 계신지도 모르겠군요."

포와로가 맥빠진 표정으로 고개를 흔들었다.

"아니, 난 그녀가 사기꾼이라고 생각지는 않습니다. 신원증명이 진짜인 것 같거든⋯⋯그런데 이상하단 말입니다. 전에 어디선가 만난 적이 있는 것 같기도 하고, 누군가가 연상되는 얼굴인데⋯⋯."

"죽은 여자를 닮은 게 아닐까요?" 푸르니에가 의심스러운 듯이 말했다.

"내가 보기에는 그런 것 같지는 않던데요."

"아나─그런 게 아닙니다. 누구인지 기억이 났으면 좋겠는데. 그녀의 얼굴은 분명히 누군가를 생각나게 합니다⋯⋯."

푸르니에가 호기심 어린 표정으로 그를 쳐다보았다.

"당신은 행방불명된 상속녀에게 관심이 많았었죠."

"그랬소." 포와로가 눈썹을 조금 추켜세우며 말했다.

"지젤의 죽음으로 이익을 본 사람도 있고 그렇지 않은 사람도 있는데, 그 젊은 여자는 엄청난 재산을 받게 됩니다."

"그렇죠─하지만, 우리는 어디에서 행운을 얻을까요?"

포와로는 잠시 대답이 없었다. 그는 무슨 생각에 골몰해 있다가 입을 열었다.

"그녀에게는 정말 엄청난 행운이죠. 나는 처음부터 그녀가 관련되었을 거라고 추측하고 있었습니다. 비행기에는 여자 세 명이 타고 있었는데, 그중 베니시아 커 양은 틀림없는 가문의 사람이지. 그럼, 나머지 두 사람은 어떨까? 엘리스 그랑디에에게 지젤 부인 딸의 아버지가 영국인일 거라는 얘기를 듣고 나서부터 나는 그 두 여자 중 누군가가 그 딸일지도 모른다고 생각해 왔습니다. 둘 다 나이도 대충 비슷했으니까. 호베리 부인은 과거가 분명하지 않은데다가, 코러스걸 출신으로, 예명으로 활동했었습니다. 그리고 제인 그레이 양은─언젠가 내게도 말했지만, 고아원에서 자랐습니다."

"오호!" 프랑스인이 말했다.

"그렇습니까? 재프 경감이 들으면 또 지나치게 생각하신다고 불평하겠군요."

"그 친구는 내가 일을 어렵게 만든다고 늘 탓하잖소."

"그렇습니까?"

"하지만, 사실은 그렇지 않아요. 나는 언제나 가장 간단한 방법으로 사건에 접근합니다! 그리고, 사실을 절대로 거부하지 않습니다."

"하지만, 실망하셨나 보죠? 안느 모리소에게서 더 많은 걸 알아낼 거라고 기대하셨잖습니까?"

그들은 포와로가 묵고 있는 호텔로 돌아왔다. 프런트 탁자에 놓여 있는 어떤 물건이 푸르니에게 오늘 아침에 포와로가 했던 말을 기억시켜 주었다.

"내 실수를 지적해 주셨는데도—" 푸르니에가 말했다.

"고맙다는 인사를 하지 않았군요. 사실 지금까지 나는 호베리 부인의 물부리 두 개와 뒤퐁 부자의 쿠르드산 파이프에만 신경 쓰고 있었습니다. 브라이언트 박사의 플루트를 생각하지 못한 건 정말 커다란 실수죠. 비록 그에게 많은 혐의를 두고 있지 않더라도 말입니다—"

"그 사람을 의심하진 않는군요?"

"예, 그는 그런 짓을 저지를 사람이 아닙니다."

그는 말을 멈췄다. 프런트 탁자 옆에 서서 직원과 얘기를 나누고 있던 남자가 플루트 상자를 들고 돌아섰던 것이다. 그는 포와로를 흘끗 쳐다보더니 안면이 있다는 표정을 지었다. 포와로가 앞으로 나아가자 푸르니에는 조심스럽게 뒷걸음질했다. 브라이언트 박사는 그를 쳐다보지도 않았다.

"브라이언트 박사." 포와로가 먼저 인사했다.

"포와로 씨."

그들은 악수를 나누었다. 그 사이에 브라이언트 박사 옆에 서 있던 여자는 엘리베이터 쪽으로 걸어갔다.

포와로는 재빨리 그 여자의 뒷모습으로 시선을 던지며 말했다.

"당신이 없으면 환자들이 치료를 받을 수 없잖습니까?"

브라이언트 박사가 미소를 지었다—누구나 잘 기억할 수 있는 우울한 듯하면서도 매력적인 미소였다. 그는 피로한 것 같았지만 아주 평온해 보였다.

"지금은 환자가 없습니다." 그러고는 작은 탁자 쪽으로 가면서 말했다.

"셰리주 한잔—어떻습니까, 포와로 씨? 아니면 다른 술로 할까요?"

"아니, 좋습니다."

두 사람은 의자에 앉았다. 의사는 주문을 하고 나서 천천히 얘기를 시작했다.

"이젠 환자가 없습니다. 그만두었으니까요."

"왜 갑자기?"

"갑자기가 아닙니다."

술잔이 탁자에 놓이는 동안 그는 말을 멈추었다. 그러고는 잔을 들어 올리면서 다시 말을 이었다.

"어쩔 도리가 없었습니다. 등록을 취소당하기 전에 스스로 그만둔 겁니다."

그는 부드럽고 아련한 듯한 목소리로 얘기를 계속했다.

"사람은 누구나 살아가면서 전환점이란 게 있기 마련입니다, 포와로 씨. 다시 말해서, 전환점에 서서 결정을 내려야 할 때가 있단 말이죠. 나는 내 직업에 만족하고 있었습니다. 그걸 포기한다는 건 나로서는 가슴 아픈 일입니다—정말 가슴 아픈 일이죠. 하지만, 다른 일이 있으니까요⋯⋯포와로 씨, 사람에게는 행복이라는 게 있죠."

포와로는 아무 말 없이 듣고만 있었다.

"어떤 여자가 있는데—내 환자였습니다. 나는 그 여자를 아주 사랑합니다. 남편이 있지만, 그녀를 몹시 괴롭힌답니다. 마약중독자라니까요. 의사들은 그런 것이 어떤 상태인지 알고 있죠. 하지만, 그녀는 돈이 없기 때문에 그와 헤어질 수도 없는 처지입니다⋯⋯. 한때는 나도 결정을 내리지 못했었죠—하지만, 이제 마음을 정했습니다. 그녀와 나는 케냐로 가서 새로운 생활을 시작할 겁니다. 그녀가 나와 함께 있으면서 자그마한 행복이라도 느끼게 된다면 더 이상 바랄 게 없습니다. 그녀는 너무 오랫동안 고통 속에서 지내왔어요⋯⋯."

그는 잠시 침묵을 지키고 있다가 좀 생기 있는 목소리로 말했다.

"어차피 사람들에게 널리 알려질 얘기이니까 말해 드리는 겁니다, 포와로 씨. 아무래도 당신이 먼저 알고 있는 게 좋겠죠."

"알겠습니다."

잠시 뒤에 포와로가 물었다.

"플루트를 갖고 있었던 것 같던데요?"

브라이언트 박사는 미소를 지으면서 말했다.

"이 플루트는, 포와로 씨, 가장 오래된 친구입니다⋯⋯모든 것이 사라져도

음악은 영원하죠"

그는 애무하듯이 플루트 케이스를 어루만지더니 자리에서 일어서면서 인사했다.

포와로도 따라 일어서면서 말했다.

"행운을 빌겠습니다, 브라이언트 박사—부인에게도"

포와로가 프런트에서 퀘벡으로 국제전화를 신청하고 있는데, 푸르니에가 다가왔다.

제24장

부러진 손톱

"이번에는 또 뭡니까?" 푸르니에가 큰소리가 물었다.

"아직도 그 상속녀에게 몰두하고 있는 모양이죠? 그게 당신의 선입견이니 말입니다."

"아니, 그렇지 않소 절대로 그렇지 않아요." 포와로가 말했다.

"하지만, 모든 일에는 순서와 방법이 있는 법입니다. 한 가지 일을 완전히 끝내고 나서 다음 일에 착수해야 하는 거죠."

그는 주위를 한 바퀴 둘러보았다.

"저기 제인 양이 있군. 함께 식사를 하시오 될 수 있는 대로 빨리 돌아올 테니까."

푸르니에는 마지못해서 제인과 함께 식당으로 들어갔다.

"그래요?" 제인이 흥미진진해하며 말했다.

"어떤 여잔데요?"

"보통보다 조금 큰 키에 검은색 머리칼을 가졌고, 턱이 뾰족한 여자입니다."

"여권이라도 보고 계시는 것처럼 정확하게 말씀하시는군요." 제인이 말했다.

"제 여권에는 너무 간단하게 써 있는 것 같아요. 모든 게 중간이고 보통이라고 기록되어 있거든요. 코—중간, 입—보통. 입을 어떻게 묘사할 수 있는지 모르겠어요. 이마—보통, 턱—보통, 이런 식이에요."

"하지만, 눈은 보통이라고 기록되어 있지 않을 겁니다." 푸르니에가 말했다.

"회색이긴 하지만, 눈에 띄는 색은 아니죠"

"글쎄요—누가 눈에 띄는 색이 아니라고 말하던가요?"

프랑스인이 식탁 쪽으로 몸을 구부리며 말했다.

그러자, 제인이 큰소리로 웃으면서 말했다.

"영어를 아주 잘하시는군요. 안느 모리소에 대해서 자세히 얘기해 주세요─미인인가요?"

"대단한 미인입니다." 푸르니에가 신중하게 말했다.

"이젠 안느 모리소가 아니라 안느 리처드랍니다. 결혼했거든요."

"그럼, 남편도 여기에 와 있나요?"

"그렇지 않습니다."

"왜 함께 오지 않았을까?"

"남편은 캐나다인가 미국에 있는 모양입니다."

푸르니에는 안느의 생활환경에 대해 설명해 주었다. 그가 얘기를 끝낼 때쯤 포와로가 돌아왔다. 그는 힘이 없어 보였다.

"왜 그러십니까?" 푸르니에가 물었다.

"고아원 원장인 안젤리크 수녀와 통화를 했소. 대서양 건너편에 있는 사람과 전화할 수 있다는 건, 생각해 보면 낭만적인 일이죠. 지구의 반 바퀴나 멀리 떨어져 있는 사람과 얘기를 나눌 수 있다니 말이오."

"전송사진도 마찬가지죠. 과학이란 위대한 낭만입니다. 그런데, 무슨 얘기를 하셨나요?"

"안젤리크 수녀와 통화를 했지. 그 수녀는 리처드 부인이 마리 고아원에서 자랄 때의 상황에 대해 우리에게 한 얘기가 모두 사실이라고 하더군요. 그리고 그녀의 어머니에 대해서도 얘기해 주더구먼. 그녀는 주류(酒類) 판매업을 하는 프랑스 남자와 함께 퀘벡을 떠났답니다. 그때 어린아이가 어머니의 영향을 받지 않은 게 다행이었다고 하더군요. 안젤리크 수녀는 지젤 부인이 타락의 길로 접어들고 있다고 생각한 겁니다. 지젤 부인은 돈을 규칙적으로 보내오긴 했지만, 한 번도 딸을 만나러 오지는 않았다는군요."

"오늘 아침에 들은 얘기 그대로군요."

"그렇지─좀더 자세하게 말했다는 것 외에는. 안느 모리소는 6년 전에 고아원을 떠나 매니큐어 칠하는 일 등을 하다가 나중에는 어느 귀부인의 하녀가 되었다는군요. 그래서, 퀘벡을 떠나 유럽으로 오게 된 모양이던데, 그녀는 편지를 자주 보내지는 않았지만, 안젤리크 수녀는 1년에 두 번 정도는 그녀의 소식을 들었답니다. 수녀는 신문에서 이번 사건 기사를 읽고 이 마리 모리소가 퀘벡에 살던 마리 모리소가 틀림없을 거라고 생각했다는군요."

"남편은요?" 푸르니에가 물었다.

"지젤 부인이 결혼한 이상 그 남편도 문제가 되지 않을까요?"

"내 생각도 그렇습니다. 그리고 그 문제 때문에 전화를 건 거죠. 불량배 같은 남편인 조르즈 르망은 1차 대전 초기에 죽었다는군요."

그는 잠시 말을 멈추었다가 무뚝뚝한 말투로 계속했다.

"방금 내가 무슨 말을 했죠? 맨 나중에 한 얘기 말고—그전에 뭐라고 했지? 무의식중에 중요한 사실을 말해 버린 것 같은데."

푸르니에는 될 수 있는 대로 정확하게 포와로가 한 말의 요점을 되풀이했지만, 작은 남자는 불안스러운 표정으로 고개를 흔들었다.

"아나—그게 아니오. 됐습니다—."

그는 제인을 쳐다보며 그녀를 얘기 속으로 끌어들였다. 식사가 끝나자 포와로는 휴게실에서 커피를 마시자고 했다.

제인은 좋다고 하면서 식탁 위에 놓여 있던 가방과 장갑 쪽으로 손을 뻗었다. 그리고 그 물건을 집어들다가 잠깐 멈칫했다.

"왜 그러죠, 마드모아젤?"

"오, 아무것도 아니에요." 제인이 웃으며 말했다.

"손톱이 걸렸어요. 줄로 다듬어야겠군요."

포와로는 갑자기 자리에 다시 앉아선, "이럴 수가 있나?" 하고 조용히 말했다. 나머지 두 사람이 놀란 표정으로 그를 빤히 바라보았다.

"포와로 씨? 무슨 말씀이세요?" 제인이 외치듯이 말했다.

"이제야—." 포와로가 말했다.

"왜 안느 모리소의 얼굴이 어디선가 본 것 같다는 느낌이 들었는지 알겠소. 살인사건이 있었던 날 비행기에서—나는 그녀를 보았습니다. 호베리 부인이 그녀에게 손톱줄을 가져오라고 했지. 안느 모리소는 바로 호베리 부인의 하녀입니다."

제25장

두려움

이 갑작스러운 말로 식당 테이블 앞에 둘러앉아 있던 세 사람은 거의 기절할 정도의 충격을 받았다. 사건의 새로운 문이 열리게 된 것이다.

그 비극적인 사건과 아무 관계도 없을 거라고 알고 있던 안느 모리소가 사건 현장에 있었다는 것이 밝혀졌다.

세 사람의 생각은 시시각각으로 바뀌었다.

포와로는 눈을 감고 고통스러운 듯이 얼굴을 찡그리며 미친 사람처럼 손을 휘둘렀다.

"잠깐만─잠깐만─." 포와로는 애원하듯이 말했다.

"이 일이 내 생각에 어떤 영향을 미치는지 알아봐야 합니다. 지나간 일들도 돌이켜 봐야 하고, 또 기억해 내야죠……. 신통찮은 위(胃) 속에서 온갖 저주가 소용돌이치는 바람에 난 정신이 없었단 말이오!"

"그녀가 비행기에 타고 있었단 말이죠……?" 푸르니에가 물었다.

"알겠습니다, 알겠어요."

"기억이 났어요. 키가 크고 머리칼이 검은 여자예요." 제인이 말했다.

그녀는 눈을 반쯤 감고 기억해 내려고 애쓰고 있었다.

"마들레느─호베리 부인이 이렇게 불렀어요."

"그래, 마들레느였지." 포와로가 말했다.

"호베리 부인은 그녀에게 뒤쪽에 있는 빨간색 가방을 가져오라고 했어요"

"그럼, 그녀가 자기 어머니 좌석을 지나갔다는 말입니까?"

푸르니에가 말했다.

"그렇습니다."

"동기와─." 푸르니에가 말하면서 커다랗게 한숨을 내쉬었다.

"기회가……모두 갖춰져 있군."

그때 푸르니에가 평소의 우울한 태도와는 달리 갑자기 격렬하게 식탁을 '꽝' 내리쳤다.

"그렇습니다!" 그가 큰소리로 외쳤다.

"왜 전에는 이런 말을 하지 않았습니까? 왜 그녀를 용의자에 포함시키지 않은 겁니까?"

"그건 이미 말했잖소—." 포와로가 피로하다는 듯이 말했다.

"내 신통찮은 위 때문이었다고."

"예, 예, 그건 알고 있습니다. 하지만, 다른 승객들은 아무렇지도 않았잖습니까—스튜어드들이나 다른 승객들이 말입니다."

"제 기억으로는—." 제인이 말했다.

"호베리 부인은 비행기가 이륙하고 나서 얼마 지나지 않았을 때 그녀를 불렀던 것 같아요. 비행기가 르아브르 공항을 떠나고 난 바로 다음이었을 거예요. 그러니까, 지젤 부인은 한 시간 정도는 분명히 살아 있었고, 사건은 그다음에 일어났어요."

"이상한 일이군." 푸르니에가 심각해져서 말했다.

"독의 효과가 한참 뒤에 나타날 수도 있나? 그렇다면……."

포와로는 신음소리를 내면서 머리를 숙이고 손으로 감쌌다.

"생각해야 합니다. 생각을 해야 해요……내 생각이 처음부터 완전히 잘못될 리는 없는데, 그렇잖소?"

"포와로 씨—." 푸르니에가 말했다.

"그런 일은 누구에게나 일어나는 겁니다. 내게도 있을 수 있고, 또 당신에게도 있을 수 있는 일이죠. 사람은 자존심을 버리고 자기 생각을 바꿔야 하는 경우도 있는 법입니다."

"그야 당연하지." 포와로가 인정했다.

"내가 어떤 한 가지 일에 너무 집착하는 건 사실이오. 나는 먼저 실마리부터 찾습니다. 그리고 일단 찾아내면 그걸 가지고 내 나름대로 생각해 보는 겁니다. 하지만, 만일 내가 처음부터 잘못 생각했다면—그것이 단순히 사건의 결과에 지나지 않는다면……그때는—그래요, 내가 틀렸다는 걸 인정해야겠구먼. 완전히 틀렸다고 말이오."

"당신도 이것이 사건의 중요한 전환점이 될 거라는 걸 반대하진 못할 겁니다." 푸르니에가 말했다.

"동기와 기회가 있는데—더 이상 또 무엇이 필요합니까?"

"없지. 당신 말이 모두 맞소. 그러나 독의 효과가 늦게 나타난다는 건 정말 이상한 일인데. 솔직히 말해서—불가능한 일이 아니오? 그러나, 독에서는 간혹 불가능한 일이 일어나기도 합니다. 특이체질이라는 것도 있으니까……."

포와로의 목소리는 점점 작아졌다.

"계획을 세워야겠습니다." 푸르니에가 말했다.

"우선은 안느 모리소가 눈치채지 못하도록 하는 게 중요한 일입니다. 지금 그녀는 당신이 자신을 알아본 걸 전혀 눈치채지 못하고 있거든요. 그녀는 자기가 상속자라고 주장하며 나타났습니다. 우리는 그녀가 묵고 있는 호텔도 알고 있고, 또 티보 변호사를 통해서 접촉할 기회도 있습니다. 법률상의 절차는 늦어지기 마련이니까요. 우리는 동기와 기회라는—제법 확실한 증거 두 가지를 모두 갖고 있습니다. 하지만, 안느 모리소가 뱀독을 갖고 있었다는 건 아직 증명해 내지 못했습니다. 또, 대롱을 사고 쥘르 페로를 매수한 의문의 미국인도 아직 밝혀내지 못했죠. 어쩌면 그 사람은 남편인 리처드일지도 모르죠. 그녀는 그가 캐나다인가 어디에 있다는 말만 했으니까 말입니다."

"당신 말대로—남편이……그래, 남편일 수도 있겠군. 오, 잠깐만—잠깐만!"

포와로는 손가락으로 관자놀이를 누르며 말했다.

"모두 잘못됐소. 내 회색의 작은 뇌세포가 질서 있고 체계적인 방법으로 움직이지 않았소. 아니, 내가 너무 성급하게 결론을 생각한 모양이오. 생각을 해 봐야겠어. 아니, 또 잘못됐군. 처음에 내가 생각한 것이 옳다면 다시 생각할 필요가 없겠자—"

그는 말을 멈췄다.

"그게 무슨 말씀이세요?" 제인이 물었다.

포와로는 잠시 동안 대답하지 않고 있었다. 한참 뒤에 관자놀이에서 손을 떼고 똑바로 앉더니 비스듬하게 놓여 있던 포크 두 개와 소금병을 똑바로 놓았다.

"논리적으로 생각해 봅시다." 포와로가 말했다.

"안느 모리소는 유죄이거나 무죄일 테지. 그녀가 무죄라면 왜 거짓말을 했을까? 그녀는 왜 자기가 호베리 부인의 하녀였다는 사실을 감췄을까?"

"글쎄요―왜 그랬을까요?" 푸르니에가 말했다.

"안느 모리소가 거짓말을 했으니까 일단 유죄라고 합시다. 여기에서 내 첫 번째 추측이 옳다고 생각해 보겠소. 그 추측은 안느 모리소가 유죄라는 것에 관계되는 것일까, 아니면 안느 모리소가 거짓말을 했다는 것에 관계되는 것일까? 그렇자―한 가지 전제가 주어져야겠군. 하지만, 이 사건에서―만일 그 전제가 옳다면, 그렇다면, 안느 모리소는 그 비행기에 타지 않았던 겁니다."

두 사람은 존경 어린 표정으로 포와로를 바라보았다. 하지만, 그건 좀 형식적인 관심이었다.

푸르니에는 생각했다.

'이제야 영국의 재프 경감이 하는 말을 이해하겠군. 이 사람은 늘 일을 어렵게 만든다고 했지. 단순한 문제를 가지고 꽤 복잡하게 생각하려고 해. 자기의 처음 생각과 합치되는 것처럼 꾸며놓을 뿐만 아니라, 직선적인 해결책도 받아들이려 하지 않는단 말이야.'

제인은 또 이렇게 생각했다.

'무슨 말을 하는 건지 통 모르겠어……왜 그녀가 비행기에 없었다는 거지? 그녀는 호베리 부인이 가는 곳이라면 어디든지 따라가야 하는 처지인데. 혹시 사기꾼이 아닐까…….'

갑자기 포와로가 거칠게 숨을 들이마셨다.

"물론 이건 하나의 가능성이오. 그리고 그걸 발견하는 것도 아주 간단할 겁니다."

포와로는 자리에서 일어났다.

"이번에는 또 뭡니까?" 푸르니에가 물었다.

"전화를 한 번 더 걸어 봐야겠소." 포와로가 대답했다.

"퀘벡으로 대서양 횡단 전화를 거는 겁니까?"

"이번에는 런던이오."

"런던경시청으로?"

"아니, 그로스베너 스퀘어의 호베리 부인이오. 그녀가 집에 있어야 할 텐데……."

"조심하십시오. 안느 모리소에게 우리가 조사하고 있다는 걸 눈치채이게 한다면 우리 일에 좋지 않을 테니까요. 무엇보다도 그녀가 우리를 경계하게 되면 곤란합니다."

"걱정하지 마시오. 나도 꽤 신중한 사람이니까. 아주 간단한 질문 한 가지만 할 겁니다—전혀 해가 되지 않는 질문이죠."

그는 미소를 지으면서 말했다.

"걱정이 된다면 함께 가도 괜찮습니다."

"아니, 아닙니다."

"함께 갑시다."

두 사람은 휴게실에 제인만 남겨 둔 채 자리를 떴다.

전화가 연결되기까지 시간이 좀 걸렸다. 포와로는 역시 행운의 사나이였다. 마침 호베리 부인은 집에서 점심식사하고 있었다.

"잘 됐군. 호베리 부인에게 에르퀼 포와로가 파리에서 전화를 걸었다고 전해 주시오."

잠시 시간이 지났다.

"호베리 부인입니까? 아니, 아니, 모두 잘 되고 있소. 그렇습니다. 중요한 일은 아니지만, 궁금한 게 있어서 말이오. 저, 부인이 비행기로 파리에서 영국으로 갈 때 하녀는 당신과 함께 비행기로 갑니까, 아니면 기차로 갑니까? 기차로 간다고요. 그럼 그건 특별한 경우였군요. 알겠습니다……틀림없습니까? 아, 그 하녀가 그만뒀다고요? 그렇군요. 갑자기 그만둔 거라고요? 천하고 배은망덕한 사람이라고요—? 그렇습니다. 아주 은혜를 모르는 사람이군요! 예, 예, 틀림없습니다. 아니, 걱정하지 마십시오. 그럼, 다음에 만납시다. 고맙습니다."

그는 수화기를 내려놓고 푸르니에게로 몸을 돌렸다. 그의 초록색 눈이 반짝거리고 있었다.

"호베리 부인의 하녀는 대개 기차나 배로 여행을 했답니다. 그런데 살인사건이 있었던 날엔, 호베리 부인이 마지막 순간에 마들레느도 함께 비행기로 가는 게 좋겠다고 결정을 내렸다는군요."

포와로는 푸르니에의 팔을 끌어당기며 말했다.

"서둘러야겠소. 그 여자가 묵고 있는 호텔로 갑시다. 내 생각이 옳다면—물론 옳다고 생각하지만, 이렇게 망설이고 있어서는 안 됩니다."

푸르니에는 물끄러미 그를 쳐다보았다. 그러나 그가 이유를 물어볼 틈도 주지 않고 포와로는 돌아서서 호텔 밖으로 이어지는 회전문 쪽으로 향하고 있었다. 푸르니에는 서둘러서 그의 뒤를 따랐다.

"이해할 수 없군요. 도대체 무슨 일입니까?"

마침 호텔 안내원이 택시 문을 열고 서 있었다. 포와로는 재빨리 올라타서 안느 모리소가 묵고 있는 호텔의 주소를 대주었다.

"빨리 좀 갑시다. 빨리요!"

푸르니에도 그의 뒤를 이어서 올라탔다.

"왜 이러시는 겁니까? 왜 이렇게 서두르는 겁니까?"

"조금 전에 말했잖소—만일 내 생각이 옳다면, 안느 모리소가 절박한 위험에 빠지게 되기 때문이오."

"뭐라고요?"

푸르니에는 자신의 목소리에 의심스러운 기색이 섞여 나오는 걸 어쩔 수가 없었다.

"걱정인데—." 포와로가 말했다.

"걱정이군. 빌어먹을, 이 택시가 왜 이렇게 기어가는 거지!"

그때 그들이 타고 있는 택시는 시속 40마일로 달리고 있었다. 더구나 운전사의 뛰어난 눈치 덕분에 다른 차들 사이를 이리저리 헤쳐나가고 있었다.

"이런 속도로 달리다가는 사고가 나기 십상인데."

푸르니에가 쌀쌀맞게 말했다.

"그건 그렇고, 그레이 양은 우리가 전화만 걸고 돌아오는 줄 알고 기다리고 있을 텐데요. 그런데 말 한마디도 없이 호텔을 나오다니, 너무 무례한 행동 아닙니까!"

"무례하고 무례하지 않고는—사느냐 죽느냐의 문제에 비하면 아무것도 아니오."

"사느냐 죽느냐?" 푸르니에가 어깨를 움츠렸다.

그는 속으로 생각했다.

'아무 일도 아닐 거야. 좌우간, 이 고집스러운 영감은 일을 모두 위태롭게 만드는 것 같단 말이야. 그녀가 우리에게 의심받고 있다는 걸 안다면—'

그는 설득하는 듯한 목소리로 말했다.

"포와로 씨, 이치에 맞게 생각해 봅시다. 우리는 지금 조심스럽게 행동해야 하는 입장입니다."

"아직도 내 말을 이해하지 못하고 있군." 포와로가 말했다.

"걱정인데—정말 걱정이오—."

택시는 안느 모리소가 묵고 있는 호텔 앞에 '끽!' 소리를 내며 멈춰 섰다.

포와로는 바쁘게 뛰어가다가 호텔에서 막 나오던 청년과 거의 부딪칠 뻔했다.

포와로는 갑자기 제자리에 서서 그를 쳐다보았다.

"안면이 있는 얼굴인데—어디에서 봤더라? 오, 그래—영화배우인 레이먼드 배러클러프야."

푸르니에는 호텔로 들어가는 포와로의 팔을 잡아당겼다.

"포와로 씨, 나는 당신의 방법에 존경과 찬탄을 보냅니다—하지만, 경솔한 행동을 해서는 안 된다고 생각합니다. 나는 프랑스에서 이 사건의 책임을 맡고 있는 사람입니다……."

포와로가 그의 말을 가로막았다.

"당신이 걱정하는 마음은 이해합니다. 하지만, 내가 경솔한 행동을 할까 봐—뭐 그런 건 두려워하지 않아도 돼요. 프런트에 가서 물어봅시다. 만일 리처드 부인이 아무 일도 없이 여기에 있다면 피해를 입지 않았다는 겁니다. 그러고 나서 앞으로의 행동을 의논해도 늦지 않소. 여기엔 반대하지 않겠죠?"

"물론, 거기엔 반대하지 않습니다."

"좋아요."

포와로는 회전문을 나와서 프런트로 걸어갔다. 푸르니에는 그를 따라갔다.

"여기에 리처드 부인이 묵고 있다고 알고 있는데?" 포와로가 말했다.

"지금은 없습니다. 여기에 묵고 있다가 오늘 떠나셨습니다."

"떠났다고?" 푸르니에가 물었다.

"그렇습니다, 선생님."

"언제 떠났소?"

직원이 시계를 힐끗 쳐다보았다.

"한 시간이 조금 넘었는데요."

"예고 없이 떠난 겁니까? 어디로 갔는지 아시오?"

직원은 그 질문에 표정을 굳히고는 대답하려 하지 않았다. 그러나 푸르니에가 신분증을 내보이자 그는 얼른 말투를 바꾸면서 힘닿는 데까지 도와주겠다고 했다.

그 부인은 주소를 남기지 않았으며, 그는 갑자기 그녀의 계획이 바뀌었기 때문에 떠났을 거라고 생각했다고 했다. 처음에는 1주일 정도 머물 것이라고 말했다는 거였다.

질문이 계속되었다. 안내 보이와 포터, 엘리베이터 보이가 불려왔다.

안내 보이의 말에 따르면, 어떤 남자 손님이 부인을 만나러 왔다는 거였다. 그녀는 나가고 없었는데, 손님은 그녀가 돌아올 때까지 기다렸다가 함께 점심 식사를 했다고 했다. 어떤 남자였느냐는 물음에, 미국인—전형적인 미국인이라고 대답했다. 그녀는 그를 보고는 깜짝 놀란 표정을 지었다고 했다. 점심식사를 끝낸 뒤, 부인은 짐을 내려주고 택시를 잡아 달라고 부탁했다는 것이다.

그녀가 어디로 갔는지 아느냐는 물음에, 북부역으로 간 것 같다고 대답했다. 택시 운전사에게 그렇게 말했다는 것이다. 미국인도 함께 갔느냐는 물음에, 그녀 혼자 갔다고 했다.

"북부역이라면—" 푸르니에가 말했다.

"영국으로 갔다는 말인데. 두 시에 떠나는 기차가 있죠. 하지만, 속임수일지도 모릅니다. 불로뉴(도버 해협 연안의 도시)로 전화도 해야 하고 택시도 잡아야 할 텐데."

포와로의 걱정이 그대로 푸르니에게 옮겨진 것 같았다.

프랑스인의 얼굴에 걱정스러운 빛이 떠올랐다. 그는 포와로와 함께 움직이면서 경찰기구를 신속하고 효과적으로 이용했다.

호텔 휴게실에서 책을 읽고 있던 제인이 자기 쪽으로 걸어오는 포와로의 모습을 본 것은 다섯 시쯤 되었을 때였다.

그녀는 화가 나서 뭐라고 한마디 하려고 하다가 그만 입을 다물었다. 포와로의 굳은 표정이 그녀의 말문을 막아버렸던 것이다.

"왜 그러세요? 무슨 일이 있었나요?" 그녀가 물었다.

포와로는 그녀의 두 손을 꼭 잡았다.

"인생이란 무서운 거요, 마드모아젤." 포와로가 말했다.

그의 말투에 제인은 가슴이 덜컥 내려앉았다.

"왜 그러세요?" 그녀는 다시 한 번 물었다.

포와로가 천천히 말했다.

"임항열차(철도와 선박을 연결하는 열차)가 불로뉴에 도착했을 때 1등실에서 어떤 여자의 시체가 발견되었소."

제인의 얼굴이 창백해졌다.

"안느 모리소인가요?"

"그래요. 그녀의 손에는 청산가리가 들어 있는 작은 유리병이 들려 있었소."

"오! 그럼, 자살인가요?" 제인이 말했다.

포와로는 한참 동안 대답하지 않고 있다가, 한 마디 한 마디에 주의를 기울이면서 말했다.

"경찰에선 자살이라고 하더군."

"선생님 생각은요?"

포와로는 의미 있는 몸짓으로 천천히 손을 펼쳐 보였다.

"그 밖에 다른 걸 생각할 수 있겠소?"

"안느 모리소가 자살했다—이유가 뭘까요? 양심의 가책 때문일까요, 아니면 발견되는 게 두려웠기 때문일까요?"

포와로가 고개를 흔들면서 대답했다.

"때에 따라서, 인생이란 아주 끔찍한 것일 수가 있습니다. 그렇기 때문에 사람에겐 용기가 필요한 거죠"

"자살하기 위해서 말인가요? 예, 저도 그렇게 생각했어요"

"살기 위해서도—역시 용기가 필요하다오." 포와로가 말했다.

제26장

저녁식사 뒤의 이야기

　다음 날 포와로는 파리를 떠났다. 제인은 처리해야 할 일들이 적힌 목록을 받고서 그대로 머물러 있었다. 하지만, 제인에겐 목록에 적힌 일들이 별 의미가 없는 것처럼 보였다. 그녀는 힘이 닿는 데까지 최선을 다해서 맡은 일을 해나갔다. 제인은 장 뒤퐁을 두 번 만났다. 장은 그녀가 참여하게 될 발굴대에 대해서 설명해 주었다. 제인은 포와로의 명령 없이는 그에게 사실대로 밝힐 수 없었으므로 어물쩍 화제를 바꾸었다.

　닷새 뒤에 제인은 영국으로 돌아오라는 내용의 전보를 받았다.

　런던의 빅토리아역에서 노먼을 만난 제인은 최근의 사태에 대해 의견을 나누었다. 자살 사건은 많이 알려지지 않았다. 신문에는 캐나다 여자인 리처드 부인이 파리발 불로뉴행 특급열차에서 자살했다는 기사가 짤막하게 실렸을 뿐이다. 비행기 살인사건과 연관시켜서는 한마디도 언급되지 않았다.

　노먼과 제인은 조금씩 들떠 있었다. 두 사람의 고통도 거의 끝나가고 있는 것 같았다. 하지만, 노먼은 제인만큼 쾌활해 보이지는 않았다.

　"경찰은 그녀가 자기 어머니를 죽인 거라고 의심하고 있을 거요. 하지만, 그녀는 이제 이 세상 사람이 아니니까 경찰에서도 그 사건에 더 이상 손대지 못할 거요. 딸의 범행이 증명되지 않는다면 우리 같은 불쌍한 인간에겐 아주 좋지 않은 일이지. 사람들의 눈에 우리는 영원히 의심 속의 인물로 남게 될 테니까!"

　노먼은 며칠 뒤에 피카딜리에서 만난 포와로에게도 똑같은 말을 했다.

　그 말에 포와로는 슬머시 미소 지었다.

　"다른 사람들과 똑같은 말을 하는군. 당신은 내가 아무 일도 못하는 늙은이라고 생각하겠지! 오늘 저녁에 나와 함께 식사를 합시다. 재프와 클랜시도 온다고 했소 그리고 나는 그 자리에서 아주 흥미로운 얘기를 몇 마디 할 거요."

저녁식사는 아주 유쾌하게 진행되었다. 재프는 조금 건방진 태도이긴 했지만, 우스갯소리를 잘했으며 노먼도 재미있어하는 표정이었다. 자그마한 몸집의 클랜시는 그 운명의 침을 발견했을 때처럼 흥분해 있었다.

포와로는 이 몸집이 작은 작가에게 감명을 주려고 애쓰고 있었다.

저녁식사가 끝나고 커피가 나오자, 포와로는 약간 난처해하는 듯하긴 했지만 당당한 태도로 목청을 가다듬었다.

"여러분, 여기 계신 클랜시 씨는 내 방법이 왓슨식이라며 관심을 나타내셨습니다. 정말 그렇습니까? 내 생각으론, 여러분이 지루해하지 않는다면ㅡ"

그는 의미심장한 표정으로 말을 멈추었다. 그러자, 노먼과 재프가 얼른 말했다.

"아니, 조금도 지루하지 않습니다. 오히려 흥미진진한걸요"

포와로가 말을 이어나갔다.

"그렇다면, 이번 사건에 대한 내 방법의 요지를 말씀드리죠"

그는 잠깐 말을 멈추고, 기록해 놓은 것을 슬쩍 보았다.

그때 재프가 노먼에게 작은 소리로 말했다.

"혼자서 공상에 빠져 있는 겁니다. 저것이 저 작은 사람의 나쁜 버릇이죠"

포와로는 나무라는 눈초리로 그쪽을 쳐다보며, "에헴!" 하고 큰기침을 했다.

세 사람은 예의상 관심 있는 듯한 태도로 포와로에게 주목했다. 그러자, 그는 다시 이야기를 시작했다.

"처음부터 시작하겠습니다, 여러분. 프로메테우스호가 파리에서 크로이던 공항을 향해 불운의 비행을 하고 있을 때로 거슬러 올라가겠습니다. 그 당시의 내 생각과 느낌까지 자세하게 말씀드리겠습니다ㅡ그리고 나중에 일어난 사건들에 비추어서 그 생각과 느낌을 어떻게 확신하게 되고 수정하게 되었는지도 말씀드리겠습니다.

크로이던 공항에 도착하기 바로 전에 브라이언트 박사는 스튜어드의 부탁을 받고 시체를 조사하러 갔습니다. 나도 그를 따라갔죠 그것이 왠지 내 일과 관계가 있는 것 같은 느낌이 들었기 때문이었습니다. 나는 죽음이라는 문제에 부딪히면 지나칠 정도로 직업의식을 갖게 되는 사람입니다. 내게 죽음은 두 가지로 구분되는데―내가 처리해야 할 죽음과 그렇지 않은 죽음이죠. 그중에 내가 처리할 필요가 없는 죽음이 훨씬 많은데도, 죽음이란 말만 들으면 나는 머리를 치켜들고 냄새를 맡는 개처럼 된답니다.

브라이언트 박사는 스튜어드가 걱정한 대로 그녀가 죽었다는 걸 확인했습니다. 그리고 사인에 대해서는 자세히 조사하지 않고서는 알 수 없다고 했지요. 그때 장 뒤퐁 씨가 왕벌에 쏘인 충격 때문에 죽었을지도 모른다고 했습니다. 이 말과 함께 그는 조금 전에 자신이 왕벌을 죽였다는 얘기를 해서 사람들의 주의를 끌었습니다.

그건 아주 그럴 듯한 얘기로서 누구나 수긍할 만한 것이었죠. 또, 죽은 여자의 목에는 자국이 있었는데―벌에 쏘인 자국과 아주 비슷했습니다. 그리고 사실 비행기 안에는 왕벌이 있었죠.

그런데, 그 순간 나는 운 좋게도 바닥에서 왕벌의 시체로 보이는 듯한 물건을 발견해 냈습니다. 사실 그건 노란색과 검은색의 보풀이 달린 원주민이 사용하는 침이었습니다.

그때 클랜시 씨가 나와서, 그건 원주민이 사용하는 것으로써, 대롱으로 불어서 쏘는 침이라고 했습니다. 여러분도 알다시피, 나중에 대롱도 발견되었습니다.

비행기가 크로이던 공항에 도착했을 때쯤에는 내 머릿속에서 몇 가지 생각이 움직이고 있었습니다. 이윽고, 단단한 대지 위에 발을 내려놓자 내 머리는 정상적으로 활발하게 움직이기 시작했죠"

"계속하십시오, 포와로 씨." 재프 경감이 싱긋 웃으면서 말했다.

"그렇게 겸손해하실 것 없습니다."

포와로는 그를 힐끗 쳐다보고 나서 말을 이었다.

"나는 한 가지 생각이 분명하게 떠올랐습니다―다른 사람들도 모두 마찬가지였을 겁니다. 범죄 수법이 대담하다는 것과 범행 순간을 아무도 보지 못했다는 놀랄 만한 사실이죠!

또, 내 관심을 끄는 사실이 두 가지 있었습니다. 하나는 왕벌이 나타난 시간이고, 다른 하나는 대롱이 발견되었다는 사실입니다. 심리에서 내가 재프에게 말했듯이, 범인은 그 대롱을 창문 환기통을 통해서 버릴 수도 있었습니다. 침은 출처를 알아내거나 확인하기가 어렵겠지만, 가격표의 조각이 붙어 있는 대롱은 문제가 다릅니다.

그렇다면 그 이유는 무엇일까요? 범인은 대롱이 발견되기를 바랐던 겁니다.

왜 그랬을까요? 오직 한 가지 대답만이 이론에 맞는다는 생각이 들었습니다. 독침과 대롱이 발견된다면 희생자는 대롱으로 불어서 쏜 침에 맞아 죽었을 것이라고 추측하게 될 거라는 사실이죠. 하지만, 사실 범인은 그런 방법으로 살인한 것이 아닙니다.

한편 의학적인 증거에 따르면, 사인은 틀림없는 독침이었습니다. 그래서, 나는 눈을 감고 자신에게 물어보았죠—경정맥에 독침을 꽂는 가장 정확하고 확실한 방법은 무엇일까? 그 대답은 바로 나왔습니다. 손으로 하는 거였죠.

그것으로써 대롱이 발견된 이유가 분명해졌습니다. 대롱은 거리를 암시해 주는 겁니다. 내 이론이 맞는다면, 지젤 부인을 죽인 사람은 그녀의 탁자 오른쪽으로 다가가서 그녀 쪽으로 몸을 기울였을 겁니다.

그렇게 한 사람이 있었을까요? 예, 두 사람이 있었습니다. 바로 스튜어드 두 사람이죠. 그 사람들이 지젤 부인에게 가까이 다가가서 몸을 구부렸다고 해도 아무도 이상하게 쳐다보지 않았을 겁니다.

그 밖에 다른 사람은 없었을까요?

예, 클랜시 씨가 그렇게 했습니다. 그는 그 객실의 승객 가운데 유일하게 지젤 부인의 좌석 옆을 지나간 사람입니다—그때 나는 그가 대롱과 침 얘기로 사람들의 주의를 끌었던 사람이라는 걸 기억해 냈죠."

클랜시가 벌떡 일어서서 외쳤다.

"그렇지 않아요, 그렇지 않다고요. 이건 모욕입니다."

"앉으시오." 포와로가 말했다.

"내 얘기가 아직 끝나지 않았습니다. 내가 결론에 도달하게 된 경위를 차근차근 설명해 주겠습니다.

나는 처음에 미첼, 데이비스, 클랜시 씨—이 세 사람을 용의자로 지목했습니다. 얼핏 보기에는 세 사람 모두 살인자처럼 보이지 않았지만, 나는 자세하게 조사해 보기로 했습니다.

다음으로 나는 왕벌이 쏘았을 가능성을 생각해 보았죠. 왕벌은 상당히 암시적인 대상물이었습니다. 먼저, 커피가 나오기 전에는 왕벌을 본 사람이 아무도 없다는 사실입니다. 아무래도 좀 이상하다는 생각이 들더군요. 나는 이 범죄에 대해서 한 가지 이론을 세워 보았습니다. 범인은 이 비극의 해결책을 두 가지로 제시하고 있습니다. 첫 번째는 가장 간단한 방법인데, 지젤 부인은 왕벌에 쏘여 심장마비로 죽었다는 거죠. 이 방법의 성공 여부는 범인이 침을 회수할수 있는 위치에 있느냐 없느냐에 달려 있습니다. 재프와 나는 쉽게 해낼 수 있다는 데에 의견을 모았습니다. 다만, 타살이라는 의심이 일어나지 않는 한 말입니다. 침의 끝에는 특이한 색깔의 실크 보푸라기가 달려 있었는데, 그건 왕벌과 비슷하게 보이기 위해서 분홍색이었던 걸 다른 색으로 물들인 것입니다.

다음으로 살인자는 희생자의 탁자로 다가가서 침을 찌르고 왕벌을 날려 보내는 겁니다! 독성이 워낙 강하기 때문에 희생자는 즉사했겠죠! 만일, 지젤 부인이 비명을 질렀다고 해도 비행기 소음 때문에 들리지 않았을 겁니다. 또, 소리가 들렸다고 해도 왕벌이 윙윙거리며 날아다닌 것이라고 설명되겠죠. 그 가엾은 여자는 왕벌에 쏘여 죽은 것이 되는 겁니다.

이것이 내가 말한 제1계획입니다. 그러나 독침을 범인이 회수하기 전에 누군가가 발견했다고 상상해 봅시다. 그 경우에는 사태가 걷잡을 수 없게 됩니다. 자연사라는 건 불가능한 얘기니까요. 대롱을 창문으로 버리지 않고 비행기를 수색할 때 발견되기 쉬운 곳에 놓아두는 겁니다. 그러면, 대롱이 범행의 도구라고 사람들이 추측하겠죠. 적정한 거리를 계산해 놓고, 대롱이 발견되면 미리 짜놓은 방향대로 사람들의 의심이 집중되는 겁니다.

나는 이번 범죄에 대한 이론을 세우고 세 명의 용의자를 내세웠습니다. 이제 거의 가능성이 없긴 하지만, 제4의 인물로 장 뒤퐁 씨를 살펴보겠습니다. 그는 '왕벌에 쏘여 죽었다'고 말했으며, 지젤 부인과 통로를 사이에 두고 아주 가깝게 앉아 있었기 때문에 사람들의 눈에 띄지 않고서도 쉽게 자리에서 움직일 수 있었을 겁니다. 그렇긴 하지만, 그 청년이 그런 위험한 행동을 저질렀으리라고는 생각되지 않습니다.

나는 왕벌 문제를 집중적으로 생각해 보았습니다. 만일, 범인이 왕벌을 가지고 비행기에 탔다가 심리적인 맹점의 순간에 날려 버렸다면—범인은 왕벌을 넣어둘 만한 작은 상자 같은 걸 갖고 있었을 겁니다.

그래서, 내가 승객들의 주머니와 가방 속에 든 물건에 대해 관심을 뒀던 겁니다.

그런데, 여기서 나는 전혀 예기치 못했던 사건의 진전을 맞게 되었습니다. 내가 찾고 있던 걸 발견해 낸 거죠—하지만 그건, 내가 보기에는 엉뚱한 사람에게서 나왔습니다. 노먼 게일 씨의 주머니에서 속이 빈 '브라이언트 메이' 성냥갑이 나온 겁니다. 하지만, 사람들도 증언했듯이 게일 씨는 통로 아래쪽으로 지나간 적이 한 번도 없습니다. 그는 화장실에 갔다가 자기 자리로 되돌아온 것뿐입니다.

겉으로는 불가능해 보이긴 했지만, 그건 게일 씨가 범죄를 저질렀을 수도 있다는 암시이기도 했습니다—그의 가방 안에 있던 내용물이 보여주듯이 말입니다."

"내 가방에서 말입니까?" 노먼 게일이 말했다.

그는 웃는 듯한 얼굴이기도 하고 난처해하는 듯하기도 한 표정을 짓고 있었다.

"나는 가방 안에 무엇이 들어 있었는지 기억하지 못하겠는데요."

포와로는 그에게 친절한 미소를 지어 보였다.

"잠깐만 기다리십시오. 그 점에 대해서도 첫 번째 생각을 얘기해 줄 테니까. 나는 가능성이라는 관점에서 범죄를 저지를 수 있는 사람으로 네 명을 꼽았습니다. 스튜어드 두 명과 클랜시 씨, 그리고 게일 씨죠.

여기서 나는 각각 다른 각도에서 사건을 살펴보았습니다. 바로 동기라는 각도에서죠. 만일, 동기와 가능성이 일치한다면 범인은 밝혀지는 겁니다! 그러나 유감스럽게도 나는 아무것도 찾아내지 못했습니다. 재프 경감은 내가 일을 복잡하게 만들어 놓는다고 탓했지만, 나는 아주 단순한 방법으로 이 동기라는 문제에 접근해 보았습니다. 지젤 부인이 죽게 된다면 누가 이익을 보게 될까? 그녀의 알려지지 않은 딸이 이익을 보겠죠—그 딸이 유산을 물려받게 되어 있었으니까. 또, 지젤 부인의 손아귀에 잡혀 있던 사람들도 이익을 보게 되겠죠. 지젤 부인에게 약점을 잡혀 있는 사람들 말입니다. 그걸 소거법으로 생각해 보았습니다. 비행기에 타고 있던 승객 중에서 확실하게 지젤 부인과 관계가 있는 사람은 단 한 명으로 밝혀졌습니다. 바로 호베리 부인이었습니다.

호베리 부인의 경우에 동기는 아주 분명합니다. 그녀는 그 전날 밤 파리에 있는 지젤 부인의 집으로 찾아갔습니다. 그녀는 아주 절박한 상태였기 때문에 애인인 젊은 배우를 미국인으로 가장시켜 대롱을 사게 하며—또 유니버설 항공사의 직원을 매수해서 지젤 부인이 12시 비행기를 타도록 합니다.

그런데 여기에는 두 가지 문제가 있습니다. 하나는 호베리 부인이 어떻게 범행을 저질렀는지 알아낼 수 없는 것이고, 또 하나는 스튜어드들과 클랜시 씨, 그리고 게일 씨가 범행을 저질렀다는 동기를 찾아낼 수 없다는 것이었습니다.

나는 마음 한구석으로는 지젤 부인의 알려지지 않은 딸인 상속녀에 대해서 곰곰이 생각하고 있었습니다. 혹시 내가 지목한 네 명의 용의자 중 결혼한 사람이 있을까—만일, 그렇다면 그 부인 중 한 사람이 안느 모리소가 아닐까? 그녀의 아버지가 영국인이었다면 그녀는 영국에서 자랐을 겁니다. 미첼 부인이 아니라는 것은 곧 밝혀졌죠. 그녀는 도싯 지방의 오래된 가문 출신이었으니까요. 또, 데이비스는 부모가 모두 살아 있는 어떤 처녀를 쫓아다니고 있었습니다. 그리고 클랜시 씨는 아직 결혼하지 않았으며, 게일 씨는 제인 그레이 양에게 푹 빠져 있었죠.

나는 아주 조심스럽게 그레이 양의 부모에 대해서 조사했습니다. 그녀와 잠깐 얘기를 나누고서, 그녀가 더블린 근처에 있는 고아원에서 자랐다는 걸 알아냈습니다. 하지만, 나는 이내 그레이 양이 지젤 부인의 딸이 아니라는 걸 확인할 수 있었습니다.

나는 조사 결과를 목록으로 만들어 보았습니다. 스튜어드들은 지젤 부인의 죽음으로 얻게 되는 것이 없었습니다. 다만, 미첼이 충격으로 고통스러워하고 있었을 뿐이죠. 클랜시 씨는 그 사건을 주제로 하는 책을 써서 돈을 벌 계획이었습니다. 게일 씨는 환자가 급격하게 줄어들고 있었죠. 결국 도움이 될 만한 것이 아무것도 없었습니다.

그런데 이때 나는 게일 씨가 범인이라고 확신하기에 이르렀습니다. 그의 가방에서 빈 성냥갑이 나왔기 때문이죠. 겉으로 보기에, 지젤 부인의 죽음으로 그는 잃은 것뿐이지 얻은 건 없는 것 같았습니다. 하지만, 그러한 현상은 잘못 나타날 수도 있습니다.

그래서, 나는 그와 가깝게 사귀어 보기로 했습니다. 경험으로 알게 된 건데, 누구든지 얘기를 나누다 보면 자신을 드러내게 마련입니다. 누구나 자신에 대해서 얘기하고 싶은 충동을 억제하기 어려운 법이죠.

나는 게일 씨에게 신뢰를 얻으려고 애썼습니다. 그를 믿는 체하기도 하고, 그에게 도움을 구하기도 했죠. 나는 게일 씨에게 호베리 부인을 협박해 달라고 부탁했습니다. 바로 그때 그는 처음으로 실수를 저질렀던 겁니다.

나는 게일 씨에게 변장을 해보라고 했습니다. 그랬더니 그는 우스꽝스럽고도 어처구니없는 모습으로 꾸미고 나타나는 것이 아니겠습니까. 모든 게 희극이었죠. 누구도 그런 식으로 서툴게 변장하지는 않을 겁니다. 그렇다면 이유가 있을 텐데, 과연 무엇일까요? 그건 게일 씨 자신에게 죄가 있기 때문에 자기가 훌륭한 배우라는 걸 보여주고 싶지 않았던 겁니다. 내가 그의 우스꽝스러운 분장을 조금 매만져 주었더니 예술가적인 재질이 드러나기 시작하더군요. 게일 씨는 맡은 역할을 완벽하게 해냈으며, 호베리 부인은 그를 알아보지 못했습니다. 그때 나는 게일 씨가 파리에서는 미국인으로, 또 프로메테우스호에서는 필요한 역할을 완벽하게 해낼 수 있는 사람이라고 확신하게 되었죠.

그런 생각이 들게 되자, 나는 제인 양이 걱정스러워졌습니다. 그녀는 그와 공범이거나 아니면 전혀 관계가 없는 사람일 테니까 말입니다. 만일 관계가 없는 사람이라면 그녀는 희생자가 되는 거죠. 어느 날 일어나 보니 자기가 살인자와 결혼해 있는 것이 되는 셈입니다.

두 사람의 결혼을 막을 생각으로, 나는 제인 양을 내 비서로 채용해서 파리로 데려갔습니다.

그런데 우리가 파리에 있는 동안 행방불명이던 상속녀가 유산을 상속받기 위해서 나타났습니다. 나는 그 당시에는 기억하지 못했지만, 그녀가 누구와 닮았다는 생각이 머리에서 떠나지 않았습니다. 나중에 기억해 냈을 때는—너무 늦었죠…….

그녀가 비행기에 타고 있었으며, 거짓말을 했다는 걸 알았을 때 내 이론이 완전히 뒤집히는 줄 알았습니다. 그녀는 분명히 죄가 있는 인물이었으니까 말입니다.

하지만, 만일 그녀가 범행을 저질렀다면 대롱을 사고, 쥘르 페로를 매수한 그 남자와 공범이었을 겁니다.

그럼, 그 남자는 누구였을까요? 그녀의 남편이었을까요?

그때 나는 갑자기 진실한 해결책이 떠올랐습니다. 한 가지 일만 증명될 수 있다면 정말 진실한 해결책이죠.

그리고 내 해결책이 옳다면 안느 모리소는 비행기를 타지 않았어야 합니다.

나는 호베리 부인에게 전화를 걸어서 물어보았습니다. 마들레느라는 하녀는 여주인이 마지막 순간에 변덕을 부리는 바람에 비행기로 여행하게 되었다는 것이었습니다." 포와로는 잠시 얘기를 멈췄다.

클랜시가 그 사이에 얼른 입을 열었다.

"흥—하지만, 나는 분명하지가 않군요"

"내가 범인이라는 생각을 언제 그만두셨습니까?" 노먼이 물었다.

포와로는 고개를 돌려 그를 쳐다보았다.

"그만두지 않았소. 당신이 범인이오……잠깐만 기다리시오—모든 걸 얘기해 주겠소. 마지막 1주일 동안 재프와 나는 무척 분주하게 뛰어다니며 이런저런 조사를 했습니다. 당신이 아저씨인 존 게일의 뜻에 따라 치과의사가 되었다는 건 사실이었습니다. 당신은 아저씨와 동업을 하면서 그의 성을 그대로 받게 되었죠. 하지만 당신은 그의 남동생의 아들이 아니라, 여동생의 아들이었습니다. 당신의 진짜 이름은 리처드입니다. 그리고 당신은 리처드라는 이름으로 지난겨울 니스에서 여주인과 함께 있는 안느 모리소를 알게 되었습니다. 그녀가 우리에게 해준 얘기 중에서 어린 시절에 대한 것은 사실이오. 하지만, 그 뒤의 얘기는 당신이 치밀하게 꾸민 것이었습니다. 그녀는 자기 어머니의 처녀 때 이름을 알고 있었습니다. 지젤 부인이 몬테카를로에 있을 때 그녀가 어머니라는 얘기를 들었고 본명도 듣게 되었죠. 그 순간부터 당신은 거대한 재산을 갖게 될 거라는 꿈에 부풀기 시작했습니다. 당신의 도박꾼적인 성격에 적합한 생각이었죠. 또, 안느 모리소에게서 호베리 부인이 지젤 부인과 거래가 있다는 얘기도 들었습니다. 당신 머릿속에서 범죄 계획이 진행되기 시작했죠.

지젤 부인은 호베리 부인에게 혐의가 돌아갈 방법으로 살해되어야 했겠죠. 당신의 계획은 차차 무르익어서 드디어 실행 단계에 이르렀습니다. 먼저, 당신은 유니버설 항공사의 직원을 매수해서 지젤 부인이 호베리 부인과 같은 비행기로 여행하도록 꾸몄습니다. 안느 모리소는 자신은 영국까지 기차로 가게 될 거라고 말했습니다. 그렇기 때문에 당신은 그녀가 비행기를 타게 되리라고는 꿈에도 생각지 못했던 겁니다. 바로 그것이 당신의 계획을 위험하게 만들었습니다. 지젤 부인의 딸인 상속녀가 그 비행기에 타고 있었다면 당연히 그녀에게 혐의가 돌아가게 될 테니까 말이오. 당신의 원래 계획은 범죄가 일어난 시간에 안느 모리소는 기차나 배를 타고 있었으므로 완벽한 알리바이를 갖고 상속권을 주장한 다음, 당신이 그녀와 결혼하는 것이었겠죠.

안느 모리소는 그때까지 당신에게 완전히 빠져 있었습니다. 하지만, 당신이 바란 건 돈이었지 그녀가 아니었습니다. 그런데 당신의 계획에 또 다른 문제가 생겼습니다. 르피네에서 제인 그레이 양을 만난 다음부터 그녀와 열렬한 사랑에 빠지게 된 겁니다. 그레이 양에 대한 열정 때문에 당신은 훨씬 더 위태로운 일을 감수해야만 했죠.

당신은 돈과 사랑하는 여자─이 두 가지를 모두 갖고 싶었습니다. 당신은 돈 때문에 살인을 저지른 것이므로 범죄의 대가를 절대로 포기할 수 없었을 겁니다. 그래서, 안느 모리소에게 당장 나타나서 자신의 신분을 밝힌다면 살인 혐의를 받게 될 거라고 겁을 주었죠. 그리고 그녀에게 며칠 동안 휴가를 얻어 내라고 설득한 다음, 함께 로테르담으로 가서 결혼을 한 겁니다.

계획대로 당신은 그녀에게 상속권을 주장하고 나서라고 지시했습니다. 하지만, 귀부인의 하녀로 있었다는 얘기는 하지 말 것이며, 범행 당시에 그녀와 남편은 외국에 나가 있었다는 걸 분명하게 밝혀야 한다고 일러두었습니다.

불행하게도 안느 모리소가 파리로 가서 상속권을 주장하기로 한 날짜와 내가 그레이 양을 데리고 파리에 도착한 날짜가 일치했습니다. 그건 당신의 계획에 찬물을 끼얹는 것이었죠. 제인 양이나 내가 안느 모리소가 호베리 부인의 하녀였던 마들레느라는 걸 알아차릴지도 모르는 일이었으니까 말이오.

당신은 급히 그녀에게 연락하려고 했지만 일이 뜻대로 되지 않았습니다. 마침내 초조해진 당신이 파리로 달려왔을 때, 그녀는 이미 변호사를 만나러 가고 없었습니다. 그녀가 돌아와서 당신에게 나를 만났다는 얘기를 했겠죠. 일이 위태롭게 되었다고 느낀 당신은 서두르기 시작했습니다.

당신은 처음부터 당신의 아내가 상속을 받고 나면 오랫동안 살려두지 않을 계획이었습니다. 결혼식을 올리자마자 두 사람은 자신이 갖고 있는 재산을 모두 상대방에게 남겨 주겠다는 유서를 작성했습니다! 정말 감동적인 일이었죠.

내 생각인데, 당신은 좀 여유 있는 방법으로 일을 진행하고 싶었던 모양입니다. 당신은 환자가 줄어들었다는 이유로 캐나다로 떠나려고 했습니다. 캐나다로 가면 당신은 리처드라는 이름으로 되돌아가서 그곳에서 당신의 아내와 합류하기로 했죠. 그리고 리처드 부인은 머지않아 비탄에 잠겨 있는 체하는 홀아비에게 재산을 남겨 주고 세상을 떠나기로 되어 있었던 겁니다. 그다음에 당신은 캐나다에서 투기로 많은 돈을 번 노먼 게일로 변해서 영국으로 돌아오는 겁니다! 하지만, 이제는 생각할 시간적인 여유가 없다고 결정했겠죠."

포와로가 얘기를 멈추자 노먼 게일은 고개를 뒤로 젖히고 큰소리로 웃었다.

"사람의 마음속을 꿰뚫어보는 재주를 가지신 모양입니다, 포와로 씨. 클랜시 씨와 직업을 바꾸는 게 어떻습니까?"

그의 목소리는 분노로 낮아졌다.

"나는 여태껏 이렇게 터무니없는 얘기를 들어본 적이 없습니다. 당신이 생각하는 건, 포와로 씨, 증거가 없습니다!"

포와로는 망설이지 않고 얘기를 계속했다.

"글쎄, 증거가 없을지도 모르지. 하지만, 약간의 증거가 있긴 합니다."

"그래요?" 노먼이 비꼬듯이 말했다.

"비행기에 타고 있던 사람들이 모두 내가 그 여자 근처엔 얼씬거리지도 않았다는 걸 알고 있는데도, 내가 지젤 부인을 죽였다는 증거를 갖고 있다는 겁니까?"

"그럼, 당신이 어떤 식으로 범행을 저질렀는지 정확하게 설명해 주겠소"

포와로가 말했다.

"먼저 당신 가방의 내용물을 살펴볼까요? 그때 당신은 휴가를 즐기고 있는 중이었습니다. 그런데, 왜 치과의사용 마직 가운을 갖고 있었을까요? 그 대답은 내가 하지요. 그건―스튜어드 제복과 아주 비슷했기 때문입니다……

당신은 이렇게 했습니다. 스튜어드들이 커피를 날라다주고 다른 객실로 가자, 당신은 화장실에 가서 마직 가운을 걸치고 입에다 솜뭉치를 물고서 나왔습니다. 그러고는, 맞은편 주방에 있는 상자에서 커피 스푼을 들고 나와서 스튜어드의 걸음걸이를 흉내 내어 급하게 지젤 부인의 자리로 걸어갔습니다. 당신은 침으로 그녀의 목을 찌른 뒤, 성냥갑을 열어서 왕벌을 날려 보냈습니다. 그러고는 서둘러서 화장실로 들어가 가운을 벗고 천천히 당신 자리로 되돌아왔던 겁니다. 이렇게 하는 데 겨우 2~3분밖에 걸리지 않았을 겁니다.

스튜어드에게 특별히 신경을 쓰는 사람은 없죠. 그러나 당신에게 신경을 쓰고 있었던 사람이 한 명 있었습니다―바로 제인 양이었죠. 하지만, 여자들이란 대개 그렇습니다! 여자들은 혼자 있게 되면―그것도 특별히 매력적인 젊은이와 함께 여행하고 있다면, 손거울을 보며 콤팩트로 콧잔등을 두드리거나 화장을 고치는 등 좀더 예쁘게 꾸미려고 한답니다."

"그렇습니까?" 게일이 빈정거리듯 말했다.

"아주 재미있는 말씀을 하시는군요. 하지만, 나는 그런 일을 저지르지 않았습니다. 또 할 얘기가 남았습니까?"

"그래요, 아주 많이 남아 있습니다." 포와로가 말했다.

"조금 전에 말한 것처럼, 얘기를 하다 보면 사람은 누구나 자신을 드러내게 되죠. 당신이 남아프리카의 농장에 잠시 있었다고 말한 건 경솔한 행동이었습니다. 당신은 얘기하지 않았지만, 나는 거기가 뱀을 기르는 곳이라는 걸 알아냈습니다."

처음으로 노먼 게일의 얼굴에 두려워하는 기색이 나타났다. 그는 무슨 말인가 하려고 애썼지만 목소리가 나오지 않았다.

포와로의 얘기가 계속 이어졌다.

"그곳에서 당신은 리처드라는 이름으로 있었소. 그건 전송되어 온 당신의 사진으로 이미 확인한 겁니다. 똑같은 사진이 로테르담에서도 확인되었습니다. 안느 모리소와 결혼한 리처드라는 사람이었소."

노먼 게일은 또 무슨 말을 하려다가 입을 다물어 버렸다. 사람이 완전히 달라 보였다. 말쑥하고 활발하던 젊은이가, 갑자기 교활한 눈매로 도망갈 길을 찾고 있었지만 구멍 하나도 찾아내지 못한 쥐새끼 같은 모습이었다.

"성급한 행동 때문에 당신의 계획은 완전히 빗나가고 말았던 겁니다."

포와로가 말했다.

"마리 고아원의 원장이 안느 모리소에게 전보를 보낸 걸 알고 당신은 일을 서둘렀죠. 그 전보를 무시한다면 더욱 의심받게 될 테니까. 당신은 부인에게 어떤 사실을 숨기지 않으면, 당신이나 그녀가 살인 혐의를 받게 될 거라고 강조했습니다. 불행하게도 당신들 두 사람은 지젤 부인이 살해된 비행기를 타고 있었으니까 말이오. 당신은 나중에 그녀를 만나서 내가 그녀와 얘기를 나눴다는 걸 알고는 더욱 일을 서둘렀습니다. 내가 안느에게서 사실을 알아냈을지도 모른다고 생각했기 때문이죠. 아니면, 그녀가 당신을 의심하기 시작했을 수도 있겠고 당신은 급히 그녀를 호텔에서 데리고 나와 임항열차에 태웠습니다. 그리고 강제로 청산가리를 먹이고 그녀의 손에 빈병을 쥐어 놓았던 겁니다."

"거짓말이오……."

"그렇지 않소. 그녀의 목에 멍이 들어 있었단 말입니다."

"거짓말이오."

"병에서 당신의 지문도 발견되었소."

"거짓말 마시오. 나는 손에다―."

"오, 장갑을 끼고 있었단 말이군―? 드디어 범죄를 인정하는군."

"비열한 사기꾼 같은 놈!"

게일은 흉측하게 일그러진 얼굴로 포와로에게 덤벼들었다. 그러나 그보다 재프가 좀더 빨랐다. 그는 억세고 무자비한 손으로 게일을 움켜잡으며 말했다.

"제임스 리처드, 가명 노먼 게일, 나는 당신을 의도적인 살인 혐의로 체포할 영장을 갖고 왔소. 당신이 말한 것은 모두 기록되어 증거로 채택될 거요."

부르르 어깨를 떨고 있던 게일이 갑자기 휘청거렸다.

사복형사 두 사람이 밖에서 기다리고 있었다. 노먼 게일은 곧 그들에게 끌려 나갔다.

포와로와 단둘이 있게 된 클랜시가 안도의 한숨을 내쉬고 나서 말했다.

"포와로 씨, 지금까지 이렇게 아슬아슬한 사건은 처음입니다. 당신은 정말 놀랄 만한 분입니다!"

포와로는 쑥스러운 듯한 미소를 지어 보였다.

"아니, 그렇지 않습니다. 재프가 나보다 더 많은 것을 알아냈으니까요. 그는 게일과 리처드가 동일 인물이라는 놀랄 만한 사실을 밝혀냈죠. 캐나다 경찰에서도 리처드를 찾고 있었답니다. 그와 사귀던 여자가 자살한 걸로 알고 있었는데, 사실은 타살이라는 게 밝혀졌다는군요."

"무서운 일입니다." 클랜시가 떨리는 목소리로 말했다.

"살인자들은—." 포와로가 말했다.

"대개 여자들에게 호감을 받는 모양입니다."

클랜시가 헛기침을 했다.

"제인 그레이 양이 가엾게 되었습니다."

포와로는 우울한 표정으로 고개를 내저었다.

"그녀에게도 말했지만, 인생이란 아주 끔찍한 겁니다. 하지만, 제인은 용감한 여자니까 이겨낼 수 있을 겁니다."

그는 노먼 게일이 흥분해서 흩트려놓은 사진을 맥빠진 손길로 정리했다.

그러다가 어떤 사진을 유심히 바라보았다. 경마장에서 호베리 경과 이야기 중인 베니시아 커의 스냅사진이었다.

그는 그 사진을 클랜시에게 건네주었다.

"일 년쯤 지나면 이런 발표가 있을 겁니다. '호베리 경과 베니시아 커 양이 곧 결혼할 예정임.' 그 결혼을 누가 주선했는지 아십니까? 바로 이 에르큘 포와로입니다! 내가 주선한 결혼이 하나 또 있죠"

"호베리 부인과 배러클러프 씨말인가요?"

"오, 아닙니다. 그쪽에는 관심도 없어요." 그는 몸을 앞으로 구부리며 말했다. "바로 장 뒤퐁 씨와 제인 그레이 양의 결혼을 말하는 겁니다. 두고 보십시오."

제인이 포와로를 찾아온 건 그로부터 한 달 뒤였다.

"선생님을 원망해야겠어요."

그녀는 창백해진 얼굴에, 눈가에는 검은 그림자가 커다랗게 드리워져 있었다. 포와로가 부드러운 목소리로 말했다.

"원망하고 싶으면 그렇게 해요. 하지만, 나는 당신이 헛된 기대 속에서 살아가는 사람이 아니라 진실을 직면하며 살아가는 사람이라고 생각합니다. 또, 그런 헛된 생활은 오래 지속되지 못할 거요. 그 친구는 여자들을 죽이는 것이 버릇이 되어 있을 테니까."

"그는 정말 매력적인 사람이었어요." 제인이 말했다.

잠시 뒤 그녀가 덧붙였다.

"저는 다시는 사랑에 빠지지 않을 거예요."

"당연하지." 포와로가 고개를 끄덕였다.

"당신은 인생에서 그런 면으로는 이제 끝이 난 셈이니까요."

제인이 고개를 끄덕였다.

"하지만, 저는 일을 해야만 되겠어요. 제가 완전히 빠져들 만한 일이 있었으면 좋겠는데 말이에요."

포와로는 의자 뒤로 기대어 앉으며 천장을 올려다보았다.

"뒤퐁 부자와 페르시아로 가는 건 어떻겠소? 그건 아주 흥미로운 일이 될 텐데."

"하지만—하지만—그건 선생님이 수사상 필요하기 때문에 임시적으로 제의하신 거잖아요?"

포와로는 고개를 내저었다.

"그렇지 않아요. 사실 나는 고고학과 선사시대의 도기에 대해서 관심이 많습

니다. 그리고 약속한 기부금도 수표로 끊어서 보냈습니다. 오늘 아침에 당신이
발굴대에 참가해도 좋다는 연락을 받았지요. 혹시 그림을 그릴 줄 압니까?"

"예, 학교 다닐 때 제법 잘 그렸어요."

"좋아요, 그럼 즐거운 여행이 될 겁니다."

"그 사람들은 진심으로 제가 참가하기를 바랄까요?"

"아마 그럴 겁니다."

"멀리까지 여행하게 되다니―정말 기뻐요." 제인이 말했다.

그녀의 얼굴이 약간 붉어졌다.

"포와로 씨―."

그녀는 의심스러운 눈길로 그를 쳐다보았다.

"선생님은 동정심으로 그러시는 건 아니겠죠?"

"동정이라고요?" 포와로는 불쾌하다는 듯이 말했다.

"분명히 말해 두지만, 마드모아젤, 돈에 관계되는 이상 나는 철저한 사업가
입니다―."

그가 너무 불쾌한 표정을 짓는 바람에, 제인은 서둘러서 미안하다고 했다.

"박물관에 가서 선사시대의 도기를 둘러봐야겠어요."

"그것참 좋은 생각이오."

제인은 문 앞까지 갔다가 걸음을 멈추고는 다시 돌아왔다.

"선생님은 특별히 친절하게 대해 주신 게 아닌지 모르지만, 저로서는 아주
고맙게 생각해요."

그녀는 포와로의 이마에 입을 맞추고는 다시 밖으로 나갔다.

"이런, 이거야말로 정말 친절한 건데!"

에르큘 포와로가 불어로 말했다.

《구름 속의 죽음(Death in the Clouds, 1935)》은 애거서 크리스티의 24번째 작품이자 17번째 장편 소설이다.

애거서 크리스티의 딸 로잘린드는 어렸을 때 정원사와 함께 말벌집을 건드리며 놀기를 좋아했는데, 그때마다 큰 곤욕을 치르는 걸 어머니인 크리스티 여사는 자주 봐 왔다. 그러던 중 어느 학교의 교실에서 잠시 지내게 되었는데, 당시 아래층에서는 아이들이 소란을 떨며 지내는 가운데 에르퀼 포와로가 등장하는 단편 <말벌집>을 구상하게 되었다. 그리고 여기에서 힌트를 얻어 《구름 속의 죽음》을 집필하기에 이르렀다고 한다.

런던에 사는 IQ 155의 매튜 울러드라는 한 천재 소년은 생후 18개월부터 책을 읽기 시작해서 7살 때까지 애거서 크리스티의 작품 50편을 읽었다고 한다. 이 소년은 주로 자선 바자회나 중고서점 가판대에 꽂혀 있는 애거서 크리스티 작품만 사서 읽었다.

이 소년이 아주 유명해지자 문학 비평가인 그웬 로빈스가 그 소년에게 가장 좋아하는 작품이 무엇이냐고 물었다. 그러자 서슴없이 애거서 크리스티의 《구름 속의 죽음》과 《복수의 여신》이라고 대답했다고 한다.

우리나라와는 사정이 좀 다르겠지만, 영국에서는 애거서 크리스티의 작품이 초등학교 학생에서부터 노인에 이르기까지 독서층이 폭넓다고 한다.